DER GROSSE COUP

DA IST PLÖTZLICH ein sägendes Geräusch, das den tuckernden Motor übertönt. Der Fahrer des Milchautos der Norddeutschen Molkerei kennt die Chaussee im Schlaf, und gegen den kämpft er an. Hinter ihm liegt ein langer Arbeitstag, mit den Gedanken ist er längst zu Hause in der warmen Stube. Jetzt horcht er auf. Das fehlt ihm noch – eine Panne in dunkler Januarnacht, mitten in diesem gottverlassenen Wald!

Die Landstraße schlängelt sich, in einigem Abstand dem Lauf der Spree folgend, von Fürstenwalde nach Hangelsberg. Hinter dem Dorf dehnt sich eine weite Linkskurve, dann geht es schnurgerade fünf Kilometer durch den dichten Kiefernwald der Hinterheide.

Gerade will er die Scheibe herunterkurbeln, um festzustellen, ob das Geräusch von draußen kommt, da geschieht direkt vor seinen Augen etwas Unglaubliches. Vom Waldrand her sinkt ein dicker Baum auf die Fahrbahn und schlägt federnd auf den Asphalt.

Der Fahrer ahnt, was das zu bedeuten hat. Er glaubt an keinen Zufall. In Kraftfahrerkreisen sind die dreisten Überfälle auf den Chausseen rund um Berlin ein tägliches Gesprächsthema, und dass nichts mehr darüber in den Zeitungen steht, wertet man eher als ein schlechtes Zeichen.

Nun hat es ihn also erwischt. Ihm wird eiskalt, und daran ist nicht die Außentemperatur an diesem Januarabend schuld. Zum Bremsen ist es ohnehin zu spät. Rechts sieht es aus, als käme er durch, stünde da nicht im gleichen Augenblick eine dunkel gekleidete Gestalt mit einer kreisenden Taschenlampe, in deren Schein eine Waffe glänzt.

Egal, denkt der Chauffeur, drauf – und drüber, wenn es sein muss! Schon holpert und scharrt er durch das Geäst der Baumkrone. Wo der Mann mit der Pistole und der Lampe geblieben ist, kann er nicht erkennen. Es ist ihm auch egal.

Hinter ihm knallt es zweimal, er hört die metallischen Schläge irgendwo am Fahrgestell und tritt das Gaspedal durch. Wenn die Karre doch nur ein bisschen schneller wäre!

«Scheißkerl!», zischt der Mann an der Baumfalle, der im letzten Augenblick zur Seite gesprungen ist, und sieht dem knatternden Lieferwagen voller Wut hinterher.

Von der Kurve her nähert sich eine zweite, größere Gestalt, ebenso dunkel gekleidet und maskiert wie der Pistolenmann. Hinter ihm wird das Licht von Autoscheinwerfern heller. «Wir müssen sofort abhauen!», ruft der Größere und nestelt an seiner Maske. Beide haben Damenstrümpfe mit Augenschlitzen über den Kopf gezogen.

«Immer mit de Ruhe, und denn mit 'n Ruck», erwidert ungerührt der Kleinere. «Erst nehm' wir den noch mit.»

Er meint den Opel, der sich aus Richtung Hangelsberg genähert hat und angesichts der Blinksignale die Fahrt verlangsamt. Unmittelbar vor dem gefällten Baum kommt er zum Stehen.

Unmissverständlich klopft der Kleine mit der Pistole gegen die Seitenscheibe und leuchtet in den Wagen. Ein Mann im Ledermantel sitzt neben einer jungen Frau. Ergeben dreht der Mann die Scheibe runter und reicht seine Brieftasche raus.

Der Kleine durchblättert sie flüchtig und schnauzt: «Nich bloß Papier! Portemonnaie her!»

Auch das erweist sich als unergiebig. Nur ein paar Münzen drin, die der Räuber verächtlich verschmäht. «Arme Leute, wat?», knurrt er und wirft dem Lederbemantelten die Börse in den Schoß.

Die junge Dame lächelt. «Vielleicht kann ich aushelfen ...»

«Danke. Von Damen nehm' wa nischt!», entgegnet der Große.

Der Kleine schiebt ihn ärgerlich zur Seite. «Fahr da rein!», fordert er den Opelfahrer auf und weist auf die Lücke, die der Liefer-

Es geschah in
Berlin
1938

Jan Eik

In der Falle

Kappes 15. Fall

Kriminalroman

Jaron Verlag

Jan Eik, geboren 1940 in Berlin als Helmut Eikermann, ist seit 1987 freiberuflicher Autor und Publizist. Er schrieb zahlreiche Kriminalromane und -erzählungen sowie Hör- und Fernsehspiele. Zu seinen Veröffentlichungen gehören u. a. «Der siebente Winter» (1989), «Der Geist des Hauses» (Ein Friedrichstadtpalastkrimi, 1998) und «Trügerische Feste» (2006). Im Jaron Verlag erschienen von ihm «Schaurige Geschichten aus Berlin» (2007), «Der Berliner Jargon» (2008) und «DDR-Deutsch» (2010); für die Reihe «Es geschah in Berlin ...» verfasste er «Der Ehrenmord» (2007), «Nach Verdun» (2008, mit Horst Bosetzky) und «Goldmacher» (2010), für die «Berliner Mauerkrimis» «Am Tag, als Walter Ulbricht starb» (2010, mit Horst Bosetzky).

Originalausgabe
1. Auflage 2011

www.jaron-verlag.de
Umschlaggestaltung: Bauer + Möhring, Berlin
Satz: LVD GmbH, Berlin
Druck und Bindung: CPI – Clausen & Bosse, Leck

ISBN 978-3-89773-657-3

wagen gerissen hat. «Da bleibste stehen! Sonst ...» Drohend hebt er die Pistole.

Folgsam rumpelt der Opel über die Baumkrone.

«Nischt wie weg hier!», zischt der Große. «Da kommt schon die Polente!»

Tatsächlich nähert sich aus östlicher Richtung ein weiteres Fahrzeug.

«Seit wann kann die Polente fliegen?», fragt der Kleine seelenruhig zurück. «Woll'n mal sehen, was das für 'n Vogel ist.»

Der Vogel ist der Lieferwagen einer Bäckerei. Appetitlich duften die Schrippen. Also fährt der erst Ware aus und hat noch kein Geld bei sich.

«Is ja wie abgeschnitten heute!», flucht der Kleine und steckt ganze fünf Mark ein, während der Große erneut mahnt: «Los, bloß weg hier! Der Milchfritze hat längst die Bullen alarmiert.»

Der Kleine ist nicht aus der Ruhe zu bringen. «Na wenn schon. Fuffzich Meter rin in den Wald, und kein Aas findet uns.»

Aus Richtung Berlin nähert sich ein weiterer Lieferwagen mit einem Pkw im Schlepp. Auch diesem Fahrer schwant, was ihm blüht, und er versucht, dem Hindernis links auszuweichen. Der geschleppte Wagen bleibt hängen, das Seil reißt.

Der um fünf Mark erleichterte Bäcker nutzt die Gelegenheit. Mit aufheulendem Motor bricht er eine Bresche durch den Baumwipfel und rast in Richtung Hangelsberg davon.

Der Große versucht zu schießen, doch die Waffe streikt.

Jetzt wird es eng. Bis zum Dorf sind es kaum anderthalb Kilometer.

Die beiden aus dem Schleppzug sind ausgestiegen und nähern sich drohend.

«Hände hoch!», verlangt der Große. Hoffentlich haben die den Versager nicht mitgekriegt.

Haben sie anscheinend nicht, denn sie heben brav die Hände und leeren anschließend ebenso brav ihre Taschen. Geld haben sie angeblich nicht bei sich.

«Durchsuch die Wagen!», fordert der Kleine barsch.

Widerstrebend fügt sich der Große.

Aus Fürstenwalde rasselt bereits ein weiterer Wagen heran. Ein Lastzug der Schultheiss-Patzenhofer-Brauerei. Der kann die Sperre beim besten Willen nicht durchbrechen.

Der Kleine hat die beiden Fahrer in das geschleppte Fahrzeug dirigiert und bedroht jetzt die Bierkutscher, die nur zögernd aussteigen.

Der Beifahrer hat die lederne Geldtasche umgehängt und sieht sich suchend um. Der dunkle Waldrand ist nur ein paar Meter entfernt.

«Mach dir nich unglücklich, Fritze», mahnt sein Kollege. «Denk an Frau und Kinder.» In der Tasche sind 228 Mark.

«Einsteigen und nich vom Fleck rührn!», befiehlt der Kleine.

Vom Dorf her nähert sich ein weiteres Auto.

«Nischt wie weg hier!», fleht ihn der Große an. «Meine Knarre klemmt!»

«Meine ooch!», erwidert der andere kaltblütig und steigt über das Geäst, um die Neuankömmlinge ins Visier zu nehmen.

In dem Wagen rührt sich nichts. Vorsichtig schleichen sich die beiden in einem Bogen von hinten an. «Hände hoch!», ertönt scharf das Kommando.

Im Gegenlicht des Brauereiwagens sehen sie, dass der Befehl von den Pkw-Insassen ausgeführt wird. Vier Männer sitzen darin.

«Pass uff! Det is 'ne Falle!», zischt der Große.

Doch der Kleine lässt sich nicht aufhalten und reißt die Wagentür auf. «Moneten her, oder es knallt!», schnauzt er. «Los, los!»

Die vier kramen ihre Brieftaschen hervor. Der Fahrer trägt ein goldenes Parteiabzeichen am Revers. Von hinten spricht ihn einer mit «Kreisleiter» an, als er seine Geldbörse nach vorn reicht. Auf der anderen Seite steckt der Große zwei Portemonnaies ein.

«Türen zu, Fenster hoch und keinen Mucks, verstanden!», herrscht der Kleine die vier Insassen noch einmal an und hastet davon.

Gerade ist der siebente Wagen zwanzig Meter vor der Sperre zum Stehen gekommen. Der Fahrer will zurückstoßen und wenden. Zu spät.

Der Kleine steht schon neben ihm und reißt die Tür auf.

Nur zwanzig Mark hat der ältere Herr aus sichtbar besseren Kreisen bei sich. «Brieftasche!», fordert der Räuber gebieterisch.

Die wird ihm gereicht, enthält jedoch nur Papiere. Der Kleine beleuchtet sie mit der Taschenlampe und stutzt. «Nischt für unjut, Herr Oberstleutnant!», sagt er und deutet vor dem Kommandeur des 4. Reiterregiments ein Hackenzusammenschlagen an.

Als er sich umdreht, muss er unwillkürlich lächeln. Sieben Autos stehen da kreuz und quer mit eingeschalteten Schweinwerfern um den gefällten Baum herum. Sein Kumpan ist schon in den Wald abgetaucht. Er jedoch steht im Scheinwerferlicht und brüllt: «Wer durchkommt, darf weiterfahren!» Dann ist auch er im Gehölz verschwunden.

Niemand versucht, ihn zu verfolgen. Alle sind damit beschäftigt, sich aus der Falle zu befreien. Blech knirscht, Glas splittert, lautes Gezänk hebt an. Als das Brauereifahrzeug durch die Sperre bricht, schiebt es einen Pkw in den Straßengraben.

Zehn Minuten später trifft endlich die Polizei ein. Es vergeht mindestens eine weitere Stunde, bis die Beamten die Streithähne beruhigt und sich einen groben Überblick über das Geschehen verschafft haben. Dass sich unter den Überfallenen ein SS-Oberführer, ein NSDAP-Kreisleiter, ein Gauamtsleiter, ein Regimentskommandeur und der Oberstleutnant befinden, macht die Sache nicht leichter für sie.

ALTE FREUNDE UND BEKANNTE

HERMANN KAPPE, seit Kaisers Zeiten Kriminalkommissar im Berliner Polizeipräsidium, ja schon Oberkommissar gewesen und 1933 mit einer Maßregelung davongekommen, ist den ganzen Tag unterwegs gewesen. In einem vom Schwamm angefressenen Haus in der Joachimstraße am Rosenthaler Tor sind drei Personen ermordet worden, zwei Männer und eine junge Frau, und wenn man ihn fragt, ist der Fall eigentlich sonnenklar. Dennoch sind allerhand Auskünfte einzuholen, Nachbarn und Geschäftsleute zu befragen, eben der übliche Kleinkram, um den von Anfang an Verdächtigen zu überführen. Oder zu entlasten. Doch dafür hat Kappe keine Anhaltspunkte gefunden.

Als er aus der Joachimstraße in die schmale Gipsstraße einbiegt, bläst ihm der eisige Januarwind ins Gesicht. Bis zum U-Bahnhof Weinmeisterstraße sind es nur zweihundert Meter. Eilig taucht Kappe dort ab in den warmen Mief, der ihm aus dem Untergrund entgegenweht. Manchmal ist die U-Bahn ganz nützlich. Wenn er am Alex in die Linie E umsteigt, statt im Präsidium zwei, drei weitere Überstunden - selbstverständlich unbezahlt, er ist Beamter - zu den ungezählten bisherigen hinzuzufügen, kann er in zehn Minuten zu Hause sein. Fast eine halbe Stunde vor Feierabend. Doch das widerstrebt ihm. Hat eine der Frauen in der Joachimstraße nicht davon gesprochen, der verdächtige Ehemann der Ermordeten treibe sich gerne in den Kneipen rund um den Moritzplatz herum?

Kappe hat ein Bild des Verdächtigten in der Tasche. Da kann er auch zum Moritzplatz fahren, irgendwo einen heißen Grog trinken und ein bisschen herumhorchen. Es ist schließlich seine alte

Gegend. Sein Freund und ehemaliger Nachbar wohnt noch immer in der Waldemarstraße, wo Kappe sein erstes möbliertes Zimmer hatte. Und dieser Theodor Trampe ist es eigentlich auch, den Hermann Kappe im Kopf hat, als er statt einer nun drei Stationen mit der U-Bahn fährt und am rautenförmigen Moritzplatz wieder in den schneidenden Ostwind tritt. Ein Grog kann wirklich nicht schaden.

Eine gute Stunde später und um zwei Grog, einen Tee und ein paar nichtssagende Auskünfte schwerer spürt Kappe den scharfen Wind kaum noch. Am Oranienplatz biegt er zum Elisabethufer ab, das seit jüngstem in Hoffmann- und Schröderdamm unterteilt ist, benannt nach zwei SA-Helden. Vor 23 Jahren hat er hier am Luisenstädtischen Kanal den Mord an einem sechzehnjährigen Mädchen aufgeklärt. Der Täter war damals entkommen. Der Kanal ist längst zugeschüttet, nur die Waldemarstraße sieht aus wie eh und je, und die Kanalbrücke ist wie versehentlich erhalten geblieben.

Kappe hofft, Theodor Trampe zu Hause anzutreffen. In letzter Zeit verspürt er häufiger den Wunsch, mal ein paar Worte mit dem alten Freund zu wechseln. Jeder Mensch braucht hin und wieder einen, mit dem sich offen und unverstellt reden lässt, und da kann Kappe sich weit und breit in seiner Verwandtschaft und Bekanntschaft umgucken – von den Kollegen ganz zu schweigen –, außer Trampe fällt ihm keiner ein, dem er vertrauen darf. Klara, seine Frau, mit ihrem Hitlerfimmel kann er mit seinen Sorgen nicht behelligen. Außerdem fürchtet er, dass sie irgendwo mal eine Bemerkung fallenlassen könnte, die in diesen Zeiten fatale Folgen hätte.

Seinen ältesten Sohn Hartmut möchte Kappe erst recht nicht in irgendwelche Konflikte mit dem bringen, was ihm täglich in der Schule und bei der HJ eingetrichtert wird. Der Siebzehnjährige ist gewitzt und hat selber seine Zweifel. Im nächsten Jahr werden sie ihn zur Wehrmacht einziehen, doch daran will Kappe lieber nicht denken. *Wer Hitler wählt, wählt den Krieg,* haben die Kommunisten 1932 verkündet, und sowenig Kappe sonst von den Moskautreuen gehalten hat – diesmal sieht es aus, als würden sie recht behalten. Deutschland ist wieder eine Militärmacht, stärker und moderner als zu Kaisers Zeiten. Das besetzte Rheinland ist befreit, die Wehrpflicht eingeführt, in Spanien fallen deutsche Bomben, und um Österreich wird gestänkert. Heißt der Feind bald wieder Frankreich?

Kaum ist der letzte Ton der Klingel verhallt, öffnet Theodor Trampe hastig die Wohnungstür. Für einen Augenblick scheint er erschrocken. Oder kommt es Kappe im schwachen Licht der Treppenbeleuchtung nur so vor?

«Mensch, Hermann, wo kommst du denn her?», fragt Trampe sichtlich überrascht.

«Von drauß' vom Walde, da komm ich her», spottet Kappe und wischt sich ein paar Schneegriesel vom Mantel. «Ist mein Besuch ungelegen?»

Trampe beeilt sich, ihn hereinzubitten. «Nicht doch, Hermann! Du kommst immer gelegen.» Er nimmt Kappe Hut und Mantel ab. «Solange du uns privat besuchst», setzt er leise hinzu.

Kappe grient ein bisschen verklemmt. «Wieso? Hast du jemanden umgebracht?»

«Noch nicht», entgegnet Trampe viel zu ernst. «Aber am liebsten würde ich ...»

Wen er gerne umbringen würde, braucht er nicht zu erläutern. Und Kappe weiß, wie gefährlich solche Äußerungen sind – nicht nur für Trampe selbst, sondern auch für Kappe, der sie hört und nicht widerspricht.

«Sei bloß vorsichtig, Theo!», rät er dem Freund. «Solche harmlosen Sprüche können KZ bedeuten.»

Trampe nickt. «Und wie gefährlich ist es für dich, einen ollen Sozialdemokraten einfach so zu besuchen?»

Hermann Kappe, ins Wohnzimmer gebeten, entgegnet ruhig: «Das lass man meine Sorge sein.» Seine Sorge ist es wirklich. Denn wenn ihn einer hier sieht, wo ihn mancher noch von früher kennt, und meldet, er hätte den Trampe besucht ...

«'N Korn?», fragt Trampe und hat schon Flasche und Gläser in der Hand.

Kappe denkt an die beiden Grog, die er intus hat, will andererseits aber den Freund nicht vergrätzen. «Wirklich nur 'n kleinen», sagt er. Der Freund macht so einen seltsam angespannten Eindruck. Nicht mal zum Trinken setzt er sich.

Sie stoßen an. «Auf bessere Zeiten!», sagt Kappe.

Trampe nickt ihm zu.

«Du bist so unruhig ... Ist deine Frau nicht zu Hause?»

«Die ist bei ihrer Schwester in Heinersdorf. Da wird sie wohl auch übernachten. Sie traut sich abends kaum noch auf die Straße.»

«Das lass besser nicht meine Vorgesetzten hören. Die Sicherheit in der Reichshauptstadt hat prozentual stark zugenommen.»

Trampe nickt. «Zeitung lese ich selber. Morgen ist ja der Ehrentag der Polizei, wie ich höre. Und vorgestern haben sich gleich dreie abgemurkst.»

Kappe hebt die Schultern. «Familiendramen wird es immer geben. Dagegen kann weder die Partei noch der Reichs-Heini was machen. Nicht mal wir vom Morddezernat. Ich gebe dir Brief und Siegel – in zwei Tagen haben wir das Geständnis des Täters.»

«Bei den Methoden heutzutage gesteht doch jeder!»

Kappe sieht ihn lange an. «Wir sind nicht die Gestapo», sagt er leise.

Trampe ist seinem Blick nicht ausgewichen. «Ich hoffe für dich, dass es bei dem Unterschied bleibt, Hermann.» Er füllt die Gläser noch einmal.

Im Korridor ertönt die Klingel, und sofort ist Trampe an der Wohnungstür.

Er hat jemand anderen erwartet als mich, denkt Kappe. Eine Frau? Das würde nicht zu Theodor passen, aber man weiß ja nie.

Eine Männerstimme fragt: «Du hast Besuch?»

«Ein alter Freund und Nachbar», antwortet Trampe und öffnet einladend die Zimmertür. Einen Augenblick messen sich Kappe und der Neuankömmling mit Blicken. Der Mann, den Mantel noch in der Hand, verharrt sichtlich erschrocken in der Tür und macht Anstalten, wieder zu gehen.

«Hermann Kappe», stellt Trampe vor. «Und das ist ...»

«Willy Eschborn», sagt der Hinzugekommene gepresst. «Der Herr Oberkommissar kann sich sicherlich erinnern.»

Das kann Kappe in der Tat. Vor fünf Jahren hat er mit dem widerspenstigem Zeugen Eschborn zu tun gehabt, dessen Hinweis schließlich geholfen hatte, einen weiteren Mord zu verhindern. Das ahnt Eschborn sicherlich nicht einmal.

«Kommissar», sagt Kappe gemütlich. «Wir sind uns in einem vorigen Leben mal begegnet. Sommer 1932, wenn ich mich recht erinnere. Haben Sie Ihren schönen Garten hinter der Glaubenskirche noch?»

Eschborn bleibt misstrauisch. «Wir müssen wahrscheinlich bald runter», erklärt er schmallippig. «Sie wollen Neubauten hinsetzen.»

«Na, eine schöne Neubauwohnung wäre doch was für Sie», sagt Kappe. Er erinnert sich dunkel, dass von einer ebenerdigen Kochstube die Rede war, in der Eschborn mit seiner Familie haust. «Sie haben eine niedliche Tochter ...»

«Und seit neuestem einen Sohn dazu», ergänzt Trampe eifrig.

«Gratuliere», sagt Kappe zu Eschborn.

Der nickt dankend.

Trampe scheint ein wenig beunruhigt, dass die beiden sich kennen und dass Eschborn so zurückhaltend reagiert. «Nun setz dich endlich, Willy!», fordert er den zweiten Gast auf. «Hermann war mal mein Nachbar. Er ist ganz zufällig vorbeigekommen. Einfach so, aus alter Anhänglichkeit ...»

«Und weil so schönes Wetter ist», meint Eschborn ein bisschen gallig. Er traut dem Frieden nicht. In seiner Welt kommen Kriminalbeamte nicht zufällig irgendwo vorbei.

«Hermann ist immer noch beim Morddezernat», erläutert Trampe, der die Stimmung ein wenig auflockern möchte. «Wie geht's denn dem dicken Gennat?»

«Nicht besonders gut», sagt Kappe. Das geht die beiden eigentlich gar nichts an, aber er möchte keinen schlechten Eindruck auf Eschborn machen. Was der wohl mit seinem alten Freund zu tun hat? Ihm wird ganz heiß, als er über die Möglichkeiten nachdenkt. Wenn die beiden was Konkretes im Schilde führen oder an irgendwelchen Aktionen beteiligt sind – und Kappe kann sich das durchaus vorstellen, die Stimmung hat etwas Verschwörerisches an sich –, wird man sie früher oder später schnappen und durch die Mangel drehen. Wo, wann, warum und mit wem? Ein Kriminalkommissar war zufällig anwesend? Wie hieß der Kerl, und was habt ihr mit ihm bekaspert?

Hermann Kappe steht auf. «Ich werd mal besser gehen. Der Fall in der Joachimstraße macht uns ’ne ganze Menge Arbeit. Komm doch gelegentlich mal vorbei, Theodor! Klara würde sich freuen.» Er reicht Willy Eschborn die Hand. «Ich bin wirklich zufällig hier», sagt er freundlicher, als es sonst seine Art ist. «Sie brauchen keine Angst zu haben.»

Eschborn sieht ihm offen ins Gesicht. «Ich habe keine Angst.»

Kappe glaubt es ihm. Es gibt solche Leute. Im Flur zieht er seinen Mantel über. Trampe hat keinen Versuch gemacht, ihn zurückzuhalten.

Eschborn steht in der offenen Zimmertür. «Darf ich Sie was fragen?»

«Selbstverständlich.»

«Weshalb steht eigentlich über den großen Überfall bei Hangelsberg nichts in der Zeitung?»

Kappe ist überrascht, lässt es sich jedoch nicht anmerken. «Das wüsste ich auch gerne», erwidert er ruhig. «So was wird heutzutage weiter oben entschieden. Wahrscheinlich will man die Bevölkerung nicht beunruhigen.»

«Was ist denn in Hangelsberg passiert?», erkundigt sich Trampe.

Kappe sieht Eschborn an, und der erwidert seinen Blick.

«Die Bande, die schon im vorigen Jahr etliche Autos überfallen hat, scheint wieder zugeschlagen zu haben», sagt Eschborn schließlich.

Kappe belässt es dabei. Er wird sich hüten, den Mann zu berichtigen. Die Ganoven, nach denen mit Hochdruck gefahndet wird, sind seit November 1934 aktiv.

«Nicht mal vor der Olympiade habt ihr die gekriegt?», fragt Trampe ein wenig spöttisch. «Scheinen ja dolle Burschen zu sein.»

«Scheint so», meint Kappe einsilbig, und an Eschborn gewandt: «Woher wissen Sie denn davon?»

Wird Willy Eschborn tatsächlich erst in diesem Augenblick klar, dass er sich da voreilig auf eine unangenehme Geschichte eingelassen hat?

«Hat ein Kollege bei Ambi erzählt», sagt er. «Der kam auf seinem Fahrrad aus Erkner dazu.» Ambi, das sind die großen Ambi-Budd Presswerke in Schöneweide, wo Autokarosserien gefertigt werden.

Kappe setzt seinen Hut auf und greift zur Klinke der Wohnungstür. «Dann werden ihn meine Kollegen ja als Zeugen vernommen haben», sagt er abschließend nur.

NEUE FEINDE

DIE BEIDEN MÄNNER, die sich in dem repräsentativen Büroraum in der Prinz-Heinrich-Straße gegenübersitzen, sind alles andere als Freunde. Der eine, hinter dem pompösen Schreibtisch in einem bequemen Schreibsessel lümmelnd, trägt die schwarze Uniform der SS, der vor ihm auf dem Besucherstuhl ist in Zivil. Betrachtet man die beiden, so fallen vor allem ihre markant hervortretenden Nasen auf. Sie könnten Brüder sein. Brüder im Geiste sollten sie zumindest sein. Doch nicht einmal das sind sie.

Dem hinter dem Schreibtisch, Mitte dreißig, groß, blond und sportlich durchtrainiert, sieht man den Offizier an. Auch der andere ist um eine straffe Figur bemüht.

Der Jüngere, der einstige Marineleutnant Reinhard Eugen Tristan Heydrich, nennt sich nur noch Reinhard Heydrich und leitet seit sechs Jahren den SD, den geheimnisumwitterten Sicherheitsdienst des Reichsführers SS. Seit 1936 ist er außerdem Chef der Sicherheitspolizei im Deutschen Reich, die aus Gestapo und Kriminalpolizei besteht.

Sein Gegenüber ist der ehemalige Frontoffizier, Freikorpskämpfer und Kriminalkommissar Arthur Nebe, inzwischen der höchste Kriminalpolizist des Reiches.

Nebe hatte die Zeichen der Zeit beinahe ebenso frühzeitig erkannt wie sein ungeliebter Chef Heydrich, der sich nach seiner unehrenhaften Entlassung aus der Marine 1931 dem späteren Reichsführer SS Heinrich Himmler andiente, während Nebe im gleichen Jahr das Verbot missachtet hatte und förderndes Mitglied der SS, NSDAP-Mitglied und SA-Mann geworden war. In den vier Jahren seit der Machtergreifung ist er vom Kommissar im Raub- und Einbruchsdezernat zum Oberregierungs- und Kriminalrat aufgestiegen und leitet nach einem kurzen Einsatz im Amt der Gestapo das preußische Landeskriminalpolizeiamt.

Im Juni 1936 hat Hitler zu Nebes und der meisten Polizisten Entsetzen den Reichs-Heini Himmler zum Chef der Deutschen Polizei berufen. Kurz darauf wurde das LKPA endgültig aus dem Berliner Polizeipräsidium ausgegliedert. Unter Nebes Führung ist es nun für die fachliche Leitung der Kriminalpolizei aller deutschen Länder zuständig. Der könnte glücklich darüber sein, säßen nicht ausgerechnet Heydrich und der Hühnerzüchter Himmler über und sein Erzfeind Gestapo-Müller gleichrangig neben ihm.

Heydrich hat im SD seine eigenen Praktiken entwickelt, auf die er stolz ist und die er den konventionellen Kripo-Methoden vorzieht. Entsprechend wenig hält er von seinem höchsten Kripochef und dessen fachlicher Arbeit. Na schön, es gibt ein paar Erfolge wie die Aufklärung der Sprengstoffkatastrophe von Wittenberg, aber das sind Kinkerlitzchen, wenn Heydrich an den Autofallen-Terror denkt, der seit mehr als einem Jahr die Reichshauptstadt und ihre Umgebung beunruhigt. Der Führer selber, oft genug im Kraftwagen unterwegs, hat sich mehrfach negativ geäußert, der Reichsführer Himmler ist jedes Mal nahe einem Kollaps, kommt die Sprache auf die Banditen, und nun das: Am Vorabend des Ehrentages von Generaloberst Göring sind innerhalb einer Viertelstunde sieben Fahrzeuge mit insgesamt vierzehn Insassen, davon sechs bewaffnet, von zwei dreisten Räubern ausgeplündert worden.

«Erklären Sie mir mal, Nebe, weshalb kein Einziger von diesen Arschgeigen den Mumm aufgebracht hat, sich zu wehren oder auf die Halunken zu schießen!», schreit Heydrich mit erhobener Stimme und gibt sich dabei Mühe, den hallisch-anhaltinischen Tonfall in seiner Fistelstimme zu unterdrücken, die ihm bereits bei der Marine den Spitznamen «Ziege» eingebracht hat. «Möglicherweise waren deren Waffen nicht mal scharf!»

Nebe sitzt aufrecht. Er zuckt mit keiner Wimper. «Die Täter

haben bei anderen Gelegenheiten mehrfach scharf geschossen und Personen verletzt, Gruppenführer», gibt er zu bedenken. Er hat die lange Liste der Überfälle im Kopf, vom ersten Ereignis im Grunewald, wo die beiden Unbekannten etliche Liebespärchen ausgeraubt hatten, bis zu den Autofallen bei Neu Zittau, Tasdorf und jetzt hinter Hangelsberg.

«Menschenskind, im Krieg ist auch scharf geschossen worden! Da hält man dagegen!» Heydrichs Stimme klingt noch immer schrill.

Was weißt du Rotzjunge vom Krieg?, denkt Nebe. Er hat an der Marne ein Sturmboot zu einem Brückenkopf vor sich hergeschoben, war zweimal gasverwundet, trägt das Ehrenkreuz der Frontkämpfer und das Eiserne Kreuz I und II. Schlimm genug, dass er sich hier von einem grünen Jungen aus der Provinz abkanzeln lassen muss. «Soweit ich informiert bin, befand sich ein Oberführer der SS unter den Überfallenen», sagt Nebe. Er weiß, dass er ein gefährliches Spiel spielt.

Heydrichs Lippen zucken, um die große Nase herum wird er weiß. Er ist berüchtigt dafür, bei seinen Ausfällen kein Blatt vor den Mund zu nehmen. Niemand wagt es, ihm zu widersprechen. «Was glauben Sie, was ich mit dem mache!», schreit er. «Dem reiße ich den Arsch auf bis zum Haaransatz! Ein solcher Feigling hat in der SS nichts verloren!»

Nebe versucht, ihn zu beruhigen. «Gruppenführer, er hatte eine Dame im Auto, soviel ich weiß ...»

«Es interessiert mich nicht, ob der seine Nutte spazieren gefahren hat oder sich im Dienst befand! Als aufrechter deutscher Mann hätte er groß dastehen können vor ihr. Zwei gezielte Schüsse, und wir wären dieses Scheißproblem endlich und endgültig los gewesen!»

Dem kann Nebe nur zustimmen. Doch so einfach lassen sich komplizierte Fälle eben nur aus der Sicht des absoluten Laien lösen.

«Zwei Mann, Nebe!», geifert Heydrich. «Und wir führen am Ehrentag der Deutschen Polizei einen Geisterkrieg, als ginge es um die Besetzung Österreichs! Und das Ergebnis? Nichts! Dafür sind ein paar hundert Beamte im Einsatz!»

Anscheinend immer noch zu wenige, denkt Nebe. Schon 1935, als sich die Überfälle auf drei Dutzend summiert hatten, war sein Vorschlag, einen Großeinsatz von Polizeikräften, SA, SS und den Männern des Kraftfahrerkorps NSKK durchzuführen, rundweg abgelehnt worden. Nur kein Aufsehen erregen! Deshalb wurden nur die Streifen verstärkt und die Überfälle über lange Zeit totgeschwiegen.

Immerhin, jetzt sind siebentausend Reichsmark Belohnung ausgelobt, der Aufruf, eine Einheitsfront mit der Kriminalpolizei zu bilden, steht vor der Veröffentlichung. Aber vielleicht ist den Kerlen mit irgendwelchen Riesenaktionen gar nicht beizukommen. Wie Gespenster tauchen sie aus dem Wald auf, bringen ungeniert ihr Schäfchen ins Trockene – manchmal nur ein paar Mark – und verschwinden auf die gleiche Weise wieder. Dichte Wälder gibt es rings um Berlin mehr als genug. Die Befragung der Beamten an den nächsten Stationen der Vororts- und S-Bahnen haben keine Anhaltspunkte ergeben, verwertbare Spuren sind praktisch kaum vorhanden, sieht man von den 9-Millimeter-Patronenhülsen ab, die an mehreren Tatorten gefunden worden sind. Aus Bauch und Hüfte des Verletzten vom Kleinen Stern im Grunewald hat man merkwürdigerweise 7,65-Millimeter-Geschosse herausoperiert.

Nachdem den Tätern bei einem weiteren Überfall eine moderne automatische Walther PPK Kaliber 7,65 Millimeter in die Hände gefallen ist, gibt die bei der nächsten Autofalle gefundene Patronenhülse neue Rätsel auf: Es handelt sich um handelsübliche Munition für einen Revolver des englischen Kalibers 320. Die Experten der Schusswaffenermittlung haben herausgefunden, dass sich die Munition auch in einer automatischen Pistole verwenden lässt. Die Spuren am Wulstrand der Hülse deuten darauf hin.

Das alles weiß Nebe, doch er sagt es nicht. Für derlei Details hat Heydrich kein Ohr. Das ist ein Geheimdienstfritze, wie er im Buche steht, kein Kriminalpraktiker. Fehlt nur noch, dass er wieder mit seinem Lieblingsthema anfängt, alle Berufsverbrecher gnadenlos auszurotten. Himmler hat sich Nebe gegenüber sogar zu der Behauptung hinreißen lassen, ein nordischer Mensch wäre nun mal von Natur aus kein Verbrecher.

Nebe hat auch dem Reichs-Heini nicht widersprochen, aber dessen Rassenfimmel geht ihm gehörig gegen den Strich. In seinen siebzehn Jahren bei der Kriminalpolizei sind ihm ebenso viele blonde Straftäter begegnet, wie in der SS Dienst tun. Gestern hat der Chef der Ordnungspolizei angeordnet, dass der Polizeinachwuchs künftig aus der rassisch überprüften SS gewonnen werden soll. Dabei pfeifen es die Spatzen von den Dächern, dass die nordische Bestie Heydrich selber eine jüdische Großmutter haben soll. Und Himmler und Goebbels? Typische Schrumpfgermanen, um sich in deren verquaster Terminologie auszudrücken.

Und richtig, Heydrich, der sich sonst eher kurz und knapp äußert, reitet auch diesmal sein Steckenpferd. «Das ist höchst einfach, Nebe! Sie kennen doch Ihre Kandidaten nur allzu gut! Nehmen Sie endlich alle wegen Raubes Vorbestraften in Vorbeugehaft, und der Spuk hat ein Ende. Die Richtigen sind todsicher darunter, und Göring hat außerdem gleich die nötigen Arbeitskräfte für seinen Vierjahresplan!»

Nebe ist anderer Meinung. Görings Pläne interessieren ihn sowieso nicht. Und anders als bei den Einbrechern ist die Rückfallquote unter den Räubern der hohen Strafen wegen nicht sonderlich hoch. Der kleinere der beiden Täter wird als relativ junger Mann um die 25 Jahre beschrieben. In den Verbrecheralben am Alex haben sie bisher vergeblich nach ihm gefahndet. Außerdem hält Nebe nichts von einer Methode, die zwar die Konzentrationslager füllt, aber keinerlei Erkenntnisse über die wahren Täter liefert. So etwas widerspricht kriminalpolizeilichen Erfahrungen. Von dem starken Rückgang der Verbrechen, von dem Berlins Polizeipräsident Graf Helldorff vorgestern in der Zeitung geschwafelt hat, kann überhaupt nicht die Rede sein.

Das alles hat er Heydrich schon mehrmals erklärt, und der

mag keine Wiederholungen. Also schweigt Nebe, als hätte er verstanden, erhebt sich und grüßt mit erhobenem Arm.

Heydrich hat nur eine ungnädige Handbewegung für ihn übrig.

DER ERSTE TOTE

ES IST MITTWOCH, der 24. März 1937. Der Frühlingsanfang liegt schon drei Tage zurück, Ostern steht vor der Tür, doch es ist noch immer kalt und ungemütlich. Den dunkel gekleideten Mann, der abends gegen sieben Uhr zu Fuß auf dem Adlergestell unterwegs ist, scheint es nicht zu stören. Die Mütze tief ins Gesicht gezogen, eine gut gefüllte Ledertasche umgehängt, so stapft er am Chausseerand von Berlins Ausfallstraße in Richtung Südosten dahin. Vom S-Bahnhof Grünau ist er ungefähr drei Kilometer entfernt, ein paar hundert Meter will er noch weitergehen in Richtung Schmöckwitz, wenn ihm nicht vorher ein Lieferwagen begegnet. Als sich aus Richtung Grünau ein Radfahrer nähert, bleibt er hinter einem Baum stehen. Dann fährt ein Pkw vorbei, und er drückt sich seitwärts in die Büsche. Zurück am Straßenrand, bemerkt er den schwachen Schein der Fahrradlampe zu spät, um sich erneut zu verbergen. Also setzt er seinen Weg fort, als hätte er den Radfahrer nicht bemerkt, und pfeift sich eins.

Der Radfahrer hält auf ihn zu und bleibt vor ihm stehen. Im funzligen Schein der Karbidlampe erkennt der Fußgänger die Polizeiuniform.

«Hallo! Wo wollen Sie hin?», lautet die in amtlichem Ton gestellte Frage.

Der Mann tut harmlos. «Nach Hause. Nach Schmöckwitz.»

«Und woher?»

«Vonne Arbeit. Adlershof.»

Der Beamte, Polizeioberwachtmeister Arthur Herrmann auf abendlicher Streifenfahrt, bleibt misstrauisch. Dass einer bei dieser

Witterung von Adlershof nach Schmöckwitz läuft, wo ein paar hundert Meter weiter die Straßenbahnlinie 86 verkehrt, erscheint ihm auffällig. Der Überfall auf ein Liebespaar vor anderthalb Jahren ist ihm in unguter Erinnerung. Das war hier in der Gegend, das erste Mal im Osten und nicht im Grunewald, wie er von den Kollegen der Kriminalpolizei erfahren hat. Außerdem passt das Signalement des einen Straßenräubers durchaus auf den einsamen Wanderer mit der auffälligen Geldtasche.

«Was haben Sie da in der Tasche?»

«Na, meine Thermospulle mit Kaffee! Wat denn sonst?»

«Zeigen Sie mal her!»

Die Karbidlampe leuchtet hell genug, um zu erkennen, wohin der Polizist bei dieser Aufforderung greift: zur Pistolentasche.

Der Mann mit der verdächtigen Ledertasche ist schneller. Ein Schuss hallt durch den Wald, in dem der Schütze blitzschnell verschwindet. Der verwundete Beamte schießt ebenfalls und folgt dem Flüchtenden. Der bleibt hinter einem Baum stehen, feuert weiter. Nach wenigen Schritten bricht der Polizeioberwachtmeister Herrmann tot zusammen. Eine Kugel ist unterhalb des Schlüsselbeins durch die Brust gedrungen und im Rückgrat stecken geblieben. Die Schritte des Schützen verlieren sich im Gehölz.

Kurz darauf nähert sich wiederum ein Pkw. Darin sitzt fröstelnd Gebhard Braun aus Schmöckwitz. An der Temperatur ändert die bescheidene Wagenheizung seines Pkw kaum etwas, und die Fahrt durch den Wald ist ihm jedes Mal unheimlich. Der beginnt vor dem S-Bahnhof Grünau, dahinter führt die Straße nach einer sanften Kurve kilometerweit durch den dunklen Forst Oberspree.

Braun ist erschöpft – hinter ihm liegt ein harter Tag als Vertreter einer Maschinenbaufirma –, doch gleichzeitig ist er hellwach. In den Zeitungen hat er außer der ausgelobten Belohnung nichts mehr von nächtlichen Überfällen auf Autos gelesen. Nur die gut informierte Fama weiß genug darüber zu berichten. Gerade hier in der Gegend sind Kraftwagen ausgeraubt worden, wie Braun aus zuverlässiger Quelle weiß.

Links am Straßenrand leuchtet am Boden ein schwaches Licht. Es verändert sich nicht, als der Wagen sich nähert. Braun verlangsamt das Tempo. Irgendetwas ist merkwürdig. Er hält an. Im Graben erkennt er ein Fahrrad mit eingeschalteter Beleuchtung. Hat jemand einen Radfahrer überfahren und Fahrerflucht begangen?

Braun stellt seinen Wagen quer und leuchtet in den Wald, kann aber nirgendwo einen Verletzten entdecken. Er hupt und lauscht in die Dunkelheit. Nichts. Aussteigen will er nicht, das Ganze kann eine Falle sein. Am besten, er holt die Polizei.

Braun weiß, wo sich das Grünauer Polizeirevier befindet. Er wendet und fährt mit hoher Geschwindigkeit zum Bahnhof zurück, biegt rechts in die Wilhelmstraße ein und hält eine Minute später vor dem Revier 243 in der Mittelstraße.

Zehn Minuten später haben die Beamten die Gewissheit, dass es sich um das Dienstfahrrad ihres Kollegen Herrmann handelt, der um sechs Uhr abends zu einer zweistündigen Streifenfahrt aufgebrochen ist. Im Licht der Scheinwerfer ihres Einsatzwagens dringen die Beamten in den Wald ein und werden schon nach wenigen Metern fündig. Vor ihnen liegt die Leiche des Kollegen. Die Pistolentasche ist geöffnet, die Waffe findet sich in unmittelbarer Nähe der Leiche. Ein Selbstmord? Daran wollen die Kameraden des als besonnen geltenden Oberwachtmeisters nicht glauben.

Als Gennats Spezialisten am nächsten Morgen eine gründliche Spurensuche vornehmen, ist klar, dass der Polizist nicht durch einen Schuss aus der eigenen Waffe umgekommen ist.

Handelt es sich bei dem Täter oder den Tätern um die Landstraßenräuber, oder ist Herrmann einem eher zufälligen Verbrechen zum Opfer gefallen? Diese Frage bewegt Kommissar Kappe, als er in den frühen Morgenstunden des Gründonnerstag neben seinem alten Kollegen Galgenberg zwischen den Kiefern herumstapft.

«Das war vorauszusehen!» Galgenberg spielt mal wieder den nachträglichen Propheten. «Wer so ungeniert wie die beiden in der Gegend rumballert, trifft früher oder später auch mal einen.»

Dazu schweigt Kappe. Kommissar Busch vom Einbruchsdezernat, der die Ermittlungen gegen die Straßenräuber führt, predigt schon seit Wochen das Gleiche. Bisher hat das Morddezernat nichts mit den Fällen zu tun gehabt, obwohl es bereits im Juni 1935 im Grunewald zu einem ersten Schusswaffengebrauch gekommen war. Versuchter Mord – so was kam öfter mal vor. Außerdem hat man es im Polizeipräsidium lange nicht für möglich gehalten, dass es sich bei den Liebespärchen-Räubern im Westen um die gleichen Täter wie bei den Autofallen im Osten handeln könnte. Bis zu fünfzig Kilometer liegen die Tatorte auseinander. Seit Dezember 1936 muss dennoch als sicher gelten, dass Kommissar Busch recht hat: Die beiden Räuber – und mehr als zwei Maskierte sind nirgendwo aufgetreten – haben im Grunewald wie auf der Reichsstraße 1 mit der gleichen Waffe geschossen, vermutlich ein Trommelrevolver älterer Bauart mit glattem Lauf. Allerdings verfügen sie seit dem vergangenen Sommer über eine zweite Waffe, die bei einem weiteren Raub am Kleinen Stern erbeutete Walther PPK 7,65 Millimeter.

Kein Wunder, dass die Spurensuche im Grünauer Forst besonders gründlich ausfällt. Mit Erfolg. Die aus Herrmanns Dienstpistole abgeschossene Kugel wird gefunden. Vier weitere Patronen aus der Waffe, die nach dem ersten Schuss eine Ladehemmung hatte, liegen verstreut auf dem Waldboden. Außerdem findet sich eine Hülse 7,65 Millimeter, zu der die Bleikugel passt, die der Gerichtsmediziner aus Herrmanns Wirbelsäule herausoperierte.

Am Nachmittag des Gründonnerstag sitzt Prof. Dr. Brüning in der Preußischen Landesanstalt für Chemie lange vor dem Mikroskop und vergleicht immer wieder die Spuren an den Geschossen miteinander, die aus drei verschiedenen Überfällen stammen. Am Ende seiner Untersuchungen hat er keinen Zweifel mehr: Alle drei Geschosse sind mit der gleichen Waffe abgefeuert worden.

Als er sein Ergebnis dem Kriminalrat Gennat durchgibt, dem legendären Mordkommissar vom Alex, schnauft der beleibte Mann nur ärgerlich. «War nicht anders zu erwarten. Jetzt haben wir das dicke Ei im Nest.»

WEISSE OSTERN

«IST ES GRÜN zur Weihnachtsfeier, fällt Schnee auf die Ostereier», zitiert Hermann Kappe beim Familienfrühstück am Ostersonntag. Weihnachten 1936 war grün ausgefallen, jetzt bläst der kalte Ostwind tatsächlich ein paar Schneeflocken in den engen Hof in der Frankfurter Allee, auf den man aus dem Küchenfenster blickt. Wahrscheinlich will Kappe sich damit trösten, denn ursprünglich hatten sie ja vorgehabt, raus in die Müggelberge zu fahren, um dort die Ostereier für die Kinder zu verstecken. Doch Margarete, mit ihren neunzehn Jahren eigentlich schon zu alt für den BDM (und für das Ostereiersuchen natürlich auch), unternimmt mit ihrer Mädelschaft eine Heimatwanderung durch die Neumark, und für Kappe ist über die Feiertage Bereitschaftsdienst angesetzt. Draußen in Müggelheim und überall sonst, wo die Straßenräuber schon mal aufgetaucht sind, dürfen frierende Beamte aller Schattierungen Streife laufen und fahren. Die Osterspaziergänger werden die Wälder meiden, nachdem überall die Fahndungsplakate für den Mörder des Polizeioberwachtmeisters Herrmann hängen.

Sogar Klara Kappe, sonst nicht die Ängstlichste, macht sich diesmal Sorgen um ihren Angetrauten. «Deine gewöhnlichen Mörder erschießen mal einen, und damit ist es gut», sagt sie altklug. «Aber die hier sind ja richtig gefährlich. Man müsste solche Berufsverbrecher ein für alle Mal wegsperren, das wäre das Beste!»

Und dir ein für alle Mal den Mund zu solchen Themen verbieten, das wäre das Allerbeste, denkt Kappe grantig. Nicht genug, dass er sich solche Sprüche im Präsidium tagtäglich anhören muss – jetzt fängt es auch schon in der eigenen Familie an. Als wären alle sogenannten Berufsverbrecher Mörder und alle Mörder von vornherein Berufsverbrecher!

«Wir haben in unserer Rotte darüber gesprochen», fängt nun auch Hartmut an zu klugscheißen. «Wenn man uns mit scharfen Waffen ausrüsten würde, könnten wir die Waldgebiete generalstabsmäßig durchkämmen und würden die Mörder bestimmt fangen.»

«Und euch dabei gegenseitig totschießen oder verwunden!», sagt Kappe. «Du wirst noch früh genug an scharfen Waffen ausgebildet werden.» Rotte, wie das schon klingt! Dass aus seinem Sohn mal ein Oberrottenführer wird, hat er sich nie vorgestellt. Und der zehnjährige Karl-Heinz gehört bei den Pimpfen einer Horde an!

Hartmut gibt nicht auf. «Wenigstens einen Tesching könntest du mir bewilligen», murrt er.

Da lacht sogar der Kleine. «Damit kannste höchstens auf Spatzen schießen, aber keine Verbrecher jagen!» Um Zustimmung heischend, sieht Karl-Heinz seinen Vater an.

Der sagt: «Schluss mit dem Thema! Heute ist erster Osterfeiertag, da schweigen alle Waffen.»

Jedenfalls möchte er das gerne. Das Bild des erschossenen Kollegen geht ihm nicht aus dem Sinn. Wer will schon so enden? Ein Beifahrer, den die Räuber im November angeschossen und ausgeraubt hatten, war erst vor drei Wochen als Invalide aus dem Krankenhaus entlassen worden. Und am 19. Februar, fünf Wochen nach dem Spektakel von Hangelsberg, hatten die Autoräuber wieder mit größter Dreistigkeit eine Baumfalle errichtet. Acht Fahrzeuge sammelten sich auf beiden Seiten, doch die Räuber blieben unsichtbar – verscheucht vom ersten Pkw mit einer Polizeinummer. Seitdem hatten sie sich noch nicht wieder gerührt.

Für die Kriminalgruppe M ist das Jahr 1937 anfangs ruhig verlaufen. Den dreifachen Mörder aus der Joachimstraße haben sie wie erwartet mit ihren gewohnten kriminalpolizeilichen Methoden innerhalb von drei Tagen zu einem Geständnis gebracht, und Gennat und seine Mannen dürfen sich wieder allgemeiner Anerkennung erfreuen. Das ist auch nötig, denn der Druck auf die Kriminalpolizei von Himmlers und Heydrichs Seite verstärkt sich seit Schaffung der Sicherheitspolizei, kurz Sipo, spürbar. Das Geschwafel über notwendige rassenbiologische Voraussetzungen und weltanschauliche Bekenntnisse jedes einzelnen Beamten nimmt überhand. Bezüglich seines und Klaras «arischen Nachweises» braucht Kappe keine Schwierigkeiten zu befürchten. Die Kirchenbücher in Wendisch Rietz bestätigen die urdeutsche Abstammung. Mit einer kleinen Ausnahme: Klaras Großvater war unehelich geboren und erst als Achtjähriger von dem späteren Ehemann der Urgroßmutter anerkannt worden. Kappe kann rechnen. Der Großvater war 1841 geboren, sein vorgeblicher Erzeuger 1827. Aber niemand hatte den vierzehnjährigen Vater beanstandet.

Klara hat vorgeschlagen, die Ostereiersuche in den nahen Friedrichshain zu verlegen, wozu die beiden Jungen nicht die geringste Lust verspüren. Hartmut vertieft sich gleich nach dem Frühstück in die dickleibige Urvätersaga von Hans Friedrich Blunck, Karl-Heinz will den Tag lieber mit immer neuen Angriffen seiner Soldaten auf die Pappmaché-Burg verbringen. Kappe selber gibt angesichts des Schneegestöbers vor, das Haus nicht verlassen zu dürfen, für den Fall, dass er zum Dienst gerufen wird.

Das ist natürlich Unsinn. Wie Alfons Busch von der Inspektion E in mühsamer Kleinarbeit herausgefunden hat, sind bisher Donnerstag bis Sonnabend die bevorzugten «Arbeitstage» der Räuber gewesen, sonntags und montags sind sie nur je einmal aktiv geworden, und das – wie bei allen ihren Unternehmungen – stets abends. Dabei sind die Kerle bei aller Brutalität offensichtlich nicht auf das ganz große Geld aus. Eine gut organisierte Bande ist das todsicher nicht. Die würde sich lohnendere Ziele aussuchen. Einmal haben die Täter den letzten Linienbus der BVG von Müggelheim nach Köpenick gekapert und versucht, an die Einnahmen des Schaffners zu kommen. Die beiden gewitzten BVGer schüttelten die Banditen im wahrsten Sinne des Wortes ab, ohne das Geld rauszurücken. Auch in dem Bus hatte einer der Räuber geschossen, die Kugel fand sich in der Rückenlehne des Fahrersitzes.

Die Kerle schrecken wirklich vor nichts zurück. Dabei fällt die Beute oft genug sehr bescheiden aus. Welches Liebespärchen im Grunewald trägt größere Geldbeträge mit sich herum? Ein Wunder überhaupt, dass immer noch welche so unvorsichtig sind, es dort im Auto miteinander zu treiben. Die zahlreichen Polizeistreifen stoßen immer wieder auf solche sorglosen Zeitgenossen.

Im Präsidium ist es kein Geheimnis, dass der Kommissar Busch selber oft mit seiner jungen Frau zum Kleinen Stern fährt und dort lange Abende und kalte halbe Nächte im Wagen verbringt, ohne dass die Räuber bisher aufgetaucht sind. Stattdessen geht vermutlich der Überfall auf die Stationskasse des S-Bahnhofs Grunewald auf ihr Konto.

Kappe grient vor sich hin. Das wäre was für Klara: mit ihm in inniger Umarmung in einem engen Auto zu hocken und auf einen bewaffneten Überfall zu warten! Der Führer hat es befohlen, kann er ihr ja weismachen, dass die Ehefrauen nationalsozialistischer Beamter ihre volle Einsatzbereitschaft zu zeigen haben! Ein Orden ist sicher, wenn das Lockvogelspiel gelingt …

Besser nicht! Auf seine seltenen Späße hat Klara noch nie beifällig reagiert. Kappe setzt sich an den Schreibsekretär und versucht, an etwas anderes zu denken als an den ewigen Dienst. Der *Berliner Lokal-Anzeiger*, den ihm Karl-Heinz vom Kiosk geholt hat, meldet nichts Aufregendes, sieht man davon ab, dass in der letzten Woche eine Bande von achtzig Hehlern und Einbrechern verurteilt worden ist, die vornehmlich im Westen Berlins ihr Unwesen getrieben hatte. Wo sonst? Das Geld ist nun einmal in Charlottenburg, Wilmersdorf und Zehlendorf zu Hause und nicht östlich und nördlich vom Alex, wo die Ganoven wohnen und die alten Ringvereine in den letzten Zuckungen liegen. Denen ist es seit 1933 an den Kragen gegangen. Berufsverbrecher eben, auf die es die neue Staats- und die Polizeiführung besonders abgesehen haben. In den KZs sitzen etliche der alten Garde, weitere Aktionen sind angedroht.

Gennat, dessen Gesundheitszustand seinen Untergebenen in letzter Zeit ziemliche Sorgen bereitet, hat nur trocken gelacht, als von seinem Dezernat Listen für in Vorbeugehaft zu Nehmende angefordert wurden. Mörder gelten erst nach der Tat als Verbrecher, hat er geknurrt. Ich wüsste trotzdem, wen wir hoppnehmen müssten ...

Über Pommern hat ein Schneesturm getobt, liest Kappe. Berlin ist noch mal gut weggekommen. Heiter und kühl verspricht das Wetter zu bleiben. Alle vor 1933 geprägten Silberstücke, die sogenannten Wagenräder, verlieren am 1. April 1937 ihre Gültigkeit. Künftig gelten nur die Neuprägungen der Zwei- und Fünfmarkstücke mit dem Konterfei Hindenburgs und der Potsdamer Garnisonkirche.

Schließlich entdeckt Hermann Kappe doch noch einen Artikel, der ihn interessiert: *Große Deutsche, die unter dem Zwei-Kinder-System nicht gelebt hätten.* Auf was die alles kommen, um die Fruchtbarkeit des Volkes, angeblich ohne Raum, zu mehren! Er braucht sich mit seinen drei Gören nicht angesprochen zu fühlen, außerdem sind Klara und er ja aus dem Alter glücklicherweise raus. Aber die zarte Margarete – will er sich seine Tochter als sechsfache Mutter vorstellen? Oder Hartmut als vierfachen Vater? Hermann Kappe der Ahnherr einer Horde von Pimpfen und Jungmaiden?

Die Argumente in dem Artikel klingen überzeugend. Bei nur zwei Kindern pro Familie hätte Deutschland auf Albrecht Dürer, Friedrich den Großen, auf Kant, Bismarck und Richard Wagner verzichten müssen.

Auf Hermann Kappe nicht, denkt er beruhigt. Nach seinem Bruder Oskar ist er der Zweitgeborene. Pauline ist vier Jahre jünger, und schon in ihrer Kindheit hatte Oskar gelästert: Wenn Schwestern notwendig sind – warum hat der liebe Gott dann keine? So weit geht Hermann Kappe nicht. Er mag Pauline und ihren Mann, den Koch Hans Achtow, auf seine Art. Nur dass die beiden neben der hübschen Tochter Hildegard einen Dumpfbeutel wie den Sohn Max gezeugt haben, ist unverzeihlich. Kappe schüttelt sich, wenn er an den ebenso aufgeblähten wie dämlichen Neffen denkt, der ihm zuletzt in SS-Uniform begegnet ist. In manchen Familien genügen wirklich zwei Kinder!

MORD AN DER HUNDEKEHLE

HANNA UND BRUNO kennen sich seit einem Jahr. Bruno Lietz, der noch zu Hause bei Muttern in SO 36 wohnt, hat Maurer gelernt und Arbeit bei einer Firma gefunden, die in Karlshorst eine Pionierschule errichtet. Hanna, eine rotblonde Schönheit mit aufregenden Beinen, war ihm ein paar Mal morgens in der S-Bahn begegnet, bis ihre Blicke ihm genug Mut eingeflößt hatten, sie anzusprechen. Seitdem fahren sie jeden Morgen gemeinsam mit der S-Bahn, wobei Bruno gerne einen Umweg in Kauf nimmt, um schon an der Jannowitzbrücke zu ihr in den verabredeten Wagen zu steigen und nicht erst an der Warschauer Brücke. Hanna wohnt am Hackeschen Markt und arbeitet in der Eisfabrik in Rummelsburg. Wenn Bruno sie an sich drückt, hat er eher das Gefühl, er wärme sich an einem Backofen, aber das kann auch daran liegen, dass er für sie glüht.

Hanna ist neunzehn, Bruno zwei Jahre älter. Jeden Tag muss er damit rechnen, dass ihn die Wehrmacht einzieht und er seine Hanna nicht mehr regelmäßig sehen kann. Sein Chef versucht, ihn zu beruhigen: «Wir bauen hier fürs Militär, da wird jede Hand gebraucht.»

Über Ostern hatten sie eigentlich wegfahren wollen, irgendwohin aufs Land, wo man in einem Heuschober übernachten konnte, doch das kalte Wetter hat ihnen einen Strich durch die Rechnung gemacht. Nun sind sie am Sonntag zur Wassersportausstellung am Funkturm gefahren und haben sich am Abend mit Hannas Freundin Edith und deren Verlobten Erwin getroffen, um gemeinsam etwas zu unternehmen. Erwin, der in Charlottenburg zu Hause ist, hat zum Entzücken der Mädchen vorgeschlagen, in der Waldschenke am Bahnhof Grunewald tanzen zu gehen. Bruno musste notgedrungen zustimmen, obwohl er alles andere als ein begnadeter Tänzer ist.

Die Stimmung im Bahnhofsrestaurant ist ausgelassen, nur die Musik könnte nach Erwins und der Mädchen Geschmack etwas weniger altdeutsch sein. Bruno ist das einerlei, solange er seine Hanna fest an sich pressen und mit den Händen tief über ihre Rückenpartie fahren kann. In dem Gewimmel auf der Tanzfläche fällt das kaum auf, zumal wohl die meisten Pärchen auf das Gleiche aus sind, egal ob Rheinländer, Schmalztango oder Foxtrott gespielt werden.

Viel zu früh kündigt Berthold Wurzbacher, der Wirt, den letzten Tanz an. Sperrstunde, da kennt die Polizei auch hier draußen keinen Spaß. Beamte laufen genug herum, die meisten in Zivil. Dass im Grunewald keine Holzauktion stattfindet, sondern die Räuber umgehen, weiß jeder.

«Die sollen mal kommen!», sagt Bruno lachend und spannt die kräftigen Schultern. Er hat keine Angst vor Räubern, schon gar nicht nach den fünf, sechs Bier, die er intus hat.

Der Alkohol verleiht auch dem schmalschultrigen Erwin Mut. «Ich denke, die sind jetzt abgehauen in den Osten», meint er. «Jedenfalls werden die wohl kaum jemanden direkt hier an der S-Bahn überfallen.»

Der Meinung sind auch die Mädchen. Dass man den angebrochenen Abend noch nutzen muss, ist ausgemachte Sache.

Die Auerbachstraße mündet nach kaum hundert Metern in den Uferweg am Hundekehlensee. Links liegen die Tennisplätze, am Ufer stehen Bänke, und so kalt ist es nun auch wieder nicht. Bruno lässt sich auf die nächste Bank fallen und zieht Hanna auf seinen Schoß. Vom Wasser her weht es kühl, doch das spüren sie nicht.

Edith und Erwin sind ein Stück weitergegangen und hinter den Uferbüschen verschwunden, da nähert sich von der Auerbachstraße eine dunkel gekleidete Gestalt. Bruno und Hanna sind viel zu beschäftigt miteinander, um sie wahrzunehmen. Erst als der

Mann direkt vor ihnen steht und ihnen der Taschenlampenstrahl in die Augen sticht, reagiert Bruno.

«Mach die Funzel aus, aber dalli!», murrt er und schiebt sicherheitshalber Hanna von seinem Schoß.

«Halt's Maul! Geld her, oder es kracht!» Tatsächlich zeigt der Kerl im Lampenschein eine Pistole.

Bruno ist nicht bei jeder Gelegenheit der Schnellste. Diesmal jedoch fährt er sofort hoch und stürzt sich auf den Mann. Der ist etwas kleiner als er und hat die Schirmmütze tief ins Gesicht gezogen. Mit dem werde ich allemal fertig, denkt Bruno. Bis ein Schuss kracht.

Hanna schreit laut auf.

«Hau ab!», ruft Bruno ihr zu. «Hol die Polizei!»

Hanna verschwindet in der Dunkelheit.

Bruno holt zu einem neuen Schlag gegen den Räuber aus, da knallt es ein zweites Mal. Er sinkt zu Boden. Dass der heimtückische Schütze seine Taschen durchwühlt, spürt er nicht mehr.

Zwei Minuten später hat der düstere Wald den Mann verschluckt. Er kennt sich hier aus. Der Kleine Stern, wo die Spandauer Straße auf die verlängerte Koenigsallee trifft und sich mit dem Weg von Paulsborn zum Großen Stern kreuzt, ist nur einen Kilometer entfernt. Aber dahin will er nicht. Allzu oft haben sie dort Beute gemacht. Da liegen die Bullen auf der Lauer. Der Mann zieht die Mütze vom Kopf, wickelt das Portemonnaie und die Pistole darin ein. Das Päckchen muss er loswerden, dazu die übergezogene Arbeitskleidung. Ihm bleibt nicht viel Zeit. Das Mädel braucht zum Bahnhof nur Minuten, dort gibt es eine Telefonzelle. In zehn Minuten werden die Grünen ausschwärmen wie die Hornissen.

Wie immer hat er an alles gedacht. Unter einer Baumwurzel ist ein Versteck vorbereitet. Hunde könnten ihm gefährlich werden. Also hat er Pfeffer verstreut. Jetzt muss er nur noch ungesehen die Bahngleise kreuzen und dann die Avus und den Königsweg. Auf der anderen Seite liegen die Sportplätze der Berliner Hochschulen, da könnte er sich über Nacht einquartieren, wäre heute nicht ein Feiertag, an dem möglicherweise Studenten dort feiern oder nächtigen. Er muss weiter in Richtung Teufelssee und Heerstraße. Da wird ihn keiner vermuten. Er ist gut zu Fuß, und der nächtliche Wald schreckt ihn nicht.

Als er auf der Westseite von Avus und Koblenzer Bahn zwischen den Stämmen verschwindet, grient er vor sich hin. Mal sehen, ob am Dienstag was in der Zeitung steht. Max wird staunen, die alte Pfeife. Ohne ihn ist der ein Nichts. Dem geht bei jedem Ding der Arsch auf Grundeis, und der Polizeiwagen in Friedrichshagen hat ihm den Rest verpasst. Er hört ihn schon jammern: Du hast einen Polizisten erschossen. Und jetzt vielleicht noch einen jungen Burschen. Das wird uns den Kopf kosten!

Dazu müssen sie uns erst mal kriegen, wird er antworten. Das haben die in zweieinhalb Jahren nämlich nicht geschafft! Der junge Kerl hätte sich ja nicht wehren müssen. Hätte er sich vielleicht von dem verhauen lassen sollen? Und der Polizist? Was hätte der gesagt, wenn er in der Ledertasche nur Lumpen gefunden hätte?

Dabei war der Plan perfekt gewesen. Kam ein Lieferwagen, wollte er die Geldtasche einfach auf die Straße legen, so als hätte sie jemand verloren. Hielt die Karre, war das Übrige ein Kinderspiel, selbst für einen einzelnen Mann. Abschließend ein Schuss in die Reifen – und weg in den Wald. Er hätte die Kleidung und das Zeug vergraben und wäre irgendwo harmlos in die nächste Straßenbahn gestiegen.

Angefangen hatte alles eher wie ein Spaß. Dass sich allabendlich ein paar reiche Säcke mit ihren Damen rund um den Kleinen Stern sammelten, um sich in ihren Autos zu verlustierten, war ihnen durch Zufall aufgefallen. Beim ersten Mal waren sie dorthin gefahren, um die Sache auszubaldowern, dann hatten sie gleich viermal Erfolg gehabt. Nur einer war getürmt. Die anderen hatten freiwillig gezahlt, die meisten wahrscheinlich nicht mal Anzeige erstattet. «Ich habe mir Ihre Adresse auf dem Führerschein gemerkt. Ihre Frau wird sich freuen, wenn Sie erfährt, dass Sie ...»

Das genügte als Drohung. Nur sind die Kerle mit der Zeit widerspenstiger geworden. Manche behaupten, kein Geld bei sich zu haben, wehren sich oder veranstalten irgendein Theater. Gleich beim ersten Mal hatte eine Frau die ganze Zeit über gehupt und rumgeschrien, bis Max sie auf die friedliche Art zur Ruhe brachte. Die meisten hatten einfach Schiss, wenn sie die Waffe sahen. Ein paar Mal hatten sie erfolglos wieder abziehen müssen, weil es so verdammt nach Polente roch, dass Max sich fast in die Hosen schiss. In einem Auto saßen mal zwei, von denen die angebliche Frau todsicher ein verkleideter Bulle war.

Da war ihm die Idee mit den Bäumen und später mit den Drahtseilen gekommen. Die Bäume anzusägen und im passenden Augenblick per Wäscheleine zum Umkippen zu bringen, wollte gekonnt sein. Die Autos steckten jedenfalls fest. Am besten waren Lieferwagen, die mit Geld in die Stadt zurückfuhren. Oder welche, die Zigaretten ausfuhren. Allerdings mussten sie dazu das Revier wechseln. Im Westen war auf der Avus oder auf der Heerstraße viel zu viel los, um ungestört zu arbeiten. Im Osten dagegen führten beinahe alle Ausfallstraßen durch Wälder. Im Sommer ließ sich das alles per Fahrrad gut erkunden, und die Bahnverbindungen, um wieder nach Hause zu kommen, waren auch nicht schlecht.

Doch für eine echte Autofalle braucht er Max. Und der kneift im Augenblick. Wahrscheinlich steckt seine Frau dahinter, die neigt zu ulkigen Anwandlungen von Ehrsamkeit.

Er selbst bleibt lieber solo. Bloß keinen noch so hübschen Klotz am Bein, der alles besser weiß und vielleicht noch Rechenschaft über jede Minute und jede Mark fordert. Das ist nichts für ihn. Wenn er eine braucht, dann findet er sie, auf ein paar Mark kommt es ihm dabei nicht an. Solange der Ofen eben raucht. Er ist gespannt, für wie viel Mark der Bursche am Hundekehlensee sich auf einen aussichtslosen Kampf eingelassen hat. Das wird er erst in einigen Tagen erfahren, wenn es in der Gegend wieder ruhiger geworden ist. Vielleicht steht es ja in der Zeitung.

Dem müde wirkenden jungen Mann, der am Ostermontag

morgens gegen halb sechs in Pichelsberg in die S-Bahn steigt, sieht keiner an, dass er in der Nacht quer durch den Grunewald marschiert ist. Und dass er vorher kaltblütig den Maurer Bruno Lietz niedergeschossen hat, der im Martin-Luther-Krankenhaus mit dem Tode ringt, schon gar nicht.

SOKO AUTOFALLEN

ÜBER NACHT ist es Frühling geworden. Was für ein Trost nach dem langen, grauen Winter! Die Knospen an den Linden in der Großen Frankfurter sehen aus, als könnten sie jeden Augenblick mit einem Knall platzen. Hermann Kappe ist an diesem Morgen nur im leichten Überzieher losgegangen und kommt selbst darin ins Schwitzen. Das mag auch daran liegen, dass er an nichts anderes denkt als an den Schwerverletzten vom Hundekehlensee. Die Ärzte hätten wenig Hoffnung, hieß es gestern. Und richtig: Im Präsidium empfängt ihn die Nachricht vom Tod des 21-jährigen Bruno Lietz, verstorben an den Folgen einer Nahschussverletzung in den Hals.

Was für ein Saukerl muss das sein, der einen jungen Menschen wegen ein paar Mark aus fünfzehn Zentimeter Entfernung niederschießt!

Schwer atmend und ungewohnt früh sitzt auch Gennat hinter seinem Schreibtisch und blickt ernst in die Runde. Nicht mal dem Schandmaul Galgenberg will eine alberne Bemerkung einfallen. Zwei Tote innerhalb einer Woche, einer davon ein Kollege, da braucht Gennat nicht lange über den Ernst der Lage zu referieren.

Der Herr Kriminalpolizeirat Dr. Brettschieß glänzt glücklicherweise durch Abwesenheit, da er mal wieder in höheren Gefilden weilt. Seit er einen Dienstrang bei der SS bekleidet, trägt er stolz die schwarze Uniform und spielt den Verbindungsmann, sprich Spitzel und Hofhund beim Reichsführer SS. Niemand vermisst ihn. Nebe sieht endlich eine Möglichkeit, den Schwätzer loszuwerden, und sei es an die vorgesetzte Behörde.

So geht es ja immer, denkt auch Kappe, Dünnbrettbohrer wie Brettschieß werden so lange befördert, bis sie auf einem Posten sitzen, wo sie maximalen Schaden anrichten können.

Vom Schaden, den die Polizeiarbeit durch das dreiste Auftreten der Räuber erleidet, ist ausführlich die Rede. Theorien werden durchgekaut, weshalb die wohl neuerdings einzeln arbeiten.

Kappe hält sich aus dem Palaver heraus. Weshalb Gennat ihm Kommissar Alfons Busch vom Einbruch zugeteilt hat, von allen nur «der Einbrecher» genannt, ahnt er vorerst nicht, zumal der junge Busch wenig begeistert scheint.

«Die vom Raub halten nicht viel davon, wenn einer vom Wohnungseinbruch ihnen ins Handwerk pfuscht», gesteht er Kappe.

Kappe winkt ab. Das ewige Kompetenzgerangel ist ihm vertraut und verhasst zugleich, obwohl er selber natürlich froh ist, beim Mord geblieben zu sein. Da gilt die amtliche Ansicht über die Berufsverbrecher als hauptsächliche Tätergruppe naturgemäß nur bedingt. Im Fall der beiden Toten allerdings ...

Es stellt sich heraus, dass Busch sich seit Monaten quasi privat mit den Autoräubern befasst und eine regelrechte Statistik über deren Taten geführt hat. Er kennt alle Raubüberfälle seit 1934 aus dem Effeff, hat nächtelang die Akten studiert und manche halbe Nacht selber auf der Lauer verbracht. Am liebsten wäre er auch weiterhin «draußen» geblieben, doch sein Freund, der Staatsanwalt Henkel, hat seine Beziehungen spielen lassen, und nun ist er zum Chef der soeben gebildeten Sonderkommission «Autofallen» berufen worden, vermutlich auf Nebes Anweisung.

Kappe sind die Hintergründe von Buschs Einsatz gleichgültig. Er hat den Eindruck, dass Nebe eine gute Wahl getroffen hat. «Wir werden uns schon zusammenraufen», sagt er zu dem Jüngeren, der ihn von Anfang an geduzt hat, wie es unter den jüngeren Beamten und Parteigenossen mittlerweile üblich ist. Busch ist kein Parteigenosse, wie Kappe zu seiner Erleichterung bald erfährt.

Sie machen sich an die Arbeit. Gemeinsam mit Busch muss er noch einmal gründlich die Freundin des Lietz und deren Freundin vernehmen, außerdem den Verlobten, den Wirt der Waldschänke und die Gäste, soweit man ihrer habhaft werden kann.

Das Ergebnis ist einigermaßen niederschmetternd. Zwar erweist sich die rotblonde Hanna als eine couragierte Zeugin, die ihre Tränen nur mühsam zurückhält, aber gesehen hat sie leider so gut wie nichts. Verschreckt von der Waffe, geblendet von der starken Taschenlampe und aus Angst um ihren Freund in Panik, hat sie nicht mehr bemerkt als eine untersetzte Gestalt mit einer Schirmmütze auf dem Kopf. So schnell sie konnte, war sie zur Telefonzelle am Bahnhof gelaufen und hatte die Polizei verständigt. «Mord!», hatte sie ins Telefon geschrien. Dann war sie zusammengebrochen, wofür sie sich noch immer schämt. Ihren Bruno hat sie nur noch einmal kurz gesehen.

An dieser Stelle lässt sie ihren Tränen freien Lauf, wofür Busch und Kappe Verständnis haben.

Die anderen Zeugen wissen noch weniger, um nicht zu sagen, gar nichts. Edith und Erwin haben den bewusstlosen Bruno vor der Bank gefunden und vergeblich nach Hanna gerufen, bis endlich die Polizisten auftauchten. Ein einzelner Mann ist ihnen nicht aufgefallen, weder auf dem Uferweg noch vorher in oder vor der Gaststätte.

Auch der Wirt, sichtlich mitgenommen von dem Mord, kann nichts Erhellendes über den Täter mitteilen. Er ergeht sich in Vermutungen über den Zusammenhang des Verbrechens mit dem Überfall auf die Bahnhofskasse Ende September 1936. Das Raubdezernat hat ihn schon damals gründlich und ohne Ergebnis vernommen.

Als Wurzbacher den Raum verlassen hat, schaut Kappe den Kollegen Busch fragend an. «Was war das für ein Überfall?»

Busch weiß alles darüber. «Die gleiche Nummer wie vier Wochen zuvor in Rahnsdorf», erläutert er. «Die Fahrkartenverkäuferin hatte gerade das Geld gezählt, als jemand irgendwo am Gebäude eine Scheibe einschlug. Sie öffnete die Tür, um nach dem Rechten zu sehen, vor ihr stand ein maskierter Mann, drängte sie in den

Raum zurück und nahm das Geld. In Grunewald haben sie die Scheibe zum Kassenraum eingeschlagen, durchgefasst und die Tür aufgeriegelt. Sie sind rein, griffen das Geld vom Zahlbrett, dazu die Geldtasche – und weg waren sie. Das Kleingeld haben sie in der Eile liegenlassen.»

«Es waren also mehrere?»

«Zwei. Und du kannst sicher sein: Es waren unsere beiden. Der eine steht Schmiere oder lenkt durch die eingeschlagene Scheibe ab, der andere schießt, wenn es nötig scheint.» Busch sieht Kappe an. «Ich habe dem Lohr lange nicht glauben wollen, dass alle diese Raubtaten von den gleichen Brüdern begangen werden, egal ob im Grunewald, in Rahnsdorf, Schmöckwitz oder bei Müncheberg. Wir haben zeitweise bis zu vier verschiedene Tätergruppen vermutet.»

Heinrich Lohr, ein gestandener Mittfünfziger der alten Schule, ist Kriminalsekretär bei E I 5. Kappe kennt und schätzt ihn. Er fragt: «Und jetzt bist du sicher, dass der Lohr recht hat?»

Busch nickt. «Davon bin ich überzeugt. Mal sehen, was die Waffenfritzen diesmal rausfinden.»

Ein erstes Gutachten liegt vor. Den Kommissar Müller, Schusswaffen-Experte beim Reichserkennungsdienst, hat man am Ostermontag vom Frühstück weggeholt. Er hat festgestellt, dass es sich bei der am Tatort gefundenen Patronenhülse um die einer Zentralfeuer-Revolverkugel RWS 320 handelt, abgefeuert eventuell aus einer Selbstlade-Pistole Kaliber 7,65. Der Schlagbolzeneindruck liegt exzentrisch, am Hülsenboden-Wulstrand sind Auszieherkrallen-Spuren sichtbar. Eine genauere Untersuchung ist notwendig.

Professor Brüning meldet sich erst im Laufe des Dienstag vom Osterausflug zurück. Die Hülse liegt auf seinem Schreibtisch. Am Abend ist auch er sicher, dass die Patrone nicht aus einem Trommelrevolver, sondern aus einer automatischen Pistole 7,65 Millimeter abgefeuert worden ist. Aus der gleichen nämlich, die bei der Ermordung des Oberwachtmeisters Herrmann und bei zwei weiteren Autofallen-Überfällen verwendet worden ist.

Damit besteht endlich Gewissheit, dass es sich immer um dieselben Banditen handelt. Doch das macht die Sache nicht besser. Zwei einzelne Ganoven, die die Reichshauptstadt samt Umgebung tyrannisieren und Europas modernste Kriminalpolizei seit Jahren an der Nase herumführen!

Kappe ist nicht wohl dabei, als er erkennen muss, welche Bedeutung diese Soko Autofallen plötzlich hat, der er seit heute auf Gennats persönliche Weisung angehört.

«Ist der nicht zu alt?», beanstandet Nebe, als Gennat ihm die endgültige Zusammensetzung mitteilt. Wahrscheinlich erinnert er sich daran, dass Kappe jener sagenhafte Kommissar ist, der unter gelegentlichen Narkolepsie-Anfällen leidet ...

Gennat beruhigt ihn: «Kappe ist noch keine fünfzig. Der Mann hat die richtige Nase für den Fall.»

«Na gut. Solange er dabei nicht einschläft ...», sagt Nebe spöttisch.

Davon, dass Hermann Kappe einer der letzten nicht akademisch gebildeten Kommissare ist und immer noch sozialdemokratischer Gesinnung und Umtriebe verdächtigt wird, ist zwischen den beiden nicht die Rede. Nebe hat längst begriffen, dass man alleine mit Doktoren und strammen Nationalsozialisten keine zuverlässige Polizeiarbeit leisten kann.

KATASTROPHEN

HARTMUT KAPPE ist von der Fliegerei besessen. Seit er sich bei der HJ zu den Segelfliegern gemeldet hat und tatsächlich auch schon eine Runde über dem Flughafen von Johannisthal mitgeflogen ist, spricht er von nichts anderem. Sein Vater kann das verstehen, hat er doch selber mal in jungen Jahren für die Fliegerei geschwärmt, inzwischen allerdings eingesehen, dass ihn die Höhenangst daran hindern wird, sich jemals so einem Metallstorch anzuvertrauen. Und Segelflugzeuge bestehen sogar nur aus Sperrholz und Leinwand.

Hartmuts Begeisterung tut das keinen Abbruch. «Runtergekommen sind sie bis jetzt alle», erklärt er übermütig.

Seine Mutter schlägt vor Schreck die Hände zusammen. «Was du redest, Junge! Wenn ich mir vorstelle, du trittst einmal fehl und rutscht durch die Leinwand! Was sagst du dazu, Hermann?»

Kappe zuckt die Achseln. «Das sind die modernen Zeiten, Klara. Wir werden uns an mancherlei gewöhnen müssen.»

«Aber doch nicht an Flugzeuge aus Stoff! Die Ju, von der dauernd die Rede ist, besteht doch auch aus Blech ...»

Hartmut will sich ausschütten vor Lachen. «Aus Blech, Mutti! Das ist hochwertiges Aluminium. Aber beim Zeppelin zum Beispiel besteht die Außenhaut nur aus Leinen und Baumwollbahnen. Die sind mit einer Zelluloselösung und Aluminiumpulver bestrichen. Die Propeller sind aus Holz.»

«Na, ich würde in so ein Ding nie einsteigen. Sind denn die vielen Passagiere nicht zu schwer dafür?»

Wieder lachen die Männer. «Der LZ 129 trägt bis zu 240 Tonnen, da könnte selbst die dicke Waluga mitfahren.» Gemeint ist die Gemüsefrau in der Lebuser Straße, bei der Klara oft einkauft.

«Mit*fliegen*», verbessert Klara.

Doch Hartmut weiß es besser. «Ballons und Luftschiffe *fahren*», beharrt er. «Alleine 88 000 Liter Dieselöl kann der *Hindenburg* mitnehmen. Als Antrieb dienen nämlich vier spezielle Dieselmotoren von Daimler-Benz. Sechzehn Zylinder in V-Anordnung, wassergekühlt.» In seiner Begeisterung merkt er gar nicht, dass Klara längst in der Küche verschwunden ist und auch sein Vater ihm kaum zuhört. «1200 PS Höchstleistung», schwärmt er weiter. «Damit sind die eins-fix-drei in Amerika.»

«Ja ja», bestätigt Kappe unaufmerksam. «Ist der *Hindenburg* nicht gerade wieder unterwegs?»

Seit 1930 verkehren Zeppeline im Linienflug über dem Ozean. Mit 125 km/h schweben sie dahin, und der LZ 129 *Hindenburg* ist das größte, schnellste und zuverlässigste Luftschiff aller Zeiten. Jedenfalls bis zum 6. Mai 1937. Da legt der LZ 129 planmäßig am Mast in Lakehurst, New Jersey, an. Das Wetter ist nicht besonders gut, eine Gewitterfront zieht auf. Für die Amerikaner aus dem nahen New York ist die Ankunft des Zeppelins aus Europa immer wieder eine Sensation, Wochenschauoperateure drehen ihre Filme, ein Radioreporter schildert seine Eindrücke von der riesigen, mit Wasserstoff gefüllten Silberzigarre, an deren Heck es plötzlich aufblitzt. Flammen und Rauch steigen auf. Lichterloh brennend, fällt die gewaltige Hülle in sich zusammen und sinkt auf den Boden.

Deutschlands Luftschiffträume sind zu Ende. Darüber sind sich am nächsten Morgen im Präsidium alle einig. Es gibt gar kein anderes Gesprächsthema. Selbst die Autoräuber geraten in den Hintergrund. Seit fünf Wochen hat man nichts Neues von ihnen gehört oder gesehen.

Nur Gustav Galgenberg kann selbst angesichts einer solchen nationalen Katastrophe nicht auf blöde Sprüche verzichten. «Schiffe niemals in die Luft», brabbelt er vor sich hin, leise immerhin, das will bei ihm etwas heißen. Stammt von ihm nicht auch der dämliche Reim: Zeppelin, Zeppelin,/ei wie hoch verehr ich ihn,/weil er immer dann und wann/einen fahren lassen kann ...

«Halt dich zurück!», rät Kappe dem alten Kollegen zum wiederholten Mal. «Irgendwann brichst du dir das Genick.»

Galgenberg, der hinter seinem Schreibtisch hockt, blickt aus seinen traurigen Hundeaugen zu ihm auf. «Mensch, wenn de nich mal mehr das Maul aufmachen darfst ...»

Ein paar Tage später macht er es doch wieder auf, und Kappe selber entgeht dabei nur knapp dem doppelten Blitzstrahl, der scharf wie SS-Runen auf den Kriminalkommissar Gustav Galgenberg niederfährt.

Kappe will morgens sein angestammtes Büro betreten. Weil er weiß, dass hinter ihm ausgerechnet der SS-Sturmbannführer Dr. Brettschieß das gleiche Ziel hat, grüßt er mit beinahe vorschriftsmäßig angewinkeltem Arm: «Heil Hitler!»

Galgenberg, der Unglücksvogel, hört nur die vertraute Stimme und den ungeliebten Gruß und fragt, ohne sich umzublicken, in seiner unnachahmlich nöligen Art: «Wieso? Isser krank?»

Brettschieß läuft puterrot an. «Das hat Folgen, Galgenberg!», brüllt er. «Sie sind hiermit vom Dienst suspendiert! Packen Sie Ihre Sachen zusammen, und melden Sie sich in drei Minuten bei mir!»

Kappe steht wie die Gans, wenn es donnert. «Er hat doch nur ...», wagt er anzusetzen.

Aber Brettschieß mustert auch ihn wie einen gewöhnlichen Delinquenten. «Wir sprechen uns noch, Volksgenosse Kappe!», faucht er. «Der Ton in dieser Sozi-Bude hier ist mir seit langem ein Dorn im Auge! Wird Zeit, dass mal ein frischer Wind reinweht!»

Durch die offene Tür wechseln Kappe und Galgenberg einen unaussprechlichen Blick.

Brettschieß zerrt Kappe am Ärmel. «Sie kommen gefälligst mit. Sie sind schließlich Zeuge dieses unerhörten Vorfalls.»

Auch das noch, denkt Kappe. Hat sich denn alles gegen mich verschworen?

«Und damit Sie klar sehen, Kappe: Keinerlei Ausflüchte! Haben wir uns verstanden? Glauben Sie etwa, ich weiß nicht, dass Sie selber nicht ganz koscher sind, Herr Ex-Oberkommissar? Wie Sie wissen, geht dem Reichsführer jegliches Verständnis für Dienstverstöße dieser Art ab!»

In letzter Instanz und gemessen an den üblichen drakonischen Strafen, geht die Sache für Galgenberg noch glimpflich ab, wozu nicht zuletzt Gennats Einfluss beiträgt. Niemand verlangt von Kappe eine zeugenschaftliche Bestätigung des Vorfalls, den Gustav Galgenberg nicht bestreitet, sondern nur griesgrämig zu einem Missverständnis herunterzuspielen versucht.

Dr. Brettschieß besteht darauf, diesem Miesmacher nie wieder im Präsidium oder sonst wo zu begegnen, und es finden sich Zeugen, denen Galgenbergs vorwitzige Bemerkungen schon lange unangenehm aufgefallen sind. Von siegreichen Nasenkönigen sei da die Rede gewesen, womit nur Heydrich und Nebe gemeint sein konnten, und von einer Brillenschlange im höchsten Amt. Derlei Aussagen will nicht einmal Brettschieß nachgehen, sähe er sich doch dann in der Pflicht, selber die so Charakterisierten über den Präsidiumsklatsch informieren zu müssen. Er ist ja nicht lebensmüde.

«Schaffen Sie mir den Kerl aus den Augen, bevor ich ihn ins KZ stecken lasse!», lautet seine letzte Drohung, und Gennat beeilt sich, die Forderung umgehend zu erfüllen. Sind nicht zum 1. April dreißig verdiente Kriminalbeamte wegen Erreichung der Altersgrenze ehrenvoll aus dem Staatsdienst ausgeschieden und dadurch etliche Revierkriminalstellen vakant geworden? Die Gefahr, dass Brettschieß jemals dem zuständigen Kriminalbeamten des Reviers 244 in Berlin-Köpenick begegnet, ist gering.

Sang- und klanglos und versehen mit Gennats väterlichen Ermahnungen wird Gustav Galgenberg am nächsten Tag dorthin versetzt. Von weiteren disziplinarischen Maßnahmen wird vorerst abgesehen.

Abgesehen von den strammsten Nationalsozialisten, denen das nahezu parteilose Morddezernat schon lange stinkt, will keiner die Angelegenheit an die große Glocke hängen. Getratscht aber wird im ganzen Präsidium darüber.

Als Kappe, dem Galgenbergs tiefer Fall einen heillosen Schrecken eingejagt hat, am Mittag in der Kantine seinem Neffen Otto begegnet, spricht der ihn prompt darauf an.

Otto, einziger Sohn von Kappes älterem Bruder Oskar, der in der Yorckstraße einen Tabakladen betreibt, ist nicht ohne Kappes Zutun von der Schupo zur Kripo gewechselt. 26 ist Otto jetzt, Kriminalassistent und auf dem besten Wege, Karriere zu machen – wenn er denn in die Partei eintritt. Oder in die SS. Dazu fehlen ihm jedoch ein paar Zentimeter an Körpergröße, und als blond kann man ihn nur mit gutem Willen bezeichnen. Für sich hat Otto den besten Ausweg gefunden. Als Fahrer eines 98er DKW-Kleinkraftrades ist er dem NSKK beigetreten, dem Nationalsozialistischen Kraftfahrerkorps. Das muss vorläufig reichen.

«Was ist denn bei euch los?», will Otto wissen. «Da soll einer einen scharfen Führerwitz verbreitet haben?»

Kappe winkt ab. «Nicht hier!», stößt er zwischen den Zähnen hervor.

«Ich müsste sowieso dringend mal mit dir reden, Onkel Hermann.»

Kappe schätzt es nicht, im Dienst mit «Onkel Hermann» tituliert zu werden. Das hat er dem Neffen schon ein paar Mal erklärt. Brummig sagt er: «Meinetwegen. Du kommst am besten abends bei uns vorbei.»

Otto lacht. «Ich weiß nicht einmal genau, wo du jetzt wohnst.»

«Jetzt?» Kappe ist verblüfft. Seit 1931 wohnt er nun in der Großen Frankfurter Straße und hat dort endlich das richtige Zuhause gefunden. Sogar Klara hat sich eingewöhnt und jammert den kleinen Räumen in der Hufeisensiedlung in Britz nicht mehr länger nach. Die Kinder fühlen sich wohl, eine nette Eckkneipe befindet sich im Nebenhaus, und der Blockwart zeigt gehörigen Respekt vor dem Herrn Kriminalkommissar Kappe.

Am Anfang hat ihn sein Bruder Oskar einmal dort besucht, gemeinsam mit seiner Frau Frieda und den beiden Töchtern. Die sind inzwischen zu ansehnlichen jungen Damen herangewachsen, wie Hermann Kappe weiß, hatte sich doch die ganze Bagage im vorigen Jahr zu Ottos Hochzeit in der Yorkstraße versammelt. Richard Börnicke, Ehemann von Kappes Tante Frieda, war allen mit seinen NS-Tiraden auf die Nerven gegangen. Der alte Krakeeler ging auf die achtzig zu und lamentierte laut darüber, dass keiner in dieser ganzen verkappten Sozi-Bande in Uniform erschienen war.

Das hatte ausgerechnet Max Achtow, Sohn von Hermann Kappes Schwester Pauline, zu dem lauthals herausgeschrienen Bekenntnis veranlasst, er habe sich zur SS gemeldet und erwarte stündlich seine Aufnahme in des Führers Schutzstaffel. Ein Aufstöhnen war durch die Reihen der Familie gegangen, und irgendjemand hatte respektlos angemerkt: «Ach, Max, du hast det Schieben raus ...»

EINE SCHWERE ENTSCHEIDUNG

ES VERGEHEN mehr als drei Wochen, bis Hermann Kappe sich endlich an einem freien Abend mit seinem Neffen Otto verabredet. Er ist jeden Tag froh, wenn er aus der roten Burg am Alex nach Hause kommt und nichts mehr von Kriminalität, Autofallen und Berufsverbrechern hören muss, aber dem Neffen kann er einen Besuch schlecht abschlagen. Auf dessen schmucke junge Frau Gertrud freut er sich richtig. Auf Klaras Vorschlag hin, die sich gerne mal mit der um einiges Jüngeren unterhalten möchte, bringt Otto die 23-jährige Blondine mit, die sich für ein bisschen was Besseres hält, wie Klara schnell herausfindet.

Die beiden bringen ihr eine ungewöhnlich große Schachtel Pralinen und einen Blumenstrauß mit. Das stimmt Klara milde, und nach dem ersten Glas Wein wirkt auch Gertrud etwas weniger steif. Sie hat die höhere Handelsschule absolviert, wie sie mehrfach betont, und bekleidet eine gute, wenn auch nicht gut genug bezahlte Stellung in der Schokoladenfabrik von Greiser & Dobritz.

Daher die Pralinen, denkt Klara ein bisschen pikiert, lässt sich aber nichts anmerken und findet bald genügend Gesprächstoff mit der angeheirateten Nichte, die - wenn auch aus unterschiedlichen Gründen - erheblichen Eindruck auf Hartmut und Margarete zu machen scheint.

Hartmut, der allem Anschein nach den Geschmack seines Vaters teilt, lässt sich ungewohnt wortreich über seine Segelfliegerei aus und wird dafür von Gertrud mit einem bewundernden Blick belohnt.

Gretchen vergisst, dass sie den Abend eigentlich dem großen

Bucherfolg *Die Biene Maja* hat widmen wollen, und hängt stattdessen wie gebannt an den Lippen der unverhofft aufgetauchten Verwandten, die so fesselnd über die kleinen Geheimnisse der ganz Großen zu plaudern versteht. Traut man ihren Erzählungen, so muss diese Schokoladenfabrik eine reine Nachrichtenbörse sein.

Da die Männer Dienstliches miteinander zu bereden haben, ziehen sich die Frauen in die Küche zurück. Bald sind sie beim Austausch von Backrezepten und Schnittmusterbögen angelangt, während Margarete ein ums andere Mal Trudchens schicke Kleidung und ihre Kenntnisse über das Leben der Ufa-Stars und ihrer Gönner bewundert.

Hartmut ist indessen übellaunig zum HJ-Heimabend abgeschwirrt.

Das Dienstliche der Männer besteht zuerst einmal im Wesentlichen aus dem innerpolizeilichen Nachrichtenaustausch und dem Durchhecheln der Kollegen. Daran hat Kappe nie etwas gelegen. Inzwischen ist es lebensnotwendig geworden zu wissen, wem man trauen kann und wem nicht. Die erste Gruppe ist sichtlich zusammengeschmolzen, und der Fall Galgenberg, so uneinheitlich auch die mündliche Überlieferung in die einzelnen Dezernate vorgedrungen ist, hat sie zusätzlich verkleinert. Wenn man nicht mal mehr Witze machen darf ...

Erst von seinem Onkel, der ihn nochmals inständig bittet, ihn künftig einfach Hermann zu nennen, erfährt der Kriminalassistent Otto Kappe den wahren Verlauf der ganzen Angelegenheit.

«Wegen einer einzigen dämlichen Bemerkung ...», sagt Otto kopfschüttelnd. «Manchmal überlege ich wirklich, ob ich ausgerechnet bei der Kriminalpolizei richtig bin.»

Dafür hat Kappe nur ein höhnisches Auflachen. «Glaubst du, es wäre woanders besser? In der Wohnung passt der Blockwart auf dich auf, und in den Betrieben scheint es noch schlimmer zu sein. Als Kriminalkommissar müsste ich mich eigentlich über jede Mitarbeit der Bevölkerung freuen – aber was da täglich an Denunziationen eingeht, das passt auf keine Kuhhaut. Alles stramme Nationalsozialisten, die was Verdächtiges zu melden haben, über die Nachbarn, die Kollegen, ehemalige Freunde und nahe Verwandte bis hin zu den Eltern und Geschwistern. Man könnte glauben, die eine Hälfte des deutschen Volkes besteht aus Verbrechern, die andere aus Denunzianten. Erstaunlich nur, dass Galgenberg nicht schon früher angeschwärzt worden ist.»

Schweigend hat der Neffe Kappes Ausbruch hingenommen. «Ich hatte gehofft, du würdest mir zureden, bei der Kripo zu bleiben», sagt er nachdenklich.

«Sollst du doch auch. Was willst du denn sonst machen?»

Otto windet sich ein wenig. «Sie haben die Lehrgänge in Charlottenburg ganz neu konzipiert ...»

Das weiß Kappe. Aus dem Polizeiinstitut Berlin-Charlottenburg ist die Führerschule der Sicherheitspolizei geworden, also auch des SD und der Gestapo. Einstellungsvoraussetzungen sind der «arische Nachweis», die Mitgliedschaft in mindestens einer Gliederung der NSDAP und die unbedingte politische Zuverlässigkeit. Aber die wird sowieso überall vorausgesetzt.

«In zwei Jahren könnte ich Kommissar sein», druckst Otto.

«Dann mach das, Junge.» Ganz gegen seine Art schlägt Hermann Kappe dem Neffen kräftig auf die Schulter. «Das ist zehnmal besser, als wenn ein echter NS-Hengst mehr in unserem Stall sein Heu wiederkäut. So schlimm das klingt, aber in diesen Zeiten muss man mit den Wölfen heulen - und trotzdem versuchen, ein einigermaßen anständiger Mensch zu bleiben.»

Otto nickt gedankenverloren. «Es gibt ziemlich viele Wölfe», sagt er mit einem schiefen Lächeln. «Um befördert zu werden, muss man neuerdings in der SS sein.»

Kappe runzelt die Stirn und klopft ihm noch einmal tröstend auf die Schulter. «Das muss jeder für sich selbst entscheiden. Wer weiß, ob nicht die Wölfe eher aussterben als die Schafe. Nur für die Esel sieht es nicht gut aus, wie der Fall Galgenberg beweist.»

«Fehlt er dir bei deiner Suche nach den Autobanditen? Du hast doch jahrelang mit ihm zusammengearbeitet.»

«27 Jahre», nickt Kappe. Ein halbes Leben. Er denkt wieder mal daran, dass er im nächsten Jahr fünfzig wird. Natürlich fehlt ihm Galgenberg mit seinen trockenen Sprüchen. Vor allem aber mit seinem Gedächtnis und den Kenntnissen der Berliner Unterwelt.

Irgendwo müssen die beiden Gangster schon mal einschlägig straffällig geworden sein. So ein Pärchen fängt nicht aus heiterem Himmel mit bewaffneten Raubüberfällen an. Dass es sich nicht um Anfänger handelt, darüber sind sie sich in der Soko ziemlich einig, tragen das aber lieber nicht nach außen. Allzu gut passt es zur Theorie vom kriminellen Berufsverbrechertum, das es mit Stumpf und Stil auszurotten gilt, um die heile, kriminalitätsfreie nationalsozialistische Ordnung durchzusetzen. Eine Ordnung, in der keine Kriminalpolizei mehr notwendig sein wird, weil nordische Menschen sich untereinander nicht belügen, betrügen, bestehlen oder gar umbringen. Auf diese Idee können nur ein bayerischer Hühnerzüchter wie der Reichs-Heini und sein Geige spielender sächsischer Vasall kommen.

«Glauben die wirklich, man könnte alle Kriminellen einfach einfangen und ins Lager sperren?» Otto will es nicht glauben. «Wo soll da die untere Grenze sein? Ich will dir mal ein Beispiel nennen. Bei uns beim Betrug fahnden wir seit mindestens vier Jahren – wahrscheinlich schon viel länger – nach einer reisenden Trickbetrügerin. Martha Lange, Ende fünfzig, unauffällig und sehr beredt, vierzehn Mal einschlägig vorbestraft, wegen etwa sechzig oder achtzig neuen Straftaten von über dreißig Staatsanwaltschaften gesucht, ist und bleibt unauffindbar. Mal ist sie in Breslau, mal in Konstanz oder Magdeburg, betrügt alte Frauen um zwanzig oder mal fünfzig Mark, taucht dann wieder in Berlin oder Potsdam auf und hat hier wahrscheinlich ihr Hauptquartier. Das frechste Ding hat sie sich vor ein paar Wochen geleistet, in der Barnimstraße 10, ein paar Häuser vom Frauengefängnis entfernt, wo sie schon ein paar Mal eingesessen hat. Was soll aus so einer werden – vorausgesetzt, wir kriegen sie jemals?»

Kappe hebt die Schultern. «Kategorie Berufsverbrecher, ganz klar. Gehört nicht in die nordische Gemeinschaft der Edelmenschen.»

«Wenn das so einfach wäre mit den Edelmenschen – weshalb bilden sie dann überhaupt noch Kommissare aus?», gibt Otto zu bedenken.

Kappe hat schon Genaueres von den neuen Lehrgängen in Charlottenburg gehört. «Sie bilden euch da gleichzeitig mit den Gestapo-Leuten aus», sagt er. «Politische Feinde wird es nämlich immer geben. Sonst hätte ja der ganze Sicherheitsapparat keinen Sinn.»

«Na, wer sich jetzt noch oppositionell betätigt, der ist selber schuld! Jeder kennt doch das Risiko ...»

Auf das Thema möchte sich Kappe lieber nicht einlassen. Theodor Trampe spukt ihm da sofort im Kopf herum – und dessen Freund Willy Eschborn. Die Gestapo renommiert mit Dutzenden von Fällen, die sie angeblich täglich aufklärt. «Mancher ist unbelehrbar», sagt Kappe und setzt leise hinzu: «Und mancher kann wohl auch nicht aus seiner Haut.»

Ein bisschen unwohl ist ihm doch bei dem Ratschlag, den er Otto erteilt hat. Kann man voraussehen, welche Anfechtungen auf einen zukommen? Im vorigen Jahr hat der Chefideologe der Gestapo Werner Best in einem Vortrag erläutert, wo es hingehen soll: zur völligen Verschmelzung der Gestapo, des SD und der Kriminalpolizei zu einem nationalsozialistischen Staatsschutzkorps, in dem der einzelne Beamte in allen drei Bereichen eingesetzt werden kann, um als Mitglied der SS seinen unbeugsamen Kämpferwillen und die weltanschauliche Folgerichtigkeit mit der fachlichen Kompetenz des Kriminalen zu verbinden.

«Überschlaf deine Entscheidung noch mal, Otto», sagt er deshalb. «Und sprich mit deiner Frau darüber – falls ihr so was miteinander bereden könnt.»

Mit Klara könnte ich kein Wort darüber wechseln, denkt Kappe und ist selber erschrocken, wie tief die Kluft zwischen ihm und Klara geworden ist. Klara sieht alles nur in rosigen Farben, vertraut blind dem Geschwafel in der Zeitung und in dem neuen Radio. Zu dem Kauf hat sie Kappe überredet, weil sie so gerne Operettenmelodien hört. Und, wie sich herausgestellt hat, alle Reden des Führers und seines hinkenden Mephisto in übergroßer Lautstärke. Davon war vor der Anschaffung nicht die Rede gewesen.

SCHIESS ENDLICH!

WALTER hat eine Nase dafür, wann Max alleine zu Hause anzutreffen ist. Lange genug hat er das unauffällige Haus in der Arrasstraße in Adlershof beobachtet und Marie auf dem kurzen Weg zur S-Bahn verfolgt, um sicher zu sein, dass die ihm nicht in die Quere kommt.

Es ist Sonnabend, ein warmer Abend Anfang Juli, aber Max schnappt nicht deswegen nach Luft, als er die Tür öffnet. «Bist du verrückt! Wir hatten ausdrücklich ausjemacht ...»

«Halt's Maul!», antwortet der Jüngere mit unterdrückter Lautstärke und schiebt ihn zur Seite. Drinnen fährt er ebenso leise, doch mit deutlicher Drohung in der Stimme fort: «Wir hatten regelmäßige Treffs ausgemacht, aber Maxe ist nicht erschienen. Geht's dir so gut, dass du auf unsere kleinen Nebeneinnahmen verzichten kannst?»

Max bemerkt eine frische Narbe auf der Stirn seines Partners. «Quatsch! Du weißt selber, wie die Sache aussieht. Seit Schmöckwitz sind sie hinter uns her wie die Schießhunde! Und dann das Ding an der Hundekehle ...»

Der andere nickt verkniffen. «Hinter *mir* her, willst du sagen! Seit Hangelsberg hast du dich ja rausgehalten aus allem. Als würde dir das im Ernstfall was nützen.»

«Na, erschossen habe ich noch keinen», begehrt Max auf, doch Walters wütender Blick lässt ihn verstummen. «War vielleicht nich so gut, dass es ausjerechnet 'n Bullen jetroffen hat», brummelt er noch und muss es sich gefallen lassen, dass ihn der Jüngere und noch dazu Kleinere am Schlafittchen packt und auf den wackligsten der Küchenstühle schubst.

«Du bist einfach eine feige Sau, Max», stößt Walter verächtlich hervor. «Polizist oder nich, was macht det für 'n Unterschied? Der eine is so tot wie der andre. Der zweite war übrigens Maurer von Beruf ...»

«Wat willst 'n damit sagen?», ächzt Max, obwohl er es nur zu genau verstanden hat. Er ist auch Maurer von Beruf. Im Gegensatz zu Walter geht er einer geregelten Arbeit nach und ist deswegen nicht ausschließlich auf die Beute aus ihren Raubzügen angewiesen. Er ist nicht weniger kräftig als der, doch eine seltsame Scheu hält ihn davor zurück, sich gegen den Jüngeren zur Wehr zu setzen.

«Der Bulle war selber schuld! Fummelt der Dussel ewig an seiner Pistolentasche rum, statt mir gleich eine zu verpassen.»

Max, den eine leichte Fahne umweht, reicht ihm eine Bierflasche. «Sind eben nicht alle so schnell wie du.»

Walter lässt den Flaschenverschluss ploppen. «Na siehste! Bis jetzt ist doch immer alles glattgegangen.»

Max ahnt, was nun kommen wird. Und richtig. Betont harmlos sagt Walter: «Ich hab gedacht, wir beide gehen heute Nacht mal wieder auf Tour. Im Grunewald sind wir lange nicht gewesen ...»

Das stimmt nicht ganz. Max ist nicht dort gewesen, Walter schon. Ist gar nicht so lange her, da hat er sich auf der Kleinen Avus an einen Pkw rangemacht. Ihm war das Auto aufgefallen, weil es immer wieder mit aufheulendem Motor anruckte, zum Stehen kam und schließlich ganz stehenblieb. Alles lief nach dem gewohnten Schema ab. Der Mann auf dem Beifahrersitz und das junge Mädchen neben ihm, dem er – anscheinend vergeblich – versuchte, die Kunst des Fahrens beizubringen, waren viel zu sehr miteinander beschäftigt, um die heranschleichende Gestalt zu bemerken. Für einen alleine war der alte Trick noch immer der beste: Tür aufgerissen, Kanone gezeigt, Geld her!

Statt der erwarteten Brieftasche ist ihm eine Werkzeugtasche an den Kopf geflogen. Die blöde Narbe spürt er noch immer. Das Geld hat er dennoch gekriegt. Die Frau warf ihm freiwillig ihre Handtasche zu, nachdem es einmal geknallt hatte. Und der verwundete Scheißkerl rückte schließlich doch die Brieftasche raus. Irgendwie blieb sein Parteiabzeichen daran hängen, und Walter steckte den Bonbon mit ein. Verdammter Nazi, fluchte Walter und knallte die Autotür zu. Bloß weg hier! Seinen Hut vermisste er erst, als er sich im Wald umzog.

Max weiß von diesem Überfall nichts, entsetzt sich aber über den Grunewald. «Menschenskind, da lauert doch hinter jedem Busch ein Spanner!»

«Quatsch nich! Die vermuten uns hier im Osten. Wenn se nich sogar denken, wir hätten vorsichtshalber das Gewerbe abgemeldet.»

Max schüttelt den Kopf. «Da kennst du die schlecht. Die brüten wahrscheinlich Tag und Nacht über ihren Akten und versuchen, uns auf die Schliche zu kommen.»

«Soll'n se man ruhich. Beweisen könn' se uns sowieso nischt. Und jetzt nimmste 'n paar dunkle Klamotten, und los jeht's. Getrennt marschieren, Treffpunkt wie üblich.»

«Nee!», widerspricht Max und schüttelt noch entschiedener den Kopf. «Nich mit mir, und nich am Kleenen Stern!»

Der Kleinere grient ihn an. «Meinetwejen eben woanders. Du warst schon immer 'ne Feife, Maxe. Du hast schon damals jezittert, wie wir immer die Stromleitungen ham abjeschnitten. Weeßte noch? Janze Wagenladungen voll ...»

Von wegen Pfeife, denkt Max. Den Novembertag im Jahr 1923 hat Walter anscheinend vergessen, als er wie eine Fackel brennend da oben am Mast hing. Der verkrüppelte kleine Finger an der linken Hand müsste ihn eigentlich daran erinnern. Wenn Max nicht gewesen wäre ... Und außerdem: «Sie haben uns denn doch jeschnappt. Zwee Jahre jesiebte Luft, mein Lieber, det war keen Pappenstiel!»

Lachend haut ihm der andere auf die Schulter. «Also Avus. Und eens musste immer bedenken: Zwee Jahre bei Vater Phillipp – so billich komm wir beede nie wieder weg!»

Max ist nicht zum Lachen zumute. Er kann das Geld gut gebrauchen, und bis jetzt ist ja wirklich alles gutgegangen, was Walter sich ausgedacht und sie miteinander unternommen haben. Dass einmal, mitten in ihrer zweiten großen Erfolgsserie im Sommer 1935, einer mindestens acht Schüsse auf sie abgegeben hat und sie türmen mussten – daran will er jetzt nicht denken. «Marie ...», sagt er bloß noch schwach.

Doch darauf weiß Walter eine Antwort: «... is bei ihre Mutter gefahren, wie ick mir selber hab überzeujen könn'.»

Gut zwei Stunden später schlendern sie zwischen den Bäumen am Rande der Kleinen Avus entlang, auf der trotz der späten Abendstunde noch Verkehr herrscht. Parallel dazu verläuft Berlins Automobil-Verkehrs- und Übungs-Straße, 1921 als Deutschlands erste Automobilrennstrecke gebaut und von Hugo Stinnes bezahlt. Kilometerweit führt sie schnurgerade durch den Grunewald. Jedes Jahr finden hier große Rennen statt, nur 1936 hat es kein Grand-Prix-Rennen gegeben. Dafür sind am letzten Maisonntag die Silberpfeile zum ersten Mal durch die steile Nordkurve gejagt. Bernd Rosemeyer, Europameister und große Hoffnung des deutschen Rennsports, war leider nicht mal unter den ersten drei, hat die Scharte aber vierzehn Tage später beim Eifelrennen ausgewetzt, wo er unangefochten als Erster durchs Ziel ging.

Autorennsport ist eine neue Volkskrankheit, die sich mehr und mehr ausbreitet. Auch Walter und Max kennen die Namen Rosemeyer, Stuck, Caracciola und Nuvolari aus dem Effeff. Ein eigener Sportwagen, das wäre Walters Traum, während Max eher an was Gediegenes denkt, einen Opel Kadett etwa, für sich und seine Marie. Doch dazu wird es nie reichen. Gewiss, Kleinvieh macht auch Mist, aber das richtig große Ding, das wird ihnen weder im Grunewald noch auf einer Landstraße gelingen. So wie die zweieinhalb Millionen, die die Brüder Sass aus den Schließfächern der Diskontogesellschaft geraubt haben. Genutzt hat es denen auch wenig. Die sitzen inzwischen in Dänemark im Knast und sollen nach Deutschland ausgeliefert werden, wie es heißt.

«Guck mal, da vorne wartet einer auf uns!» Walter weist auf etwas Dunkles, das sich am Straßenrand abzeichnet. Im Scheinwerferlicht eines entgegenkommenden Lkw erkennen sie einen Pkw.

Max zuckt mit den breiten Maurerschultern. «Entweder Bullen – oder den Wagen hat eener stehen lassen, wejen Panne.»

«Na, woll'n ma sehn!»

Sie halten sich im Dunkeln unter den Bäumen, bis sie neben dem Opel angekommen sind. Die Scheibe der Beifahrertür ist halb heruntergelassen. Im Wagen gickst eine Frauenstimme.

Anzüglich grinsend zieht Walter seine Waffe aus dem Gürtel und schleicht gebückt um das Fahrzeug herum. Er richtet sich auf und reißt im gleichen Moment die Tür auf. «Geld her, oder ich schieße!»

Der Mann im Auto reagiert blitzschnell und unerwartet, lässt sich nach hinten fallen und stößt Walter beide Schuhe ins Gesicht. Der stolpert fluchend zurück.

«Schieß endlich!», ruft Max, der fest an eine Falle glaubt und einfach losballert. Nun schießt auch Walter, ohne darauf zu achten, dass sich mehrere Automobile nähern. Die müssen doch sehen, dass da was faul ist!

Niemand der Vorbeifahrenden hat den Mut anzuhalten. Der Fahrer des Opel, von Walters Kugel in die Brust getroffen, fischt mühsam einen Geldschein aus der Jacketttasche.

Max, dem jetzt alles egal ist, hält ihm die Pistole unter die Nase. «Brieftasche her!», fordert er grob.

Der Mann reicht sie ihm mit letzter Kraft. «Lasst mir wenigstens zwanzig Mark», stöhnt er. «Ich muss noch tanken ...»

«Das könnte dir so passen!», entgegnet Walter. «Mir erst in die Fresse treten und dann noch 'n Pfund haben wollen!»

Damit sind sie im Wald verschwunden.

An einer Weggabelung ziehen sie sich um, verstecken Waffen, Geld und dunkle Kleidung in einer sorgfältig getarnten Grube und machen sich in unterschiedliche Richtungen davon.

Aus der Ferne dringt der Klang der Martinshörner zu ihnen herüber.

HORA INCERTA

GALGENBERGS VERSETZUNG hat Kappe einen warnenden Schock verpasst, gleichzeitig aber auch seinen Trotz hervorgerufen. Die können ihn alle mal! Nie wird er sich selber zu einer dummen Äußerung hinreißen lassen, doch was er tief in seinem Innern denkt und empfindet, kann ihm keiner nehmen - und hoffentlich auch keiner anmerken. Außerdem hat sich bei der Gelegenheit erwiesen, wem man im Präsidium noch einigermaßen trauen kann und wem nicht. Kommissar Alfons Busch jedenfalls, blond und ein schlank aufgeschossener, sportlicher Dreißiger und damit rein äußerlich das Urbild des neuen Deutschen, gehört zu der ersteren, kleineren Gruppe. Wenn sie in ihrem engen Büro, das man ihnen in den umgebauten Zellen der alten Stadtvogtei am Molkenmarkt zugestanden hat, beisammensitzen und Tag für Tag die lange Liste der möglichen Verdächtigen durchgehen, reden sie ziemlich offen miteinander. Kommt Lohr dazu, ändert sich das, obwohl Kappe auch dem nicht gänzlich misstrauen möchte. Das ist ein alter Kriminaler mit Leib und Seele, arbeitswütig und ideenreich. Wäre er nicht noch drei, vier Jahre älter als Kappe, müsste man meinen: Aus dem kann mal was werden - wenn er rechtzeitig in die SS eintritt.

Die Stadtvogtei, zwischen Molkenmarkt und Spree gelegen, ist Berlins ältestes städtisches Gefängnis. Jetzt steht nur noch der Zellenbau, in dessen stickigen und stinkigen Zellen noch immer vorläufig Festgenommene und Untersuchungsgefangene untergebracht sind. Die Hausvogtei hingegen, in alten Zeiten für die Bediensteten des Hofes, die Bewohner der Freihäuser, die Juden und den Scharfrichter zuständig, besteht längst nicht mehr. Nur der fünfeckige Platz und die U-Bahn-Station an der vor Zeiten geschliffenen Bastion tragen noch deren Namen.

Der verwinkelte Uraltbau der einstigen Stadtvogtei hat zusammen mit dem Schwerinschen Palais bis zum Bau der roten Burg am Alex als Polizeipräsidium hergehalten und ist gerade für den Neubau der Reichsmünze zum größten Teil abgerissen worden. Mit dem Umbau von Molkenmarkt und Mühlendamm bereitet Berlin sich auf seine 700-Jahr-Feier vor, außerdem muss endlich eine neue Schleuse gebaut werden. In den gruseligen Amtsräumen der Stadtvogtei, die übrig geblieben sind, haben Abteilungen wie die Soko Autofallen ihre unauffällige Wirkungsstätte und sind damit erst mal aus der unmittelbaren Schusslinie im Präsidium, wo sich beinahe täglich neue Strukturen ausbreiten und Platz beanspruchen. Gerade ist die endgültige Umwandlung des preußischen LKA in das Reichskriminalpolizeiamt verkündet worden. Ein eigenes Gebäude, das ehemalige jüdische Textilkaufhaus von Gerson am Werderschen Markt, ist dafür vorgesehen und wird aufwendig umgebaut. Seit Himmler Chef der Polizei ist und Heydrich sein Stellvertreter, bleibt nichts so, wie es einmal war, und wer es wagt, an bewährte Strukturen nur zu erinnern, den bringt man mit dem Schlagwort von der verhassten Weimarer Systemzeit zum Schweigen.

Trotz des muffigen Büroraums mitten auf einer Baustelle – immerhin mit schmalem Durchblick auf die Spree, aber auch da sehen sie nur die neuentstehenden Kammern der Mühlendammschleuse – ist Kappe froh, wenigstens im Augenblick nicht all den lieben Kollegen zu begegnen, die anlässlich Galgenbergs Versetzung ihre besondere Feigheit oder Treue zum neuen Staat bewiesen haben.

Während unten die Spreezillen in die alte Schleuse manövrieren und die Stadt in der Sommerhitze schwitzt, sitzen Busch und Kappe wenigstens kühl hinter meterdicken Mauern. Das alte Gebäude direkt neben dem berühmt-berüchtigten Berliner Krögel dünstet den jahrhundertealten Mief einer drakonischen Justiz aus und passt insofern ganz gut in diese «neue» Zeit, in der wieder geprügelt, ja gefoltert wird und die Todesstrafe an der Tagesordnung ist.

Die haben auch die Autoräuber zu gewärtigen, und das macht sie besonders gefährlich, darüber sind sich Kappe und Busch einig. Sie stimmen überhaupt in erstaunlich vielen Punkten überein. Weiter hilft ihnen das leider ebenso wenig wie die seit Monaten laufende gewaltige Fahndungsaktion, an der nun doch NSKK und andere Gliederungen der Partei beteiligt sind. Allabendlich und allnächtlich durchkämmen Streifen die Berliner Wälder, werden ganze Waldgebiete systematisch abgesperrt und durchsucht, begleiten Bewaffnete die gefährdeten Lieferfahrzeuge der großen Firmen.

Und das Ergebnis? Ein geradezu simpler Überfall auf einen Pkw an der neuen Chaussee nach Potsdam, den die Soko nicht in der Lage ist aufzuklären. Gäbe es nicht eine bisher ebenfalls unaufgeklärte Überfallserie auf Kassenboten im westdeutschen Rhein-Ruhr-Gebiet, wäre es mit dem Renommee der Berliner Kripo schon vollständig aus. So aber vermag sich Nebe mit dem Hinweis auf die ungleich erfolgreicheren Düsseldorfer Räuber, die im Verhältnis zu den Berliner Autogangstern geradezu riesige Summen erbeutet haben, halbwegs gegen Heydrichs ständige Anwürfe zu verteidigen. Wieweit er sich damit vor seine Soko stellt, erfahren Busch und Kappe nicht. Sie spüren nur den zunehmenden Druck von oben, aber sie können sich die Täter ja auch nicht aus den Rippen schneiden, wie Kappe es ausdrückt.

Zugegeben, seit den neuen Maßnahmen gegen sogenannte Volksschädlinge und Berufsdelinquenten ist ein leichter Rückgang bei den Diebstählen eingetreten. Auf Dauer bringt das nichts, prophezeit Alfons Busch. Mit Widerwillen hat er Anfang des Jahres zwei, drei Namen für die Liste der ins KZ zu überstellenden Berufs- und Sexualdelinquenten geliefert, und prompt und schlagartig sind dann am 9. März 1937 im ganzen Reichsgebiet zweitausend «nicht in Arbeit befindliche Berufs- und Gewohnheitsverbrecher» festgenommen und in die KZ-Lager eingewiesen worden. Auf unbestimmte Zeit, wie schon die eintausend KP-Funktionäre, die Himmler seit Juli 1935 in Dachau, Lichtenburg und im neuen Lager bei Oranienburg interniert hat.

Die Räuber haben sich nicht unter den Verhafteten befunden. Das wissen Busch und Kappe seit Schmöckwitz und der Hundekehle, und die Hoffnung, dass den Tätern nach zwei Morden der Mut zum Weitermachen fehlt, hat sich mit dem Überfall auf der Avus ebenfalls erledigt.

«Ich werde das Gefühl nicht los, es mit alten Kunden zu tun zu haben», orakelt Busch ein ums andere Mal. «Bauernschlau und dennoch ein bisschen dämlich, abgebrüht bis zum Letzten und außerdem auf den letzten Sechser angewiesen. Welcher intelligente Mensch nimmt es denn für hundert Mark oder weniger mit unserem ganzen Apparat auf?»

Da muss Kappe ihm zustimmen. Busch hat die Überfälle gezählt und ist auf fast 150 gekommen - bei einer Gesamtbeute um die 10 000 Mark. Macht rund 67 Mark pro Verbrechen. Kappe hat mit gewalttätigen Kleinganoven bisher eher wenig zu tun gehabt. Mörder kommen nach seinen Erfahrungen in allen Bevölkerungsschichten vor und haben häufig ein anderes Motiv als nur die blanke Habgier. Mit dem Aufwand, den die beiden Autofallenräuber betreiben, hätten sie ebenso gut richtig reiche Leute in ihren Villen überfallen und ausplündern können, aber ein solcher Modus Operandi liegt ihnen anscheinend nicht.

Während Busch und Lohr systematisch jedem der rund dreitausend Hinweise nachgehen, die oft genug nur billige Denunziationen sind, filzt Kappe seit Wochen die einschlägigen Akten der Raubüberfälle und schweren Diebstähle, die es seit 1920 in Berlin gegeben hat.

«Eine Sisyphusarbeit», meint Busch und bezieht sich damit auf den alten Griechen, der einen Stein bergauf rollen musste, der immer wieder herabkullert. Ein treffendes Bild, wie Kappe findet, wenn er sich morgens hinter seinem knarrenden Schreibtisch aus der Zopfzeit niederlässt und sich daranmacht, das Aktengebirge um ein bis zwei Zentimeter abzutragen.

Mit den Jahrgängen 1920 bis 1925, die er ohne viel Hoffnung auf Erfolg durchforstet hat, ist er durch. Der Kleinere der Täter wird von den meisten Zeugen als 25- bis höchstens 35-Jähriger geschildert, kann also kaum vor diesem Zeitraum straffällig geworden sein. Und der andere, den Zeugenaussagen nach etwas Ältere und Größere scheint eher unter dem Kommando des Jüngeren zu stehen, hat also möglicherweise ein kleineres oder gar kein Vorstrafenregister.

Mit solchen Erwägungen versuchen Kappe und Busch, den Tätern näher zu kommen. Es funktioniert nicht. Die Zahl der Diebstähle und Raubüberfälle, in normalen Zeiten schon erschreckend hoch, war in den Jahren der Wirtschaftskrise auf ein kaum zu übertreffendes Maß angestiegen, und die Aufklärungsquote war, anders als bei den Morden, nicht besonders hoch. Vielleicht haben die Kerle bis zum heutigen Tag nur unwahrscheinliches Glück gehabt und sind nie aktenkundig geworden?

Busch schüttelt den Kopf. «Das mag bei deinen Mördern zutreffen, die nur einmal ein Ding drehen und vorher nie aufgefallen sind. Das hier riecht nach echten Berufsganoven. Zwei Männer, die ihren Lebensunterhalt wahrscheinlich ausschließlich durch Räubereien bestreiten.»

Kappe, der gerade einen dicken Aktenfaszikel über Diebstähle in der Forstwirtschaft durchackert, ist dabei etwas aufgefallen. «Hier stammt ein Täter aus Ostpreußen. Hat sich nach eigener Aussage in Berlin nie heimisch gefühlt und deswegen auf Straftaten im Wald spezialisiert. Könnte das nicht auch bei unseren Freunden der Fall sein?»

Busch steigt darauf ein. «Du meijnst, dass sie aus Astpreissn stammen?»

Kappe nickt.

«Erbarmen jeschrien!», ruft Busch in seinem nachgemachten Ostpreußisch und schlägt theatralisch die Hände zusammen. «Menschenskind, reicht dir die Menge der einheimischen Ganoven nicht aus? Willst du die etwa im ganzen Reichsgebiet suchen?»

Erschrocken hebt Kappe die Hände. «Bloß nicht!»

«Na siehste! Außerdem haben die Kerle angeblich immer berlinert.»

«Stimmt ooch wieder», muss Kappe zugeben. «War ja nur so'ne Idee ...»

Die Augustsonne ist inzwischen hoch über die Spree gestiegen, Wärme und modriger Wassergeruch dringen durch das offene Fenster. Eine Sirene tutet dumpf.

Kappe horcht sehnsüchtig darauf. «Menschenskind, andere Leute haben jetzt Ferien, und wir hocken hier wie die vergessenen Burgfräuleins über stinkenden Akten», beschwert er sich.

In zwei Monaten habt ihr die Brüder, oder ich fahre Schlitten mit euch! hat Heydrich gedroht, und diese zwei Monate sind längst um. Buschs Taktik, die Täter durch systematische Patrouillen und Streifen auf den Straßen im Osten in den Grunewald zu verdrängen, scheint zwar aufgegangen, doch die aus allen Dezernaten zusammengeholten Jäger mit Erfahrung in nächtlichen Wäldern und die als Liebespaare getarnten Lockvögel haben den neuerlichen Überfall an der Avus nicht verhindert. Und neue Spuren gibt es auch nicht.

Kein Wunder, dass Busch bei allem Enthusiasmus unzufrieden ist. Jeden Tag hofft er auf den Erfolg einer der Patrouillen. Aber: «Urlaubssperre! Als würden wir die beiden dadurch schneller kriegen. Fehlt bloß noch, dass sie uns 'n Keuschheitsgürtel verpassen, damit wir nicht abgelenkt werden.»

Den brauche ich gar nicht, müsste Kappe jetzt sagen. Mit seiner Klara hat er sowieso Schwierigkeiten, und seit er ihr die Urlaubssperre verkündet hat, ist es ganz aus. Da nützt der Hinweis auf Führer und Vaterland, für die er auf Wacht zu stehen hat, gar nichts. Vor drei Tagen ist sie sang- und klanglos mit Karl-Heinz gen Wendisch Rietz abgezwitschert und hat ihn mutterseelenallein in der Großen Frankfurter zurückgelassen. Hartmut ist im HJ-Heim irgendwo in der Eifel und Margarete für eine Woche mit dem BDM unterwegs.

Kappe ist also Strohwitwer. Als er am frühen Abend aus dem düsteren Gebäudekomplex auf den quirligen Molkenmarkt tritt, wird ihm das so recht bewusst. Jetzt irgendwo ein kühles Bier zischen! Gegenüber zieht sich die Spandauer Straße am Roten Rathaus vorbei bis zur Garnisonkirche, links geht es über die Mühlendamm-Baustelle zur Leipziger Straße. Potsdamer Platz. Haus Vaterland. Das kommt Kappe so in den Sinn. Aber über die Notbrücke der immer noch warmen Abendsonne entgegenzuwandern, verspürt er keine Lust. Kneipen gibt es auch hier in Hülle und Fülle, und wenn er Spaß daran hat, kann er sich auf einer Bank an der Spree niederlassen.

Den alten Krögel, einen finsteren Zugang zum Spreeufer, hat man 1935 für den Bau der neuen Münze abgerissen, sehr zu Buschs Ärger, der für Alt-Berlin und seine Geschichte schwärmt. Kappe als Zugereister hat da kaum Berührungspunkte. Nur der Spaß mit der Sonnenuhr im Großen Krögelhof gefällt ihm. *Mors certa, hora incerta* war über der Uhr zu lesen: Sicher ist der Tod, unsicher seine Stunde. Und was hatten die Berliner draus gemacht? Todsicher jeht die Uhr unsicher ...

Gleich in der ersten Destille in der Stralauer trinkt er im Stehen ein Bier, und dann noch eins, obwohl er sich hier nicht wohl fühlt unter all den lauten und angesoffenen Bauarbeitern, die ihn noch dazu misstrauisch beäugen. Dazwischen auch ein paar fein gemachte Pinkel. Ein reichlich gemischtes Publikum. Könnten die beiden Autoräuber darunter sein? Kappe guckt sich ein paar der Typen an und gelangt zu dem Urteil, dass er es jedem zweiten zutrauen würde. Das Großmaul mit Bärtchen und SA-Stiefeln, das sich dauernd lauernd umblickt, könnte es ebenso sein wie das schmallippige Narbengesicht in abgeschabter Kluft. Oder der Bräsige mit der kalten Zigarre und dem stechenden Blick?

Kappes erster Durst ist gelöscht. Er zahlt und macht sich davon. Wenn er durch die Schickler- und Blumenstraße geht, kann er in einer Viertelstunde zu Hause sein.

Nur wozu? Ihn erwartet nicht einmal ein ordentliches Abendbrot. Die Sonne hat einen warmen Goldton, die Luft ist lau. Da ist das Spreeufer vielleicht keine so schlechte Idee. Zu Hause in Wendisch Rietz hat er immer gerne am Wasser gesessen und dessen beruhigende Wirkung verspürt. Fehlt ihm nur eine Angel. Aber ob die Fische aus der trüben Jauche, die träge vor der hohen Ufermauer dahindümpelt, überhaupt essbar sind, wagt er zu bezweifeln.

Die Bänke am Rolandufer sind gut besetzt. Nicht nur Ältere genießen die Abendsonne. Eine Gruppe junger Leute ist gerade im Aufbruch begriffen. Gemächlich schlendert Kappe heran.

«Nehm Se Platz!», sagt einer der Jünglinge freundlich zu ihm. «Hauptsache, Sie ham den entsprechenden Nachweis bei sich.»

Kappe versteht nicht und blickt ihm kopfschüttelnd nach.

Als er sich umdreht, versteht er umso besser. In schwarzen Frakturbuchstaben ziert eine frisch gemalte Aufschrift die Banklehne: *Nur für Arier*.

HIRSCHGARTEN

DIE NACHT zum 6. September 1937 ist über die Stadt hereingebrochen, und draußen in Hirschgarten, am Rand der ausgedehnten Mittelheide zwischen Köpenick und Friedrichshagen gelegen, ist es ruhig geworden. Das Ausflugsrestaurant Waldburg hat längst geschlossen. Nur der jaulende Ton der regelmäßig im Bahnhof ein- und ausfahrenden S-Bahnen ist weithin hörbar. Eine ziemlich einsame Station ist das hier, weitab von der dichten städtischen Bebauung. Nur die wenigen Anwohner aus den nahen Siedlungshäusern und aus der Villenkolonie, die nach dem Bankier Hirsch heißt, steigen hier ein und aus. Dazu ein paar Laubenpieper aus der Kolonie im feuchten Erpetal. Die Bahnlinie kreuzt fünfhundert Meter östlich der Station das Neuenhagener Mühlenfließ, das sich weiter gen Westen schlängelt, nach Süden abknickt und beim Ruderclub Germania in die Spree mündet.

Die beiden Gestalten, die sich im Dunkel der Bäume verborgen halten, sind mit der Straßenbahnlinie 84 bis in die Köpenicker Kaiser-Wilhelm-Straße gefahren, an verschiedenen Stationen ausgestiegen und haben sich im unübersichtlichen Sumpfgebiet der Erpewiesen getroffen. Jetzt warten sie auf den letzten Zug, der gegen drei Uhr den Bahnhof verlässt. Nach und nach erlöschen die Lichter auf dem Bahnsteig, bis auf eine Lampe im eng ummauerten Dienstraum der Bahnhofsaufsicht.

Der Bahnhofsschaffner, Fahrkartenknipser und Kontrolleur in einem, hat seine Wanne längst verlassen, die Sperre, die kein Reisender unkontrolliert passieren darf. Der unterirdische Zugang für den Publikumsverkehr ist verschlossen.

«Ab geht's!», kommandiert wie immer der Kleinere. Über die Gleise klettern sie auf den Bahnsteig und nähern sich der verglasten Tür zum Kassenraum in dem kleinen Empfangsgebäude.

Walter, der Kleinere, leuchtet mit der Taschenlampe in das Schlüsselloch. Der Schlüssel steckt von innen. Schon schlägt der Größere mit dem Revolvergriff zu, und das Drahtglas splittert. Walter steckt die Hand durch die Öffnung und dreht den Schlüssel. Im gleichen Augenblick spürt er den Widerstand, weil der entsetzte Schalterbeamte die Tür zuzuhalten versucht. Mit einem Ruck reißt Walter sie auf. Der Fahrkartenverkäufer stolpert heraus und sieht sich zwei maskierten Männern mit langen Blendlaternen und Pistolen in den Händen gegenüber, von denen der eine einen Schuss abfeuert und sofort auf ihn losgeht. Ein heftiger Schlag trifft ihn am Kopf, jemand zerrt ihn in Richtung Bahnsteig. Es gelingt ihm, sich für ein paar Schritte zu befreien und auf den Perron zu flüchten. Dort befinden sich im Dienstraum die Bahnhofsaufsicht und der Mann von der Sperre. Der Aufsichtshabende ist bereits durch das Glasklirren aufmerksam geworden. Er setzt seine rote Mütze auf, schaltet die volle Beleuchtung ein und sieht, wie ein maskierter Mann auf den Kassierer einschlägt und ihn tritt und anschließend die Waffe auf ihn richtet. Schüsse peitschen über den Bahnsteig, der Schläger rennt in Richtung Ausgang und schließt sich dem zweiten Maskierten an, der gerade die Fahrkartenausgabe verlässt und ins Gleisbett springt.

Der Mann mit der roten Mütze, gut fünfzig Meter entfernt, rennt in sein Kabuff zurück und ruft das Überfallkommando an. Auch das dauert ein Weilchen, muss er sich doch erst aus dem Bahnselbstanschluss-Netz ins allgemeine Telefonnetz einwählen.

Der Bahnhofsschaffner hat sich inzwischen auf den Bahnsteig getraut. Hinter den grün lackierten hohen Holzwänden der ersten Bank liegt sein Kollege, der Schalterbeamte.

Als das Überfallkommando die einsame Station erreicht, ist keine Spur mehr von den Räubern zu entdecken. Vermutlich sind sie im Wald untergetaucht, der bis fast an die Gleise reicht.

In Wahrheit sind die beiden in das nach Süden anschließende Sumpfgebiet geflüchtet und wechseln in ihrem Versteck die Kleidung.

«Du hast nicht gesagt, dass da dreie Dienst haben!», beschwert sich der Größere flüsternd.

Walter, der Kleinere, lacht. «Ick dachte, bis drei kannste selber zähl'n», sagt er.

«Und? Wie viel isses diesmal?»

«Viel zu wenig!», murrt Walter. «Der Kassenschrank stand offen, war aber leer. Beim Aufstemmen von dem Jeldkasten is mir denn ooch noch der Stiel vom Beil abjebrochen.»

«Willste damit sagen – jarnüscht?»

«Doch, doch.» Walter zieht eine Rolle Münzen aus der Werkzeugtasche seiner Monteurhose. *Fünfzig Reichsmark* steht darauf.

Max merkt man die Enttäuschung an. «Hab ja gleich jesagt, Hirschjarten is 'ne Schnapsidee ... Kaum Kundschaft und außerdem zu dichte dran an unsere Jejend.»

«Ach nee! Wir könn' uns ja morjen den Schlesischen Bahnhof vornehm'. Is bloß'n bisschen wenig Natur drumrum zum Türmen.»

«Ick wer' dir wat sagen, Walter: Wir hör'n am besten uff. Mir riecht die janze Sache schon lange zu brenzlich, und außerdem ist Marie ...»

«Marie! Marie!», höhnt Walter. «Wat bist du bloß für'n Kerl jeworden, Maxe! Hat unser Vater jemals Rücksicht uff Muttern jenomm'?

«Ick weeß. Und du zahlst ooch keene Alimente ...»

«Wie werd' ick denn! Weiß ja nich mal, ob ick wirklich der Vater von dem Gör bin ...»

«Du bist und bleibst 'n kalter Hund, Walter.»

«Dett kannste wohl annehm. Und deswejen is auch noch lange nich Schluss, vastehste? Im Grunewald sind den Bullen längst die Beene einjeschlafen. Da ham die Leute ooch mehr Kies inne Tasche ...»

In der Ferne sind die Martinshörner zu hören. «Schluss. Für heute!», sagt Walter und hebt bedeutungsvoll die Stimme.

Max ist das Reden vergangen. Widerspruch hat sowieso keinen Zweck.

Kappe und Lohr sind gegen halb vier aus den Federn geholt worden. Jemand hat tatsächlich gleich die richtige Nase bewiesen und die Soko verständigt. Leider vergeht eine weitere Stunde, bis sie den abgelegenen Tatort erreichen. Dort ist wenig auszurichten, der schwerverletzte Schalterbeamte ist ins Köpenicker Krankenhaus jenseits der Spree eingeliefert worden, und die beiden anderen Beamten haben alles nur aus einigem Abstand beobachtet. Selbstverständlich haben die Täter Handschuhe getragen, wahrscheinlich auch Gummistiefel, mit denen sie vorher durch feuchtes Gelände getappt sind, wie die inzwischen getrockneten Dreckhäufchen im Kassenraum verraten. Das uralte Beil mit dem zerbrochenen Stiel wird auch nichts hergeben.

Bleiben der Spurensicherung lediglich die Einschüsse, wenn es denn welche gibt.

«Was für eine gottverlassenen Gegend! Sind Sie jemals hier draußen gewesen?» fragt Lohr Kappe. «Man könnte meinen, man ist in irgendeinem Kuhkaff mitten in der Mark.»

Kappe ist da ganz anderer Meinung. «Die übernächste Station ist Rahnsdorf. Da gibt's ein schönes Freibad am Müggelsee.» Mit Klara und den Kindern ist er schon öfter dort gewesen. Und ebenfalls in Friedrichshagen, wo man durch den Spreetunnel trockenen Fußes rüber zum Wirtshaus Rübezahl und zu den Müggelbergen kommt.

«Rahnsdorf! Wie konnte ich das übersehen.» Lohr schlägt die flache Hand gegen die Stirn. «Da haben sie vor genau einem Jahr dasselbe Ding schon mal durchexerziert!»

«Scheint ihre Strecke zu sein», vermutet Kappe. «Erkner, Neuzittau, Hangelsberg – alles dieselbe Richtung. Man könnte glauben, die sind hier irgendwo zwischen Köpenick und Fürstenwalde zu Hause. Wenn wir die Mitte nehmen, wäre das zwischen Friedrichshagen und Erkner – ungefähr Wilhelmshagen.»

Lohr schüttelt den Kopf. «Wäre das nicht ein bisschen zu einfach? Ich vermute stark, dass es sich um echte Großstadtpflanzen handelt, die sich irgendwo in Berlin verkriechen. Außerdem: Grünau, Schmöckwitz, Königs Wusterhausen – das ist genau die andere S-Bahn-Strecke. Von Grunewald und der Avus mal ganz abgesehen.»

Aus der S-Bahn, die längst wieder verkehrt, ist ein älterer Mann gestiegen, der sich ihnen schleppenden Schrittes nähert. «Dienstwagen is nich mehr», sagt er im Näherkommen, und Kappe erschrickt. Es ist sein alter Kamerad und Kollege Galgenberg, um ein paar Kilo erleichtert und ebenso viele Jahre gealtert, wie es scheint.

Lohr, der Galgenberg natürlich ebenfalls erkannt hat, will das Wiedersehen nicht stören und wendet sich nach einem flüchtigen Gruß noch einmal dem Schaffner in seiner Wanne zu.

Kappe drückt Galgenberg länger die Hand, als er es jemals vorher getan hat. «Geht's dir gut?», erkundigt er sich besorgt.

«Jeht's dir jut, wenn se dich Sonntachmorjens um dreie rausklingeln und du mit der S-Bahn quer durch die Stadt jondeln darfst?»

«Du hättest nicht kommen müssen. Du siehst ja, wir sind schon fast fertig mit allem.»

«Fast fertich bin ick ooch mit allem. Aber hier draußen is nu mal mein Revier. Zwovierundvierzig Köpenick. Reicht exaktemang bis hier an die Gleise. Außerdem habe ich natürlich ständig den Appell unseres Chefs im Ohr: Es ist nicht nur Aufgabe des zuständigen Raubdezernats, sondern Pflicht aller Kriminalbeamten, sich der Ermittlung und Ergreifung der beiden Verbrecher ganz besonders zu widmen. Beamten, die zur Ergreifung der Räuber wesentlich beitragen, wird eine namhafte Geldbelohnung oder, wenn möglich, eine Beförderung außer der Reihe in Aussicht gestellt.»

Galgenberg hat den Sermon des Kriminalpolizeichefs in vollendetem Hochdeutsch heruntergeleiert. Kappe sieht ihn an. Eine wahrhafte Trauergestalt. «Mensch, Justav, du änderst dich wirklich nicht!», sagt er bekümmert.

«Wieso, Herr Kummssarius, ick sach keen Wort ...»

Ob er will oder nicht, Kappe muss den uralten Berliner Witz ergänzen. «Halt er's Maul! Er räsoniert inwendig.»

Für einen Augenblick grienen sie sich an und fühlen sich an alte Zeiten erinnert. Dann fragt Galgenberg: «Waren det hier wenichstens eure beeden?»

Kappe gibt ihm einen kurzen Bericht, und Galgenberg nickt dazu und sagt: «Ist hier 'ne ziemlich unsichere Gegend. Laubeneinbrüche, Karnickeldiebstähle – eben diese Art von ländlicher Schwerkriminalität, verstehste. Raubüberfälle und Mord sind ziemlich selten. Und wegen fuffzich Mark gleich rumballern ...» Er schüttelt den Kopf. «Unter meinen Revierkunden wüsste ich jedenfalls keinen, dem ich das zutraue.»

«Und sonst? Wenigstens nette Kollegen auf dem Revier?»

Galgenberg winkt ab. «Erzähl' ick dir lieber 'n andermal. Kannst mich ja mal besuchen, wenn ihr wieder hier draußen zu tun habt.»

«Hoffentlich nicht!», sagt Lohr, der zurückkommt und die letzten Worte gehört hat. «Es sei denn, wir fangen die Kerle da drüben im Wald. Dahin sind sie vermutlich verschwunden.»

Bei dieser Vermutung bleibt es. Am Tatort ist nur eine nicht näher zu bestimmende Geschossspur festgestellt worden. Das ist alles.

SPUR 94

AUCH DER KRIMINALASSISTENT BURKHARDT vom Polizeirevier 234 in der Fennstraße in Niederschöneweide kennt den Aufruf des Chefs der Berliner Kriminalpolizei. Eine namhafte Geldsumme käme ihm ebenso gelegen wie eine Beförderung außer der Reihe, aber daran ist hier draußen in Schöneweide kaum zu denken, einer Gegend, die außer dem Bahnhof, etlichen Industriebetrieben am Spreeufer und dem Flugplatz Johannisthal nichts Bedeutendes aufzuweisen hat. Johannisthal verfügt außerdem über eine Revierzweigstelle mit eigenem Kriminalkommissariat.

An diesem Freitag, dem 10. September 1937, schreibt Burkhardt eine Meldung, den Raubüberfall auf die Stationskasse des Bahnhofs Hirschgarten betreffend:

Von vertrauter Seite wurde hier auf die Berufsverbrecher Max Götze, geboren am 3. Januar 1891 in Köpenick, wohnhaft in Berlin-Adlershof, Arrasstraße 110, und dessen Bruder Walter Götze, geboren am 14. November 1902 in Oberschöneweide, wohnhaft ebenda, Marienstraße 1 bei Glander, hingewiesen.
Beide sind wegen Eigentumsdelikten erheblich vorbestraft. Insbesondere Walter Götze ist hier in letzter Zeit dadurch aufgefallen, dass er nicht arbeitet und trotzdem in Kneipen viel Geld ausgibt. Nach dem Raubüberfall ist er im Besitz eines neuen Fahrrades gesehen worden. Es erscheint nicht ausgeschlossen, dass sie auch für die Autofallen-Überfälle in Frage kommen.

Die Meldung läuft am Sonnabend bei der Soko ein, wird gelesen und als Spur 94 zu den Akten gelegt, die ähnliche Spuren bereits in größerer Anzahl enthalten. Immerhin ist die Gegend Köpenick, Adlershof und Oberschöneweide nicht uninteressant. Sollen sich die Kollegen vom Revier 234 diese Brüder Götze ruhig einmal näher angucken.

Das versucht der Kriminal-Oberassistent Burkhardt gemeinsam mit seinem Kollegen Boehning am darauffolgenden Montag. Mit dem Dienstwagen fahren sie nach Adlershof und finden das Haus sofort. An der Ecke, wo die Arrasstraße in die Bismarckstraße mündet, auf halbem Wege vom Marktplatz zum S-Bahnhof, wohnt seit zwei Jahren der Maurer Max Götze mit seiner Ehefrau Marie. Zu Hause ist niemand. Von den Hausbewohnern erfahren sie, dass beide Götzes berufstätig sind und Max abends selten vor sechs Uhr nach Hause kommt. Die Leute können nichts Negatives über das ruhige Ehepaar berichten.

Burkhardt und Boehning hinterlassen eine Vorladung für den 15. September, dann fahren sie zurück nach Schöneweide, überqueren die Spree und biegen in die Wilhelminenhofstraße ein. Auf der rechten Seite hat sich hier die Industrie bis zum Spreeufer ausgebreitet, links zweigen Wohnstraßen ab, die sich um ein reputierliches Antlitz bemühen.

Die Marienstraße ist eine davon, und gleich im ersten Haus hat die Witwe Elise Glander ein Zimmer an den beschäftigungslosen Walter Götze vermietet. Auch der ist nicht zu Hause. In dem möblierten Zimmer findet sich nichts Verdächtiges, und nach der Befragung der Wirtin schreibt Burkhardt noch am gleichen Tag in seinem Bericht:

Die Wirtin gab an, dass ihr Untermieter schon seit Montag, dem 6. September, seine Wohnung nicht mehr aufgesucht hat. Ferner bestätigte sie, dass Walter G. während der Zeit, wo er bei ihr wohnte, des Öfteren nachts von der Wohnung wegblieb. Wo er sich zurzeit aufhält, konnte Frau Glander nicht angeben.
Auf dem 234. Polizei-Revier – Abteilung Kripo – wird Walter Götze als

Krimineller geführt. Über den Aufenthalt desselben konnte nichts in Erfahrung gebracht werden.
Er wird von Beamten des Reviers 234, wenn er irgend angetroffen wird, festgenommen und der Dienstelle E. I. 5 zugeführt werden.

«Zwei Brüder», sagt Busch zu Kappe, als er das Schriftstück zu dem ersten der Spur 94 heftet. «Eigentlich zu schön, um wahr zu sein ...»

Kappe zuckt die Achseln. *«Wenn er irgend angetroffen wird ...»*, sagt er mit Betonung. Das kann Jahre dauern, wie er von Otto und der Trickbetrügerin Martha Lange weiß. Immerhin – die Götzes sind eine Spur mehr, die es sich vielleicht zu verfolgen lohnt. *Von vertrauter Seite*, hatte es in dem ersten Revier-Bericht geheißen. Das lässt sich so oder so deuten – ein zuverlässiger Informant oder ein mieser kleiner Denunziant, wer will das in diesen Zeiten einschätzen? Auf jeden Fall müsste man sich die Quelle der Meldung genauer anschauen.

Über den jüngsten Raubüberfall steht mal wieder kein Wort in der Zeitung. Der Reichsparteitag der Arbeit in Nürnberg ist allemal wichtiger. Kappe interessiert sich eher für den Sieg von Rudolf Caracciola beim letzten Grand Prix am Wochenende in Italien. Karratsch ist nun Europameister. Rosemeyer, für den sich Klara seit dessen Hochzeit mit der Fliegerin Elly Beinhorn begeistert, als handle es sich um ihren leiblichen Sohn, hat in seinem Audi-Silberpfeil eine schwache Saison geboten. Auch Hartmut ist von dem Rosemeyer-Fieber angesteckt. Eine Fliegerin als Ehefrau ist ganz nach seinem Geschmack, und dass Rosemeyer ehrenhalber Hauptsturmführer der SS ist, tut Klaras und seiner Begeisterung keinen Abbruch. Im Gegenteil.

«Da siehst du mal, was der Führer für den deutschen Sport übrighat», lautet Klaras Kommentar. Sie hat auch nichts dagegen, dass in der nächsten Woche die ersten großen Manöver aller drei Waffengattungen nach dem Weltkrieg beginnen. Mal sehen, wie ihr die Übungen der Luftschutzwoche gefallen, denkt Kappe sorgenvoll. Ihm jedenfalls gefällt das alles nicht. Von der angebotenen Möglichkeit, in die SS einzutreten, hat er ihr vorsichtshalber gar nichts erzählt. «Bin sowieso zu alt», hat er sich als Ausrede zurechtgelegt.

Am gleichen Mittwoch sitzt Max Götze den beiden Kriminal-Oberassistenten auf dem Revier 234 gegenüber, ein verschlossen wirkender Mann in abgetragener, jedoch ordentlicher Kleidung, mit verkniffener Miene und einem wässrigen Blick, in dem etwas Lauerndes liegt. Dennoch gibt er sich locker und versucht, den Selbstbewussten herauszukehren. Mit knappen Worten beantwortet er Burkhardts Fragen, hart an der Grenze zur Unhöflichkeit und so, als könnten ihn die Kriminalen sowieso mal ...

Er sei Maurer, und er habe in den letzten Monaten, ja Jahren regelmäßig Arbeit gefunden und könne sich deshalb mit seiner Frau die Wohnung in der Arrasstraße leisten. Bis Ende August sei er bei dem Bauunternehmer Karjow in Schöneberg beschäftigt gewesen und habe etwa fünfzig Mark die Woche verdient. Seine Frau arbeite ebenfalls und komme auf rund dreißig Mark in der Woche. Das reiche ihnen, sie führten kein anspruchsvolles Leben. In den ersten Septemberwochen habe Max Götze nicht gearbeitet, weil er krank gewesen sei. Kriegsfolgen, erläutert er wortkarg, doch nicht ohne Stolz. Der Arzt nenne es nervöse Erschöpfungszustände.

Max Götze merkt, wie sich die Kriminalen bei diesen Auskünften einen Blick zuwerfen. Er blickt stoisch vor sich hin und wartet auf die nächste Frage. Ja, seit dem 13. September arbeite er wieder auf einem Bau an der Bayreuther, Ecke Wormser Straße in Schöneberg, und die heutige Vorladung koste ihn einen ganzen Tageslohn. Er sei schließlich kein Beamter. Was sie denn überhaupt von ihm wollen?

Burkhardt wird das Gefühl nicht los, dass dieser Max Götze nur zu genau weiß, warum er hier sitzt, und so fragt er geradeheraus, wo Götze denn den Abend des 5. September und die darauffolgende Nacht verbracht habe.

«Fünfter September?» Max Götze kneift die Augenschlitze noch enger zusammen und markiert den scharf Nachdenkenden.

«Sonnabendabend vor einer Woche», hilft ihm Boehning auf die Sprünge.

Max tut erleichtert. «Ja, richtig: Da kam meine Frau von ihre Reise zurück.»

«Und weiter?»

«Weiter nischt. Eine Rheinreise mit Kraft durch Freude.» Erst auf Burkhardts durchdringenden Blick hin bequemt er sich zu einer Ergänzung: «Muss abends so gegen zehne gewesen sein, als sie kam. Wir ham noch'n bisschen erzählt und sind dann ins Bette.»

«Daran erinnern Sie sich ganz genau?»

«Aber jewiss doch. Meine Frau war ja immerhin zehn Tage weg jewesen.»

«Und als Ihre Frau dann eingeschlafen war, sind Sie wieder aufgestanden ...»

Max Götze stößt einen verächtlichen Laut aus. «Nischt da! Wenn ick eenmal schlafe, denn schlafe ick. Außerdem war ick ja krank, wie ick bereits sagte.»

«Wann haben Sie denn Ihre Wohnung wieder verlassen?»

«Janz jewiss nich vor Montag früh. Wozu denn ooch?»

Bei diesen Angaben bleibt Max Götze, sosehr ihm Burkhardt und Boehning immer wieder mit Fragen zusetzen und ihm schließlich die Beteiligung an dem Überfall in Hirschgarten auf den Kopf zusagen. Da kann Max Götze nur höhnisch lachen. «Icke und 'n Überfall! Ick bin sauber, Sie! Nachdem ick 33 rausjekomm bin, habe ich mir vorgenommen, ein anständiger Mensch zu werden. Und zu bleiben. Det halte ick ooch ein. Mein' Sie, ick will wieder in' Kasten, jetz wo't mir anfängt jutzujehn?»

Burkhardt und Boehning finden kein Loch in seiner Argumentation. Nachzuweisen ist ihm nichts. Am Montagvormittag habe er trotz seiner nervösen Erschöpfung eine Radtour unternommen. «Hat mir der Arzt empfohlen. Frische Luft tut immer jut, meint der.»

Über den gegenwärtigen Aufenthalt seines Bruders Walter vermag er nichts zu sagen. Getroffen habe er ihn das letzte Mal vor ungefähr drei Wochen in dem Lokal von Kadenberg in Schöneweide und seitdem nicht wieder. Zwischen ihnen herrsche keine so besonders herzliche Beziehung, und in der Arrasstraße besuche ihn Walter schon gar nicht. Da habe Marie was dagegen. Die könne nämlich den Walter nicht leiden.

Auch über Walters Arbeitsstelle wisse er nichts. Vor einiger Zeit habe der mal bei einer Möbelfirma in der Edisonstraße gearbeitet.

Es ist später Nachmittag geworden. Burkhardt tippt das Protokoll, und Max Götze, der sich nochmals über die Zeitverschwendung beschwert, hört es sich an und unterschreibt. *Ich betone nochmals, dass ich für die strafbare Handlung niemals in Frage komme*, steht darin, und das beruhigt ihn. *Ich habe in allen Punkten die reine Wahrheit gesagt. Weitere Angaben kann ich nicht machen.*

«Darf ick jetz endlich jehn?», erkundigt er sich aufsässig, doch Burkhardt hat noch eine Überraschung für ihn in petto: «Wir fahren Sie nach Hause, Herr Götze. Inzwischen wird Ihre Frau nach Hause gekommen sein. Die kann hoffentlich Ihre Angaben bestätigen.»

«Det hoff' ick sehr!», sagt Max Götze mit finsterer Miene.

Marie Götze kann sich sehr gut an den Sonnabendabend erinnern, als sie erst gegen halb elf Uhr nach Hause kam, weil der Zug aus Köln Verspätung hatte. Nein, ihr Mann sei nicht zu Hause gewesen, als sie mit ihrem Koffer ankam, sei aber ungefähr eine halbe Stunde später eingetroffen und bald darauf ins Bett gegangen. Bis zum anderen Morgen habe er dann die Wohnung nicht mehr verlassen.

Als Burkhardt Max Götze, der mit Boehnig in der Küche das Ende von Maries Vernehmung hat abwarten müssen, auf die Widersprüche in den Aussagen aufmerksam macht, hat der nur eine verächtliche Geste für seine Frau. «Die verjisst von hier bis zum Marcht, det se Suppengrün wollt mitbring' – und da glooben Sie, die weeß noch, wat Sonnabendnacht los war? Nämlich nischt. Ick war zu Hause, wie ick et unterschriem habe, und damit basta!»

Ganz unterdrücken kann Burkhardt seine Zweifel nicht, er schließt jedoch den Aktenvermerk mit der Annahme:

Trotz des Widerspruchs dürfte es als erwiesen anzusehen sein, dass sich G. zur Tatzeit in seiner Wohnung aufgehalten hat. Er dürfte daher für die Raubsache als Täter ausscheiden.

DAS LEBEN IST KURZ

AM 28. SEPTEMBER vermerkt Kriminal-Oberassistent Burkhardt:

Der Bruder des Max Götze, Walter Götze, Arbeiter, geboren am 14. November 1902 in Oberschöneweide, ist am 24. September 1937 im Deutschen Kriminalblatt Nr. 2868 zur Aufenthaltsermittlung aufgegeben worden.

Walter Götze ist hier zu Hause in Oberschweineöde, wie die Berliner die Gegend nennen, von der ein Teil Ostend heißt. Dahinter beginnt die ehemals selbständige Stadt Köpenick. Oberschöneweide umfasst so ziemlich jede Art von städtischer Bebauung, angefangen vom Tanklager der Deutschen Petrol im Nobelshof und der Furnierfabrik an der nördlichen Grenze bis zum Wirtshaus Sadowa und den Union-Sportplätzen an der Alten Försterei im Südosten. Das Spreeufer ist, abgesehen von ein paar Bootshäusern und dem schäbigen Freibad Wilhelmstrand, auf zehn, zwölf Kilometer Länge mit Betrieben zugebaut, dahinter erstrecken sich Laubenkolonien und ein schmaler Wohnbezirk, dem man die Nähe zur Industrie ansieht. Durch die grauen Hauptstraßen, in denen die Straßenbahnlinien 69, 87 und 95 verkehren, rumpelt mehrmals täglich die Industriebahn, Bulle genannt, und jenseits der Rummelsburger Chaussee liegt das ausgedehnte Waldgebiet der Wuhlheide.

Walter Götze ist hier geboren, in der Siemensstraße, wo der Vater zu jener Zeit ein Fuhrgeschäft betrieb und die Mutter im Nebenhaus hinter der Parterre-Wohnung einen kleinen Grünkramhandel. Über dreißig Jahre ist das her, und nichts ist geblieben vom bescheidenen Wohlstand der Familie. Vater hat gesoffen bis zur Entmündigung, und Mutter hat ihm dabei geholfen und nebenbei noch sechs Kinder großgezogen, mehr schlecht als recht, wie die Justizakten beweisen.

Geblieben ist Walters Anhänglichkeit an die ebenso schmutzige wie unübersichtliche Gegend, wo er jederzeit ein Quartier findet, eine Möglichkeit, irgendwo etwas abzustauben, und im absoluten Notfall eine Aushilfstätigkeit für ein paar Tage. Er braucht dringend Geld. Dass die Bullen Max am Schlafittchen gekriegt haben, rührt ihn nicht sonderlich. Er kennt seinen Bruder besser als der sich selbst. Der ist stur und versteht sich rauszureden. Nur über die dämliche Marie könnten sie Druck auf ihn ausüben. Aber nachzuweisen ist ihm sowieso nichts.

Walter Götze weiß, dass man nach ihm sucht. Doch solche wie er – vielleicht nicht ganz so gut gekleidet, denn darauf legt er Wert –, laufen hier täglich bei Schichtbeginn und -ende zu Hunderten durch die Straßen. Das letzte Bild von ihm in den Akten ist jahrealt, und außerdem ist er nicht feige. Er verkehrt weiter in seinen Stammlokalen und lässt sich durch nichts davon abhalten. Man kennt ihn und weiß, dass er nicht knickrig ist, wenn er Geld hat, und meistens hat er welches.

Max hat ihn inständig gebeten, endlich aufzuhören mit den Überfällen, doch für Walter ist es inzwischen mehr als eine Sucht geworden, mit der Pistole in der Hand loszuziehen und Beute zu machen – er muss auch davon leben. Ein Zurück gibt es längst nicht mehr. Der tote Polizist wiegt schwer, wenn sie ihm den jemals nachweisen.

Am Abend des 30. September fährt er mit dem Fahrrad an der Rennbahn vorbei zum Bahnhof Karlshorst. Dort schließt er das Rad an, fast neu irgendwo mitgenommen und ein bisschen umfrisiert, und steigt in die S-Bahn. In Erkner, wo ihn der Gestank der Teerfabrik empfängt, kennt er sich aus. Er muss über die Brücke und sich links halten, wenn er zur neuen Reichsautobahn will, deren Ostring in kaum zwei Kilometer Entfernung durch den Wald führt.

Es ist stockdunkel, als er die Auffahrt erreicht. In der Aktentasche, die ihn als Rückkehrer von der Arbeit tarnt, trägt er die Strumpfmaske, die Taschenlampe und die Walther-Pistole mit sich herum. Das ist gefährlich, aber darauf kann er keine Rücksicht nehmen.

Er hat Glück. Auf der gepflasterten Bahn zwischen der Autobahnabfahrt und der Auffahrt steht ein Pkw, dem er sich von schräg hinten nähert. Unbemerkt, wie er glaubt. Als er mit gewohntem Griff die Fahrertür aufreißt und die Taschenlampe einschaltet, wird die ihm unversehens aus der Hand geschlagen. Götze bückt sich und verspürt im selben Augenblick einen heftigen Tritt, der ihn ins Stolpern bringt. Dann ist der Fahrer, ein junger und noch dazu kräftiger Kerl, schon über ihm und schlägt auf ihn ein. Auch seine Begleiterin, ein junges Mädchen, ist ausgestiegen und schlägt und tritt auf die sich wälzenden Männer ein, die auf dem harten Pflaster verbissen miteinander ringen.

Mit Schrecken merkt Walter, dass ihm sein Gegner körperlich wie an Gewandtheit überlegen ist. Eisern umklammert er Walters Handgelenke, und der, um sich zu befreien, drückt die Unterarme auf das Pflaster, wobei es ihm gelingt, die Hand seines Kontrahenten mit einem kräftigen Ruck auf die Steine zu schlagen. Schmerzerfüllt lockert der junge Mann für einen Moment den Griff. Die Sekunde reicht Walter aus, die Pistole aus dem Hosenbund zu zerren und zwei ungezielte Schüsse abzugeben. Das genügt. Der Bursche lässt von ihm ab, und Walter rappelt sich auf.

Das Mädchen ist an die nahe Autobahn getreten und winkt hektisch einem vorbeifahrenden Auto zu, das seine Fahrt prompt verlangsamt.

Höchste Zeit für Walter zu verschwinden. Fluchend tritt er den Rückweg durch den Wald an. Bis nach Oberschöneweide hat er einen weiten Weg vor sich.

Max, mit dem er sich ein paar Tage später trifft, ist entsetzt. «Biste denn von allen juten Jeistern verlassen?», zischt er. «Jetzt haben wir die Bullen hier im Osten erst richtig uff de Pelle!»

«Na und? Denn jehn wa beit nächste Mal wieder in' Grunewald.»

Fassungslos schüttelt Max den Kopf. «Du willst uns mit Jewalt nach Plötzensee bringen!» In Plötzensee steht die Guillotine, das wissen sie beide.

«Dir noch nicht», versucht Walter ihn zu beruhigen. «Wenn se meine Wenichkeit kriegen – ick nehme alles auf mir. Kommt jar nicht mehr drauf an. Du bist da vollkommen raus. Darauf kannste dir verlassen.»

«Schon jut ...» Max ist gerührt. Der elf Jahre jüngere Bruder, den er damals am Strommast nicht im Stich gelassen hat, wird ihm das ewig danken und sein Wort halten. Die anderen Brüder sind alle Luschen, Gelegenheitsklauer allenfalls und Suffköppe dazu. Schön, er selber trinkt auch mal einen über den Durst, doch so enden wie Vater und Mutter möchte er nicht. Und Walter verliert nie die Übersicht, so viel er auch intus hat.

«Wir machen 'ne kleine Pause», sagt Walter. «Sagen wir mal: In vierzehn Tagen wieder im Bogen, da schmeckt der Kaffee jut.»

«Du bist verrückt!», ist alles, was Max dazu einfällt. «In deine Stammbudiken kenn' se dir am allerbesten!»

«Wir könn' uns ja schlecht im Adlon treffen», entgegnet Walter. «Im Café Bogen is so'ne süße Serviererin ...»

Mit den Weibern hat er's schon immer gehabt, wie Max neidvoll eingestehen muss. Sieht ja immer schnieke aus, der Walter. Wie aus dem Ei gepellt, hat Mutter immer gesagt, von wem er das bloß hat. Max hingegen, obwohl von stattlicher Statur, wirkt immer finster und verbiestert. Süßholz raspeln liegt ihm nicht, und mit Marie könnte er glücklich und zufrieden leben, wenn die nicht gegen Walter giften würde. Nicht mal um sein Kind kümmert der sich, sagt sie, und da hat sie recht. Max sieht seinen Bruder nur an und sagt: «Mensch, Walter, du wirst wohl nie erwachsen!»

«Wozu denn?», erwidert Walter gelassen. «Det Leben is so kurz ...»

BESINNLICHER ABEND

AM 25. OKTOBER verbuchen Klara und Hartmut ein Erfolgserlebnis: Auf einer abgesperrten Strecke der Reichsautobahn stellt Bernd Rosemeyer einen neuen Geschwindigkeitsrekord auf und fährt zum ersten Mal über 400 km/h schnell.

«Stell dir das mal vor! Vierhundert Kilometer! Das wäre von hier bis München in einer Stunde», begeistert sich Klara.

Kappe muss ihr Entzücken etwas dämpfen: «Höchstens bis Nürnberg.» Von Entfernungen hat Klara, die als Verkäuferin eine wahre Rechenkünstlerin ist, von jeher nur eine nebelhafte Vorstellung. «Was willst du in einer Stunde in Nürnberg? Der Weihnachtsmarkt findet erst im Dezember statt.»

Klara ist ärgerlich. «Darum geht es ja gar nicht ...»

«Außerdem ist Rosemeyer nur einen einzigen Kilometer so schnell gefahren. Mit fliegendem Start, wenn du weißt, was das ist.»

Derartig belehrt, steigert sich Klaras Groll. «Du bist ein ... ein Ignorant nennt man so was. Die deutschen Autos sind die schnellsten auf der Welt!»

Kappe, dem bereits die Geschwindigkeit der Hochbahn ein unangenehmes Gefühl im Magen verursacht, das er im Lauf der Jahre zu unterdrücken gelernt hat, will sich darüber nicht so recht freuen. Eine technische Meisterleistung ist es natürlich, da muss er seinem Sohn zustimmen, der eine wesentlich genauere Vorstellung von Rosemeyers Leistung hat als seine Mutter, die darüber frohlockt, dass Frau Beinhorn-Rosemeyer auf diesem Karrierehöhepunkt ihres Mannes auch noch hochschwanger ist.

«Klara, die Kinder!», mahnt Kappe. In dieser Beziehung ist er ein bisschen altmodisch, doch Karl-Heinz spielt geschickt den Geistesabwesenden, und Hartmut bleibt vorsichtshalber bei Rosemeyers Rekordfahrt.

«Ein Kilometer in acht Komma acht Sekunden!», schwärmt er. «Da kommen nur noch Flugzeuge mit.»

Womit er bei seinem Lieblingsthema ist. Dass er sich zur Luftwaffe meldet, gilt als ausgemacht. Kappe hat es längst aufgegeben, dagegen zu opponieren. Manchmal scheint es ihm, als habe er zu Hause überhaupt nichts mehr zu melden. Von der Arbeit hat er noch nie viel erzählt, jetzt schweigt er seit Monaten darüber und lässt sich nicht aus der Reserve locken. Und zu manch anderem sagt er auch lieber nichts. Selbst der zehnjährige Karl-Heinz wendet sich mit seinen Fragen immer öfter an den älteren Bruder oder an die Schwester, wenn die einmal zu Hause ist.

«Wo steckt denn Margarete?», fragt Kappe beim Abendessen.

«Mein Gott, sie wird beim BDM sein. Oder sie hat vielleicht eine Verabredung ...»

Kappe horcht auf. Er richtet sich zur vollen Größe des Immernoch-Haushaltungsvorstandes auf und fragt inquisitorisch: «Mit wem?»

Klara lächelt süßsauer. «Mit einer Freundin ... Was weiß ich ...»

Kappe ist nicht zufrieden mit dieser Auskunft. «Ich möchte genauer wissen, mit wem sich meine Tochter trifft», sagt er.

«Mein Gott, Hermann, sie wird im nächsten Jahr zwanzig ...»

Klara sieht ihn nicht an, und Kappe merkt, dass sie mal wieder mehr weiß als er und mit Gretchen unter einer Decke steckt.

«Nun sag schon – wer ist der Kerl?», grollt er.

«Weiß ich doch nicht. Sie hat ihn mir nicht vorgestellt. Einfach ein Bekannter, mehr nicht. Sie war zwei-, dreimal mit ihm tanzen ...»

Karl-Heinz kann nicht länger an sich halten und meldet leuchtenden Auges: «Sie hat ein Photo von ihm.» Er zeigt das Format einer Postkarte. «So groß.»

Alle gucken ihn erwatungsvoll an.

«Er heißt Arno!»

«Woher weißt du denn das?»

Dem Jungen wird unter den Blicken unwohl. Kleinlaut gibt er zu: «Steht hinten drauf ...»

«Das musst du natürlich ausposaunen!», schnauzt ihn sein Bruder an. «Olle Petze!»

Auch Kappe muss seinen Jüngsten ermahnen. «Man kramt nicht in den Sachen anderer herum. Merk dir das!»

«Sie hat es auf dem Tisch liegenlassen ...», mault Karl-Heinz.

Die Stimmung ist im Eimer. Karl-Heinz zieht einen Flunsch. Klara ist pikiert. Hartmut verabschiedet sich mit einer undeutlichen Ausrede, und Kappe überlegt, ob er was Vernünftiges zu lesen im Hause hat oder lieber ein Bier trinken geht. Mit Trampe möchte er mal reden, doch dafür ist es heute Abend zu spät.

Schließlich ist es Klara, die ein Friedensangebot unterbreitet.

«Wir wollten längst mal wieder ins Kino gehen», erinnert sie ihren Mann. «Schade, dass sie den Bergfilm mit Luis Trenker noch nicht spielen.»

Kappe ist nicht nach Kintopp zumute, und nach hohen Bergen schon gar nicht. «Wir können ja nächste Woche gehen», brummt er. «Dann kannst du deinen Rosemeyer-Rekord gleich in der Wochenschau bewundern.»

Es ist tatsächlich eine ganze Weile her, seit sie im Germania-Palast Hans Albers und Heinz Rühmann in *Der Mann, der Sherlock Holmes war* belacht haben. Erstaunlicherweise ist Klara mit dem Aufschub einverstanden. «Heute ist es sowieso ein bisschen ungünstig. Frau Stolze von der Frauenschaft wollte noch vorbeikommen.»

Kappe verdreht die Augen. So weit ist es gekommen. Klara ist in die Frauenschaft der Reichsfrauenführerin Scholz-Kink eingetreten und in die NSV auch, die Nationalsozialistische Volkswohlfahrt. Was soll er dazu sagen? Er sammelt ja selber für die Winterhilfe und ist im Beamtenbund, um wenigstens die Grundbedingungen für seine Weiterbeschäftigung im Staatsdienst zu erfüllen. Wird uns alles nichts nützen, wenn wir die Autoräuber nicht bald fassen, prophezeit Busch beinahe jeden Tag düster. Von dem Optimismus, die beiden zu fangen, ist nicht viel geblieben.

Frau Stolze von der Frauenschaft lässt sich an diesem Abend zu Kappes Erleichterung nicht blicken. Dafür nutzt Klara die Gelegenheit für ein Grundsatzgespräch über ein bevorstehendes Ereignis größeren Ausmaßes: Hermann Kappes Fünfzigsten.
Angesichts der Einladungsliste, die Klara aufzustellen beginnt, packt Kappe das kalte Grausen. «Soll ich vorsichtshalber den Sportpalast mieten?», grollt er, muss andererseits jedoch bei jedem aufgeführten Namen die Dringlichkeit der Einladung bestätigen. Die Kappes sind nun mal eine große Familie, und er hat Glück, dass nicht auch noch von Klaras Seite Verwandtschaft in Mannschaftsstärke ansteht. Auf seine besten Freunde möchte er bei diesem Jubiläum nicht verzichten. Dass hinter Gretchens Namen unauffällig *2x* vermerkt ist, fällt ihm erst bei einer nochmaligen Kontrolle der Liste auf.

«Was soll das heißen: zweimal? Wen bringt sie da angeschleppt? Bis jetzt weiß ich nicht mal, wie der Kerl heißt!»

«Hast du doch gehört: Arno. Eigentlich heißt er ja Arnold, aber alle nennen ihn Arno. Arno Wilhelm, soviel ich weiß.»

«So. Hat er auch einen Familiennamen?»

«Na, Wilhelm! Sage ich doch.»

«Hat er wenigstens einen Beruf?»

«Er arbeitet beim Rundfunk, sagt Gretchen.»

Kappe schnauft. «Da haben wir wohl Glück, dass er nicht vom Film kommt, wie?»

«Mein Gott, du hast immer was zu meckern. Wäre dir ein Polizist lieber?»

Das nun auch nicht. Auf jeden Fall ist die Wohnung zu klein für die Feier, egal ob Gretchens Embidel daran teilnimmt oder nicht. Man wird in ein teures Restaurant ausweichen müssen – oder vielmehr in ein nicht so teures. «Im Haus Vaterland kann man einen kleinen Raum mieten», schlägt Kappe vor und stößt damit auf Klaras entschiedenen Widerstand.

«Das gehört doch dem Juden Kempinski! Das kannst du deinen Gästen wohl kaum zumuten.»

Kappe hat schon die flache Hand gehoben, um sie auf den Tisch niedersausen zu lassen, besinnt sich aber rechtzeitig und gibt klein bei. Es lohnt sich nicht. Müde sagt er: «Gut. Dann nehmen wir meinetwegen das ehemalige Sturmlokal von Horst Wessel in der Landsberger Straße.»

Das ist eine übel beleumdete Ecke, und Klara müsste die Ironie eigentlich erkennen.

Sie sieht ihn forschend an. «Das meinst du doch nicht im Ernst!»

Hermann Kappe hat keine Lust auf eine lange Auseinandersetzung. «Meinetwegen gehen wir zu Aschinger», sagt er, und damit ist die Diskussion für heute zu Ende.

FETTE BEUTE

AM 5. NOVEMBER, einem kühlen Freitagabend, treffen sich Max und Walter auf dem Bahnhof Niederschöneweide, begrüßen sich nur aus der Ferne und steigen in die S-Bahn. Getrennt verlassen sie in Schmargendorf den Südring und fahren mit der U-Bahn bis zum Oskar-Helene-Heim. Heute ist zur Abwechslung wieder der Grunewald an der Reihe. Auf dem dortigen S-Bahnhof wollen sie sich lieber nicht sehen lassen. Kleidung, Lampen und Waffen hat Walter im Voraus im Wald versteckt, das scheint ihm die sicherste Methode. Den alten Trommelrevolver, zur Hälfte mit Platzpatronen geladen, vertraut er Max erst kurz vor einer Aktion an. Der braucht nicht zu wissen, wo Walter das Zeug gewöhnlich aufbewahrt und wie kompliziert es ist, passende Munition zusammenzufummeln. Kein Wunder, dass öfter mal eine Ladehemmung auftritt.

Jeder auf einer Straßenseite, marschieren sie die Kronprinzenallee in Richtung Norden. Am Hüttenweg, wo es zu den Hockeyplätzen geht, biegen sie ab. Die liegen ein ganzes Stück südlich ihres üblichen Reviers, das hat Max sich so ausgedacht. Die unbefestigte Straße führt mitten durch den Wald am Forsthaus Dachsberg vorbei zum Jagdschloss Grunewald und ist an diesem mondlosen Novemberabend menschenleer. Nur einmal fährt ein Auto vorbei.

Walter ist plötzlich im Wald verschwunden. Unbehaglich guckt Max sich um. Er wird das Gefühl nicht los, in eine Falle zu laufen, und irgendwann wird sie zuschnappen ...

Da ist Walter schon wieder, reicht ihm die Strumpfmaske, die Lampe, den Revolver.

Als sie endlich ein Auto entdecken, das am Waldrand parkt, ist der Rest das übliche Kinderspiel. Sie kommen nahe genug heran, um darin zwei Köpfe zu unterscheiden. Also schleichen sie noch näher, Walter reißt die Fahrertür auf und blendet die Insassen mit der Stablampe. «Geld her, oder es knallt!», droht er.

Zögernd holt der Mann seine Geldbörse hervor, die nur Kleingeld enthält.

«Brieftasche!», herrscht ihn Walter an, und der Mann reicht ihm auch die. Walter lenkt den Schein der Lampe darauf und wühlt darin. Er merkt gar nicht, dass der Überfallene und seine Begleiterin dabei fasziniert auf seine Finger gucken.

Die Sache geht glatt wie x-mal zuvor. Hundert Mark, besser als nichts. «Und keine Anzeige!», mahnt Walter. «Wir wissen sonst, wo wir euch finden!»

Schon sind die beiden Gestalten im Wald verschwunden.

«Hundert Mark. Bei dem Risiko ist det keen Jeld ...», beklagt sich Max, als sie eine Woche später in ihrer Stammkneipe gegenüber vom Bahnhof Schöneweide sitzen. Man kennt sie hier, beim alten Kadenberg in der Brückenstraße hat schon der Vater anschreiben lassen. Jetzt führt seine Witwe das Lokal, in dem fast ausschließlich Arbeiter aus den umliegenden Fabriken verkehren. Mit Frieda, der Haushaltshilfe von Anna Kadenberg, hat Walter mal was gehabt. Vielleicht übernachtet er jetzt noch öfter bei ihr. Die alte Frau beobachtet sie beide misstrauisch.

Walter wiegelt ab: «Für'n blauen Schein musst du immerhin zwei Wochen schuften.»

«Eene», widerspricht Max griesgrämig und guckt scheel zu der alten Kadenberg. «Bleibt ja nur die Hälfte für jeden.»

Daraufhin explodiert Walter, der schon allerhand getrunken hat. «Menschenskind, ick hätte ooch lieber mehr!», faucht er mit unterdrückter Stimme. «Ick kann's mir nu mal nich aus'n Rippen schneiden. Wenn du so schlau bist und 'ne Idee hast, denn raus damit! Wäre sowieso janz jut, wenn wir mal die Taktik ändern.»

«Und die Jejend gleich mit», ergänzt Max. «Am besten mal janz woanders – wenn überhaupt.»

«Wenn überhaupt!», schäumt Walter. «Wat gloobst du denn, wovon ick leben soll? Von lauter Luft und Liebe?»

Wieder schaut die Wirtin zu ihnen herüber. Max hat ein unbehagliches Gefühl bei diesen Blicken. Er versucht, Walter zu beruhigen. «Is ja schon jut, Kleena. Bloß dauernd der Ärjer mit Marie, weil ick so selten zu Hause bin ...»

«Deine Sorjen möcht ick haben», knurrt Walter. Tauschen würde er nicht mit dem Bruder. Als der sich verabschiedet, bleibt er ungerührt sitzen. «Saren wir: Heute in vierzehn Tagen. Ick lass mir bis dahin wat einfallen.»

Max hebt grüßend die Hand an die Schiebermütze.

Als sie sich zwei Wochen später am späten Donnerstagnachmittag treffen, hat Walter sich tatsächlich etwas einfallen lassen. Behauptet er jedenfalls. «Ick hab' da wat ausbaldowert – todsicher, sare ick dir! Mach hinne, wir haben nich viel Zeit ...»

Es bleibt bei einem Bier, und ab geht es zur S-Bahn. «Wannsee», raunt Walter dem Bruder zu. «Unter de Bahn durch Richtung Jagdschloss Dreilinden.»

Das Wetter ist kalt und ungemütlich, Wind pfeift durch die Straßen. Eigentlich steht Max der Sinn nach einem geruhsamen Feierabendbier und nicht nach einem Ausflug gen Wannsee, aber gegen Walter kommt er nicht an. Und Geld braucht er auch. Was er verdient, gibt er Marie für die Haushaltskasse. Wenn er daran denkt, was er ihr heute Nacht wieder für Märchen erzählen muss ...

«Hoffentlich wird's nich so spät», sagt er zu Walter, als der zielstrebig zum Waffenversteck im Wald an der Chaussee abbiegt.

«Inner halben Stunde is allet vorbei», verspricht Walter. Er hat sich eine helle Jacke übergezogen, Max die Schiebermütze gegen einen Pudel vertauscht, unter dem die Strumpfmaske versteckt ist.

Sie gehen zurück zur Straße, bis sie die S-Bahn-Brücke sehen. Auf der Dreilindenstraße, einer Ausfallstraße von Schöneberg und

Steglitz nach Potsdam, herrscht reger Verkehr. Dem Wald gegenüber stehen nur einzelne Villen und an der Ecke zur Bahn ein Mehrfamilienhaus. *Feinkost-Schwan* entziffert Max im Licht der Laternen. Vor dem Laden hält jetzt der Lieferwagen einer Fleischwarenfabrik. Der Fahrer und der Beifahrer steigen aus und beginnen mit dem Entladen.

«Was hast du vor?», fragt Max mit einigem Entsetzen. «Siehste nich, wie viel Betrieb hier noch is?»

«Bin ja nich blind. Du hältst mir nur den Rücken frei, vastehste?» Er drückt Max den Revolver in die Hand. «Der Beifahrer hat die Kohle. Auf den kommt's an.»

Sie überqueren die Straße, verharren am Zaun des Nachbargrundstücks, bis die beiden Männer zum Auto zurückkommen und die hinteren Türen schließen. Mit ein paar Sätzen ist Walter neben dem Beifahrer, in der einen Hand die Pistole, in der anderen ein scharfes Messer. Ehe der Mann sich's versieht, ist der breite Riemen der Geldtasche durchschnitten, und Walter rennt damit um die Ecke.

Der Fahrer besinnt sich nicht lange und macht sich an die Verfolgung. Max weiß, was er zu tun hat. Blindlings feuert er zwei Schüsse auf den Verfolger, und der bleibt prompt stehen. Max dreht sich um, läuft die Dreilindenstraße zurück und überquert sie hinter einer Autokolonne. Im Dunkeln können die ihn vom Geschäft aus nicht sehen, und für Walter muss der Vorsprung genügen.

Diesmal hat sich der Coup gelohnt: 1350 Mark.

«Na dann, fröhliche Weihnachten!», frohlockt Walter. «Kannste deiner Marie wenigstens was Gescheites zum Fest schenken.»

Max, einerseits froh über die Beute, kann sich dennoch nicht richtig freuen. «Was soll ich denn sagen, woher ich das Geld habe ...»

Walter lacht. «Haste eben ausnahmsweise mal auf der Rennbahn auf den richtigen Gaul getippt.»

«Na, ick weeß nich ...» Max ist und bleibt ein Miesmacher. Und er kennt seinen Bruder. «Werd du man bloß nich leichtsinnig!», rät er.

Walter lacht nur.

Die Serviererin vom Café Bogner hat es ihm angetan. Irgendwo muss er ja den Sieg begießen. Warum nicht bei ihr? In einem nagelneuen Ulster spaziert er herein, sitzt den ganzen Nachmittag und Abend da, spendiert zufälligen Tischnachbarn einen Schnaps, raucht die teuersten Zigaretten und drückt dem Mädel zum Abschied einen braunen Schein als Trinkgeld in die Hand. Zwanzig Mark! Dafür muss sie sich sonst die halbe Woche abrackern.

Die Chefin hat es gesehen. «Fang bloß nichts mit dem an!», warnt sie erhobener Stimme. «Das ist einer von den ganz Gefährlichen!»

«Ich hab nichts mit dem», beteuert die Serviererin. «Der war einfach nur freundlich ...»

Die Chefin weiß es besser. «Das sind die Gefährlichsten!», sagt sie. «Kein Mensch ist heutzutage ohne Grund freundlich zu anderen.»

FROHES FEST

WEIHNACHTEN hat Kappe immer geliebt, das Fest des Friedens, der Familie und der Gemütlichkeit. In seiner Kindheit in Wendisch Rietz ist das der Höhepunkt des Jahres gewesen. Auf dem See knackte das Eis, und im Ofen prasselte das Feuer, Vater trank einen mehr als sonst und war zu längeren Gesprächen aufgelegt, während Mutter den Weihnachtsbraten zubereitete.

Anfangs, als sie noch am Mariannenplatz gewohnt hatten, war das Fest in seiner eigenen Familie ganz ähnlich verlaufen. Die Kinder waren klein, freuten sich über die einfachsten Geschenke und spielten damit unter dem Tannenbaum bis in den späten Abend.

Diesmal ist alles ganz anders. Die Kinder haben die Geschenke ohne Begeisterungsausbrüche entgegengenommen, was vor allem die anwesende Oma, Kappes Mutter also, beanstandet. Nicht einmal das Modell eines Segelflugzeugs hat Hartmuts Entzücken hervorgerufen. Vor acht Wochen ist in Berlin von Heinrich Focke der erste Hubschrauber vorgestellt worden, der senkrecht in die Luft starten kann. Auch Klara zeigt für das teure Parfum nicht die rechte Dankbarkeit, und für Kappe selber sind nur der übliche Schlips, ein Schal und drei Paar Socken abgefallen. Er gibt wenigstens vor, sich darüber zu freuen.

Dennoch ist der Heiligabend mit dem gemeinsamen Absingen von Weihnachtsliedern einigermaßen stimmungsvoll verlaufen, was sich vom ersten Feiertag beim besten Willen nicht mehr behaupten lässt. Irgendwie kommt Klara mit dem Gänsebraten nicht klar, die Kartoffeln sind zerkocht, Rot- und Grünkohl fast erkaltet, als sie mit dem schwach gebräunten Getier auf der Platte endlich im

Wohnzimmer erscheint, wo alle mit hungrigen Mienen den Tisch umlagern. Traditionell kommt es dem Familienvorstand zu, den Braten zu tranchieren, der ihm ungewohnten Widerstand entgegensetzt. Sosehr er auch säbelt und wo immer er auch zum Schneiden ansetzt – das Viech will sich nicht in mundgerechte Stücke zerlegen lassen.

«Wenn man eben alles alleine machen muss ...», führt Klara zu ihrer Entschuldigung an, als hätte sie sich je gewünscht, jemand rede ihr bei der Zubereitung drein.

Kappe, für gewöhnlich ein genügsamer Esser, murmelt etwas von besonders festen Sehnen und rutscht ein weiteres Mal mit dem Messer ab. Aus der Gans läuft rötlicher Saft.

«Die ist nicht durch!», stellt Klara in anklagendem Ton fest. Das kann nicht einmal ihr hungriger Mann bestreiten, dem der Duft ebenso verlockend in die Nase sticht wie den Kindern. Also kommt das Tier zurück in den Ofen, und es gibt vorerst Gänsebraten – ohne Gans.

Leider wird der misslungene Braten zum Gleichnis für das restliche Weihnachtsfest: Die Kinder melden sich noch vor dem Kaffee aus unterschiedlichen Gründen ab. Hartmut will angeblich mit Schulfreunden so schnell wie möglich das Segelflugzeugmodell basteln, Gretchens Motiv heißt mit größter Wahrscheinlichkeit Arno Wilhelm, und Karl-Heinz' bester Freund Dieter hat zu Weihnachten eine Märklin-Eisenbahn bekommen, zu deren Erprobung er eingeladen ist.

Die Lage bessert sich am zweiten Feiertag nicht. Der Haussegen zeigt eine anhaltende Schieflage, das Wetter ist kalt und trübe und lädt nicht zum gewohnten weihnachtlichen Spaziergang in den Friedrichshain ein. Zu allem Unglück fällt das Fest in diesem Jahr auf ein Wochenende, so dass es für Kappe eigentlich nur auf einen freien Sonnabend hinausläuft. Und dafür das ganze Gedöns und Gelaufe, das missglückte Festessen und laut bejammerte Kerzenflecke auf dem armseligen Wohnzimmerteppich. Am liebsten möchte sich Kappe davonmachen, wie die Kinder es tun. Ihm fällt nur keine glaubwürdige Ausrede ein. Einfach in die Kneipe abzutauchen erscheint ihm denn doch zu dumm, und so hockt er missvergnügt mit der schmollenden Klara unter dem nadelnden Weihnachtsbaum und denkt an das, was er mindestens zwei Tage hat vergessen wollen.

Wäre er jetzt bei Gennats Mordbuben, wie die unselige SS-Größe Brettschieß es einmal formuliert hat, gäbe es wahrscheinlich etwas zu tun - ein Weihnachtsfest vergeht selten ohne Mord und Totschlag. Den Autoräubern jedoch ist das Wetter vermutlich zu ungemütlich. Außerdem haben die ja in Wannsee reiche Beute gemacht, das lässt eine größere Pause erwarten.

Am Montagvormittag sehnt Kappe sich nach den ersten drei Stunden in der gewohnten Tretmühle doch nach Hause zurück. Die Soko Autofallen ist noch nicht wieder ins Präsidium zurückgekehrt, obwohl Nebe die Herren gerne möglichst dicht bei sich hätte, vielleicht auch, um jeden Zornausbruch und jedes unsachliche Gefistel seines verhassten Vorgesetzten Heydrich umgehend weiterreichen zu können. Busch und Kappe haben gelernt, dergleichen mit undurchdringlichen Mienen hinzunehmen. Wir können nicht mehr als arbeiten, darüber sind sie sich einig.

Verbissen wühlen sie sich durch die Aktenberge. Nebes Hinweis, sich gefälligst mal die einst so gefürchteten Ringvereine der Berliner Unterwelt vorzunehmen, hat ihnen insgeheim nur ein müdes Lächeln entlockt. Glaubt der Herr Kriminaldirektor wirklich, sie kämen aus dem Mustopf?

Ungezählt sind die Vorladungen und Vernehmungen, die hinter ihnen liegen, irgendwann müsste eigentlich jeder Berliner Dieb oder Räuber vor einem Kriminalbeamten gesessen haben, befragt nach seinem Alibi an den Überfallabenden. Und das Ergebnis? Nichts. Keinem der Kerle ist etwas Handfestes nachzuweisen, und einem anderen etwas anzuhängen, fällt den gewieften Berufsganoven nicht ein. Die Gefährlichsten von ihnen sitzen längst im KZ, andere sind aus Furcht vor den drakonischen Strafen so tief gesunken, einer regelmäßigen Arbeit nachzugehen. Die Ringvereine existieren nicht mehr, ihr Ehrenkodex aber gilt nach wie vor. Und der schreibt der Kripo gegenüber Stillschweigen vor. Nicht einmal die üblichen Informanten können da helfen.

«Das müssen Einzelgänger sein», ist Buschs feste Überzeugung. «Aber kennengelernt haben die sich todsicher im Knast.»

Kappe richtet sich kerzengerade auf. «Willst du damit andeuten, wir sollten kontrollieren, wer in den letzten zehn Jahren mit wem in derselben Zelle gesessen hat?»

Nein, auf eine solche Mammutaufgabe will sich Busch nicht einlassen. Am Mittwoch nach Weihnachten schiebt er Kappe einen weiteren Bericht des Kriminal-Oberassistenten Beetz vom Polizeirevier 234 in Niederschöneweide über den Schreibtisch:

Betr.: Fahndung nach dem im DKPBl. Nr. 2868 vom 24. 9. 37 zur Aufenthaltsermittlung und zum Alibinachweis ausgeschriebenen K.-Rechtsbrechers Walter Götze.
Der Gesuchte, der bis September 1937 in Berlin-Oberschöneweide wohnhaft war, hat früher in hiesigen Lokalen verkehrt und war wiederholt bei der Firma Fahrenholz Nachf., Berliner Str. 20 f., als Gelegenheitsarbeiter beschäftigt.
Der Inhaber des Lokals Café Bogner teilt vertraulich mit, dass Walter Götze einmal vor Weihnachten 1937 vormittags in seinem Lokal gewesen sei, viel Geld ausgegeben und dem Servierfräulein 20 RM geschenkt habe.
Die Schankwirtin, Witwe Anna Kadenberg, gibt ebenfalls vertraulich an, dass sie unbedingt der Meinung sei, dass Walter Götze und dessen Bruder Max für den Überfall auf die Stationskasse des Bahnhofs Hirschgarten in Frage kämen.
Beide Brüder waren am Morgen nach dem Überfall in ihrem Lokal. Max soll Verletzungen im Gesicht gehabt haben. Walter Götze, der sich seit September 1937 der planmäßigen Überwachung entzieht, war in der Zwischenzeit wiederholt in den späten Abendstunden im Lokal der K. Es ist bisher nicht gelungen, ihn zwangszustellen. Die K. ist zuverlässig, fürchtet sich jedoch vor Götze und dessen Anhang.

Die Beschreibung der in den Waldgebieten in und um Berlin aufgetretenen Räuber passt auf Götze nur schlecht. Hier wird angenommen, dass er für zahlreiche im Bereich des 234. und 245. Reviers geschehene Wohnungs- und Geschäftseinbrüche in Frage kommt. Die Nachforschungen werden von mir und dem Kriminal-Assistent Schröder (245. Revier) fortgesetzt.

Zweimal liest Kappe das Schriftstück, dann reicht er es Busch zurück. «*Zahlreiche Wohnungs- und Geschäftseinbrüche* – das ist doch deine Spezialität. Kennst du diesen Götze?»

Busch verzieht den Mund und schüttelt den Kopf. «Ist mir nie untergekommen. Außerdem: Die Beschreibung passt auf Götze schlecht ...» Er legt die Hand auf einen Papierstapel. «Hier stecken mindestens fünfzig Hinweise drin, bei denen die Beschreibung stimmt. Die passt nun wirklich auf jeden Dritten.»

Kappe angelt noch einmal nach dem Papier. «Soll Verletzungen gehabt haben – wen willst du damit nach Monaten festnageln?», stellt er missbilligend fest.

So landet der Bericht im Aktendeckel der unergiebigen Spur 94.

Busch überfliegt noch einmal das Protokoll der Vernehmung von Max Götze. Nach einer heißen Spur sieht das wahrhaftig nicht aus. «Wenn dieser Walter Götze sich in Schöneweide ständig in den Kneipen rumtreibt, sollen die den Kerl erst mal festnehmen. Dann können wir ihn ja befragen», meint er abschließend.

KLEINMACHTNIX

DAS NEUE JAHR ist noch keine drei Wochen alt, gerade haben Görings 45. Geburtstag und der Ehrentag der Deutschen Polizei das deutsche Volk erfreut, da wenden sich die Dinge ein weiteres Mal zum Üblen.

Am Dienstag, dem 18. Januar 1938, fahren in den Abendstunden zwei unauffällige Männer mit der Bahn an der Versuchsanstalt für Handfeuerwaffen vorbei nach Stahnsdorf im Südwesten von Berlin, bekannt vor allem durch die ausgedehnten Friedhofsanlagen. Der Teltowkanal trennt die Ortschaft vom Machnower Forst und von Kleinmachnow. Weiter nördlich verlaufen die alte Stammbahn vom Potsdamer Bahnhof nach Potsdam, Preußens erste Eisenbahnlinie, und die Trasse der Reichsautobahn.

Die beiden interessieren sich weder für die Autobahn noch für den Teltowkanal und am wenigsten für die Geschichte der deutschen Eisenbahn. Ihr Ziel, die Machnower Schleuse, liegt kaum einen Kilometer vom Bahnhof Stahnsdorf entfernt. Diesmal hat Walter alle notwendigen Utensilien in dem schütteren Wäldchen vor der Schleusenbrücke versteckt. Im Nu haben sie die dunkle Kleidung übergestreift und belauern im Schutz der Bäume das gegenüberliegende Kolonialwarengeschäft.

Der fällige Lieferwagen lässt nicht lange auf sich warten. Der Fahrer trägt einige Kartons in das Geschäft, das in wenigen Minuten schließen wird. Kaum hat er den Laden verlassen, ist Walter Götze bei ihm, entreißt ihm die Geldtasche und verschwindet im Wald.

Der Mann ist viel zu überrascht, um sich zur Wehr zu setzen

oder den Räuber zu verfolgen. Dennoch peitschen plötzlich in kurzer Folge Schüsse in die winterliche Abendluft.

Walter dreht sich im Laufen um. «Wat schießt du denn dauernd?», ruft er dem Bruder zu.

Der ist hingefallen, rappelt sich wieder auf und rennt jetzt auf ihn zu. «Kann nichts dafür! Det Ding jeht von selber los!», entschuldigt er sich.

Auch diesmal hat sich der Coup gelohnt. 1170 Reichsmark, fünf Monatsgehälter für einen Maurer wie Max Götze.

Die Fahndung läuft schwerfällig an. Wer rechnet im entlegenen Kleinmachnow mit einem solchen Überfall? In dem Zehlendorfer Vorort wohnen gutsituierte Berliner in ihrer Eigenheimsiedlung und ein paar Reiche in repräsentablen Villen.

«Weshalb gehört dieser Zipfel eigentlich nicht zu Berlin?», ist die erste Frage, die Kommissar Kappe stellt, als er endlich am Tatort angelangt ist. Nicht einmal die kann ihm jemand beantworten. Kleinmachnow ist eben Kleinmachnow. Basta. Hinter der Hand Kleinmachtnix genannt.

Die Ermittlungsergebnisse sind wie immer dürftig. Keine Spuren auf dem hart gefrorenen Waldboden, sieht man von den Kugeln ab, von denen nach langem Suchen zwei gefunden und gesichert werden. Dabei hat der zweite Räuber mindestens zwölf- bis fünfzehnmal geschossen, glaubt man den Ohrenzeugen, die von einer wahren Maschinengewehrsalve sprechen. Augenzeugen gibt es außer dem so dreist Bestohlenen nicht. Der Geschäftseigentümer hat sich nach den Schüssen nicht ins Freie getraut, sondern telefonisch die Polizei verständigt.

Nur eine ältere Dame mit umgelegtem Silberfuchs hat das Ganze für eine verspätete Silvesterknallerei gehalten und vergeblich versucht, ihren Dackel zu beruhigen. Sie will eine männliche Gestalt gesehen haben, die im Laufschritt in Richtung Machnower See davon ist. «Die Hakeburg, die würde ich mir an Ihrer Stelle vornehmen!», rät sie Kappe mit spitz weisendem Zeigefinger. «Dort geht es schon seit Jahrhunderten um, heißt es hier in der Gegend. Da wird der Kerl sich wohl versteckt halten!»

Kappe unterlässt es, ihr zu erklären, dass er kein raubritternes Gespenst aus dem 15. Jahrhundert sucht, sondern zwei sehr lebendige Ganoven.

Der Fahrer des Lieferwagens, dem der Kolonialwarenhändler inzwischen mit einem Schluck Cognac über den ersten Schreck hinweggeholfen hat, steht nunmehr für Auskünfte zur Verfügung. Aber außer zwei mit Pistolen und starken Taschenlampen bewaffneten und maskierten Männern unbestimmten Alters hat auch er nichts gesehen. «Mein Chef bringt mich um», jammert er. «Sie müssen mir bitte bescheinigen, dass ich nichts dafür kann, Herr Kommissar ...»

Und mein Chef? denkt Kappe. Er kann sich Nebes Miene ausmalen, wenn ihn diese Tartaren-Meldung erreicht. Was noch weiter oben passiert, will er sich lieber gar nicht vorstellen. Zu dem Fahrer sagt er diplomatisch: «Auf jeden Fall war es richtig, sich gegen die Waffe nicht zur Wehr zu setzen.»

Weshalb die beiden diesmal überhaupt geschossen haben und dazu so oft, ist ihm ein Rätsel. Damit haben sie nur Zeit verloren und unnötig auf sich aufmerksam gemacht.

Auch Busch findet keine Erklärung für das Trommelfeuer, als sie den ganzen Vorgang gemeinsam durchgehen. «Mehr als achtmal kann der überhaupt nicht geschossen haben!», beharrt er, und Kappe nickt.

Es sei denn, die beiden benutzen den Henry-Stutzen von Old Shatterhand, denkt er, lässt es jedoch unausgesprochen. Es ist nicht die richtige Zeit für leichtfertige Witze. Er heißt nicht Galgenberg.

Am nächsten Tag wird es zur Gewissheit: Den Überfall in Kleinmachnow haben die beiden Autofallen-Räuber verübt, die Geschosshülsen und die Spuren der Revolverkugeln stimmen mit denen von anderen Tatorten überein.

«Festnehmen, dieses ganze asoziale Lumpenpack!», ist alles, was dem Gruppenführer Heydrich in seiner ersten Wut einfällt, als er von dem neuerlichen Überfall erfährt. Mit seiner Fistelstimme stößt er es so scharf hervor, als gehöre sein Reichskriminaldirektor selber zu dem zu arretierenden Personenkreis. Nebe steht stocksteif und schweigt.

«In den Lagern ist genügend Platz für das Gesocks», fährt Heydrich fort. So ganz scheint er nicht bei der Sache zu sein. «In Oranienburg und auf dem Ettersberg bei Weimar haben wir fabelhafte neue Quartiere für solche Volksschädlinge eingerichtet. Ich erwarte Ihre Maßnahmen, Nebe.»

Was bleibt Nebe anderes übrig, als knapp und zustimmend zu nicken. Mitte Dezember 1937 hat der Reichsinnenminister eine Bekanntmachung über die vorbeugende Verbrechensbekämpfung erlassen, die es den Polizeidienststellen ermöglicht, jeden, der, «ohne Berufs- oder Gewohnheitsverbrecher zu sein, durch sein asoziales Verhalten die Allgemeinheit gefährdet», also in seiner Disziplin oder Moral von den NS-Wertvorstellungen abweicht, in Vorbeugehaft zu nehmen. Ausgearbeitet hat den Grundsatzerlass Nebes Stellvertreter, der ehemalige Staatsanwalt und Amtsgerichtsrat Paul Werner, seiner Verdienste wegen seit neuestem Sturmbannführer der SS.

Nebe hält zwar nichts von derartigen Rundumschlägen, dennoch wäre er bereit, jede beliebige Anzahl von Vorbestraften und Verdächtigen in Haft zu nehmen, bestünde nur eine geringe Aussicht, dabei die Richtigen zu erwischen. Er ist Kriminalpolizist genug, um zu wissen, dass der Erfolg derartiger Aktionen von vornherein gegen Null tendiert. Wer will denn unter hundert oder gar tausend Festgenommenen jene mit einem fehlenden oder falschen Alibi herausflöhen und ihnen die Überfälle nachweisen? Immerhin geht es um zwei Morde und insgesamt sechzehn mehr oder weniger eindeutige Mordversuche, um illegalen Waffenbesitz und schweren Raub in weit über hundert Fällen, wenn er Buschs Aufstellung richtig im Kopf hat. Dabei haben sie nicht einmal einen Fingerabdruck oder irgendein anderes Beweismittel gegen die Täter in der Hand.

Alle Versuche, die beiden mittels Lockvögeln und Überwachung im Grunewald dingfest zu machen, haben nicht gefruchtet – die haben einfach ihre Strategie geändert und Autofallen errichtet. Nun fahren die Lkw der großen Firmen mit zusätzlichem Begleitschutz – worauf die Kerle sich auf kleine Lieferanten wie in Wannsee und Kleinmachnow verlegt haben.

Das alles könnte der Reichskriminaldirektor ins Feld führen, statt wortlos wie ein dummer Junge vor diesem eiskalten Schnösel strammzustehen, doch weiß er um die Sinnlosigkeit einer solchen Erklärung. «Kommen Sie mir nicht ständig mit pflaumenweichen Entschuldigungen für Ihre Pfeifenheinis von der Kripo!», wäre die mildeste zu erwartende Antwort. Dabei ist die Gestapo im Fall des überfallenen und ausgeraubten Parteifunktionärs auch nicht weitergekommen. Chef der Gestapo ist Heinrich Müller, ehemaliger Leiter der Politischen Polizei in Bayern und jetzt Nebes schärfster Gegner. Jeder Tag, an dem Nebes Leute die Autoräuber nicht fassen, ist ein Triumph für Gestapo-Müller.

Nicht zum ersten Mal haben sich in diesem Fall die Kompetenzen von Staats- und Kriminalpolizei verwischt. Die Gestapo hat eine ganze Reihe von Kriminalbeamten übernommen, und nicht immer die Schlechtesten – von dem Rindvieh Brettschieß einmal abgesehen, der nun endgültig in Himmlers persönlichem Stab gelandet ist. Außerdem tut die Gestapo alles, um die Kripo zu wackeren Erfüllungsgehilfen ihrer Aktionen zu degradieren, und das missfällt Nebe wie so manches in dem Apparat, dessen Chef er dem Namen nach ist.

«Ich gebe Ihnen noch einmal Zeit, Nebe!», fistelt Heydrich aufgebracht. «Aber mal ist Schluss mit meiner Gutmütigkeit. Wir bereiten ohnehin größere Festnahmeaktionen im Reich vor – bis dahin will ich einen Erfolg sehen. Haben wir uns verstanden?»

«Verstanden, Gruppenführer», antwortet Nebe stramm und salutiert. Er weiß, dass Heydrich im Augenblick andere Sorgen drücken. Das müsste ihn im Grunde schadenfroh stimmen, doch das vorauszusehende Ergebnis bietet wenig Grund zur Freude. Er selber hat sich nur mit Mühe aus der fatalen Geschichte herausgewunden, die in der Reichshauptstadt inzwischen die Spatzen von den Dächern pfeifen.

HEIMSUCHUNG

«HAST DU DAS GEHÖRT, das vom Generalfeldmarschall?»

Es ist ganz ungewöhnlich, dass Klara beim Abendessen ein solches Thema anschneidet. Kappe zieht es vor, sich dumm zu stellen, und antwortet bärbeißig: «Ich habe genug zu tun. Bin heute noch nicht zur Zeitungslektüre gekommen.»

Klara schüttelt den Kopf. «Nicht in der Zeitung!», flüstert sie geheimnisvoll. «Die Frauen haben in der Markthalle davon gesprochen.»

«So», sagt Kappe streng, «dann muss es ja was Wichtiges sein, wenn die Marktweiber darüber tratschen und eine mustergültige Volksgenossin wie du es brühwarm weiterverbreitet!»

Klara ist beleidigt und schweigt. Mehr hat Kappe nicht erreichen wollen. Schweigend lässt er sich die Blutwurst mit Sauerkraut schmecken. Margarete jedoch, die dieses Essen seit jeher verabscheut, fragt neugierig: «Ist denn wirklich was dran an der Geschichte mit der Frau? Bei uns wird auch darüber geredet ...»

Kappe schickt einen warnenden Blick quer über den Tisch, doch Gretchen bleibt unbefangen. «So etwas interessiert einen schließlich. Gerade, weil es nicht in der Zeitung steht ...»

«Dazu werden sie wohl allen Grund haben», mischt sich Hartmut ein. In HJ-Kluft sitzt er am Tisch, nicht mal den Sturmriemen hat er abgelegt. «Der Mann ist immerhin Generalfeldmarschall und Oberbefehlshaber der Wehrmacht.»

Kappe legt seine Gabel hin und blickt von einem zum anderen. «Ich wünsche keine derartigen Gespräche in meinem Haus», schnauzt er, «und schon gar nicht bei Tisch!»

Mein Haus ist natürlich eine Nummer zu groß, sie haben hier bloß eine Mietwohnung, und auf die Dauer kann er kaum verhindern, dass über die vermaledeite Blomberg-Affäre gesprochen wird. So ist das eben, wenn die da oben glauben, sie könnten machen, was sie wollen, und niemand bemerkt es. Jeder Polizist, jeder Soldat oder Beamte, der die Absicht hat, sich zu verehelichen, hat bei seinem Vorgesetzten um eine Heiratserlaubnis einzukommen. Wem hat der Herr Generalfeldmarschall sein Gesuch samt «arischem Nachweis» für das Fräulein Braut und allen sonstigen Papieren vorgelegt? Dem Führer selber, munkelt man, mindestens dem Ministerpräsidenten Göring. Die beiden sind schließlich sogar die Trauzeugen gewesen.

Und nun hat sich herausgestellt, dass der Herr von Blomberg eine Dame «mit Vergangenheit», aus dem horizontalen Gewerbe nämlich, geheiratet hat, von der sogar Photos existieren sollen, die sie unbekleidet und in eindeutigen Posen zeigen.

Karl-Heinz hat die Andeutungen nicht begriffen. «Ich dachte, Hindenburg war unser einziger Generalfeldmarschall», sagt er unbefangen. «Was hat denn der andere gemacht?»

Blicke kreuzen sich über den Tisch, schließlich brechen Hartmut und Margarete in schallendes Gelächter aus. «Er hat geheiratet», sagt Klara ernst. «Da gibt es überhaupt nichts zu lachen!»

Wider Willen muss auch Kappe schmunzeln. «Nee», sagt er, «da gibt's wirklich nichts zu lachen, wenn einer heiratet. Noch dazu zum zweiten Mal.»

Verständnislos guckt Karl-Heinz von einem zum anderen. «Was ist daran so ulkig?», will er wissen.

Margarete erbarmt sich des kleinen Bruders. «Er ist eine nicht ganz standesgemäße Ehe eingegangen», erklärt sie. «So, als ob der Prinz das Aschenputtel heiratet, verstehst du?»

Jetzt versteht Karl-Heinz oder tut wenigstens so. Hartmut kann das Lachen nicht unterdrücken. «Aschenputtel ist gut!», stößt er hervor. «Wer weiß, wen die so alles geputtelt hat ...»

Kappe reicht es. Er schlägt mit der flachen Hand auf die Tischkante. «Schluss jetzt! Was gehen uns die Angelegenheiten fremder Leute an?»

Hartmut protestiert: «Der Mann ist immerhin Kriegsminister und unser oberster Kriegsherr!»

«Ach!», sagt Kappe. «Ich dachte immer, dein oberster Kriegsherr wäre der Führer. Und was den früheren Beruf der Frau Generalfeldmarschall angeht – wenn ich recht informiert bin, hat die Braut deines hochverehrten Horst Wessel den gleichen ausgeübt!»

Hartmut ist aufgesprungen. «Er hat sie aus dem Sumpf ... Sie war ...», stottert er aufgeregt. «Es ist keine Schande ...»

«Na siehst du», sagt Kappe beruhigend. Er spürt, dass er zu weit gegangen ist. Aber der Junge ist achtzehn und kein Kind mehr. Nur ein allzu folgsamer und strammer HJler. «Es ist keine Schande», betont Kappe noch einmal. «Und deswegen war das jetzt das letzte Wort in dieser leidigen Angelegenheit.»

Wohin ist es nur gekommen mit der Familie? Fehlt nur noch, dass sie auch das nächste Gerücht mit ihm bereden wollen. Im Präsidium ist es längst rum: Der Oberbefehlshaber des Heeres, Generaloberst Werner Freiherr von Fritsch, soll sich mit stadtbekannten Strichjungen abgegeben haben und scheidet damit für die Nachfolge von Blombergs aus.

Stumm sitzen sie noch ein Weilchen um den Tisch herum, Margarete räumt ab, Klara folgt ihr in die Küche. Kappe nutzt sein Privileg und schaltet das Radio ein. Wenn er zu Hause ist, steht die Entscheidung darüber ihm zu. Aus dem Lautsprecher erklingt getragene Musik. Karl-Heinz' geflüsterte Frage an den Bruder, was denn Horst Wessels Braut von Beruf gewesen sei, vernimmt Kappe dennoch. Still in sich hineingrienend, überlässt er Hartmut die Erklärung. Der winkt unwillig ab.

Kappe kommt die Musik verdächtig schwer vor. Um diese Zeit sendet der Reichssender Berlin üblicherweise bunte Unterhaltung.

Die erste Nachrichtenmeldung nennt den Grund für die Trauermusik. Nein, nicht von Blomberg oder von Fritsch haben sich aus dieser Welt verabschiedet – ein weitaus größeres nationales Unglück hat das deutsche Volk heimgesucht. Bei dem Versuch, den am Morgen von Rudolf Caracciola mit einem Mercedes-Benz aufgestellten Geschwindigkeitsweltrekord von 432,692 km/h zu übertreffen, ist Bernd Rosemeyer mit dem neuen Stromlinienmodell von Auto-Union tödlich verunglückt.

Karl-Heinz fegt in die Küche und verkündet der entsetzten Klara die Trauernachricht. Margarete, obwohl auch sie für den blonden Bernd schwärmt, scheint weniger betroffen als ihre Mutter, die geradezu fassungslos ist und in Tränen ausbricht. «Die arme Frau!», stößt sie schließlich hervor. «Und das Kind – es ist noch nicht einmal ein Vierteljahr alt ...»

Kappe hält ihren Schmerz für reichlich übertrieben. Dabei tut es ihm um den jungen Kerl auch leid. Aber muss man denn unbedingt mit 430 Sachen über die Autobahn rasen, noch dazu im Januar? Angesichts der Reaktion seiner Frau verzichtet er darauf, seine Einwände laut zu äußern. Tröstend sagt er vielmehr: «Die Frau wird schon nicht untergehen. Und beim Rennen haben sie ja noch den Caracciola und den Brauchitsch und ein paar andere.» Doch Klaras tiefer Kummer ist damit nicht zu lindern.

Hartmut interessiert sich eher für die genauen Umstände des Unglücks, über die in der Meldung wenig gesagt wurde. Der Junge weiß natürlich, dass der überarbeitete Rekordwagen der Auto-Union mit einem Zwölf-Zylinder-Motor ausgerüstet war, der 560 PS leistet. Karl-Heinz ist derweil dabei, mit seinen beiden schnittigsten Rennwagen Rosemeyers gescheiterte Rekordfahrt nachzuvollziehen. Die gummibereiften Flitzer aus Metall gehören zu seinem Lieblingsspielzeug. Auf der Straße lassen die Jungs sie auf den Bordsteinen rund ums Karree sausen, wobei gelegentlich eines in einen Gully abstürzt. Dank der Verbesserung der Fahreigenschaften seiner Wagen durch in den Autohohlkörper gepresste Knete hat Karl-Heinz es zu einer gewissen Meisterschaft gebracht, die er nun auf dem Wohnzimmerfußboden vorführt, bis Klara es ihm entnervt untersagt.

Trauernd sitzt sie noch immer am Tisch, als hätte sie einen nahen Familienagehörigen verloren.

«Ich habe eine Idee», sagt Kappe, um sie auf andere Gedanken zu bringen. «Wir gehen heute Abend ins Kino und gucken uns endlich deinen Luis-Trenker-Film an.» *Der Berg ruft* heißt das Meisterwerk, vor dem es Kappe schon graut. Doch seine Befürchtungen sind gegenstandslos.

Klara sieht ihn an, als hätte er einen Synagogenbesuch vorgeschlagen, und faucht: «Was bist du bloß für ein herzloses Scheusal! An einem solchen Trauertag denkst du an nichts anderes als ans Kino?»

Das bringt das Fass zum Überlaufen. Seine gutmütige Opferbereitschaft so zu verkennen geht Kappe doch über die Hutschnur. «Denn eben nicht, liebe Tante, heirate ick eben den Onkel!», zitiert er einen von Galgenbergs abgelegten Sprüchen und verlässt türenknallend die Stube.

Im Flur trifft er auf Margarete. Sie trägt Hut und Mantel und ist dabei, ihr Erscheinungsbild vor dem Spiegel sorgfältig zu prüfen.

«Wo willst du denn jetzt noch hin?»

Sie errötet ein wenig, soweit er das in dem schummrigen Korridorlicht erkennen kann. «Ich gehe ins Kino», sagt sie leise. «Du musst es ja Mama nicht unbedingt erzählen.»

Das hat er nicht vor. Er ist lange nicht unten in der Eckkneipe gewesen, und das wird er jetzt nachholen. Hoffentlich reden sie dort an diesem Freitagabend über was anderes als über tote Rennfahrer.

Für einen Vormittag kann Rosemeyers Tod sogar die im Präsidium umlaufenden Blomberg-Fritsch-Gerüchte verdrängen, dann setzen die Spekulationen über die Nachfolge des Kriegsministers wieder ein. Dass der Polizeipräsident Graf Helldorf, Heydrich, Himmler, Göring, aber auch Nebe in beiden Affären eine Rolle spielen, hat sich inzwischen herumgesprochen.

Kappe und Busch halten sich keine fünf Minuten mit Rosemeyer oder den sittenlosen Generälen auf. Ihr Thema sind tagaus, tagein nur die Autofallen-Überfälle. «Sogar das Wort ist neu», hat Busch herausgefunden. Und neu ist auch der ab 1. Februar 1938 geltende Schutzhafterlass des Reichsinnenministers: Die Schutzhaft kann als Zwangsmaßnahme der Geheimen Staatspolizei zur Abwehr aller volks- und staatsfeindlichen Bestrebungen gegen Personen angeordnet werden, die durch ihr Verhalten den Bestand und die Sicherheit des Volkes und Staates gefährden. Die Schutzhaft ist grundsätzlich in staatlichen Konzentrationslagern zu vollstrecken.

Die beiden Kommissare nehmen das entsprechende Schriftstück wortlos zur Kenntnis. Busch kann sich allerdings eine langsame Auseinanderbewegung beider Fäuste nicht verkneifen: Gummiparagraphen, und das ist ein mildes Urteil.

Bei ihrer Arbeit hilft ihnen das keinen Schritt weiter. Lange beratschlagen sie, ob es sinnvoll ist, sich nunmehr bei der Fahndung auf den südwestlichen Stadtrand um Wannsee und Zehlendorf zu konzentrieren. Kappe ist dagegen. «Morgen schlagen die Kerle vielleicht wieder in Grünau oder Friedrichshagen zu. Wie stehen wir dann da?» Wie Piksieben, würde Gagenberg sagen.

Vielleicht ist es der Gedanke an den alten Kollegen, der Kappes Verdacht beharrlich in die östlichen Gegenden der Reichshauptstadt lenkt. Im Grunewald ist jeder Berliner schon mal gewesen, Wannsee oder Stahnsdorf sind mit der Bahn leicht zu erreichen. Wer aber verfällt auf Tatorte wie den S-Bahnhof Hirschgarten, die Buslinie Müggelheim–Köpenick oder die Chaussee nach Fangschleuse? Nur einer, der sich in der Gegend auskennt, weil er sich öfter dort aufhält, vielleicht sogar dort wohnt.

Busch gibt zu, dass Kappes Vermutungen etwas für sich haben. Auch nach seinen Erfahrungen wohnen Räuber und Einbrecher nicht gerade in Dahlem oder Schlachtensee. Berlins organisierte Unterwelt ist nördlich und östlich vom Alex zu Hause. Gewesen, müsste er jetzt der offiziellen Sprachregelung folgend sagen, doch es ist ein offenes Geheimnis, dass in den Mietskasernen rund um den Schlesischen Bahnhof und in Berlins «Quartier Latin» nördlich der Elsässer Straße noch immer genügend Kriminelle leben. Mulack- und Linienstraße sind weiterhin verrufene Adressen, und in der alten Königstadt, am Wedding und in Neukölln existieren durchaus noch Reste der Ringvereine.

«Vielleicht sollte ich mal zu Galgenberg nach Köpenick fahren», sinniert Kappe. «Mal hören, wie da die Szene aussieht ...»

Und Galgenberg die Einladung zur Geburtstagsfeier persönlich überbringen – aber das sagt Kappe nicht. Wenn er an die Festlichkeit denkt, wird ihm übel. Weshalb muss man es feiern, dass man von nun an endgültig zum alten Eisen gehört? Und weshalb kann man dazu nicht einfach nur die wenigen Menschen einladen, die einem sympathisch sind? Auf Galgenberg jedenfalls hat er bestanden. Mehr als die Hälfte der vergangenen fünfzig Jahre haben sie zusammen gearbeitet, gelästert und gelacht – das kann man nicht einfach vom Tisch wischen. Von den höheren Exzellenzen aus dem Präsidium ist zu der Feier ohnehin niemand geladen. Wen außer Klara und den Vollnazi Börnicke sollte also Galgenbergs Anwesenheit stören? Der wird den Mund nicht zu weit aufreißen. Deshalb möchte ihm Kappe ja die Einladung lieber selber überbringen.

Vorläufig kommt er nicht dazu. Übers Wochenende renkt sich der Familienfrieden ein, zumal es sich um keinen Eintopfsonntag handelt und Klara Kohlrouladen zubereitet hat. An jedem ersten Sonntag in den Monaten von Oktober bis März wird seit 1933 in deutschen Haushalten Eintopf gegessen. Die Kostendifferenz, generell mit fünfzig Pfennig pro Nase eingeschätzt, kassiert der Blockwart für das Winterhilfswerk.

Kappe liebt Kohlrouladen und drückt Klara dankbar und ungewohnt zärtlich an sich. Als sie sich am Sonntagabend erkundigt, wie sie wohl am besten zum Waldfriedhof Dahlem gelange, braucht er einen Augenblick, um zu begreifen, dass seine Frau dort am Montag bei der Beisetzung ihres Idols nicht fehlen darf.

Hartmut hat inzwischen alle Details der Unglücksfahrt ermittelt und berichtet, dass Rosemeyer um 11.46 Uhr zu einem neuerlichen Rekordversuch gestartet sei, nachdem er vorher bereits 429,9 km/h erreicht hatte. Am Kilometer 9,2 habe eine seitliche Windböe den Wagen erfasst und auf den Mittelstreifen der Autobahn gedrückt, worauf das Fahrzeug trotz Rosemeyers heldenhaften Gegenlenkens durch die Luft gewirbelt und er selber zwischen die Bäume an der Böschung geschleudert worden sei.

So weit die offizielle Version. Kappe versteht nicht, was man bei einem sich überschlagenden Rennauto durch Gegenlenken erreichen kann, doch er schweigt lieber. Klara ist schon wieder dicht davor, die Schleusen zu öffnen.

Selbst Hartmut fällt das auf, und so berichtet er seinem Vater weitere Einzelheiten erst, als Klara die Stube verlassen hat. «Es heißt, der Wagen hätte sich durch den Druck verformt», flüstert er. «Den Zeitungen wurde mitgeteilt, dass die Schuldfrage an dem Unfall in der Presse nicht erörtert werden soll.»

«Lokusparolen!», sagt Kappe ärgerlich. «Du als künftiger HJ-Führer solltest dich nicht an der Verbreitung von Gerüchten beteiligen.»

Hartmut sieht ihn ungewohnt ernst an. «Würde es dir was ausmachen, wenn ich kein HJ-Führer werde?», fragt er.

Kappe hebt die Achseln und verzieht die Mundwinkel. «Mir nicht. Aber vielleicht deiner Mutter ... Was hast du denn neuerdings gegen die HJ?»

Darauf weiß Hartmut keine Antwort, oder er will keine geben. «Ich will fliegen!», sagt er schließlich. «Weiter nichts. Nicht immer nur blöden Dienst schieben und die Leute anbetteln für die Winterhilfe und so was. Der Gefolgschaftsführer ist ein richtiges Arschloch ...»

«Na, na, na!», mahnt Kappe.

«Ist doch wahr! Der hat so seine heimlichen Freunde und will mich partout nicht zur Flieger-HJ abordnen!»

Das hält Kappe eher für eine vernünftige Entscheidung, nur

will er seinen Ältesten natürlich nicht enttäuschen. Wahrscheinlich ist der bloß schlechter Stimmung, weil die gerade verkündete Verkürzung der Schulzeit bis zum Abitur um ein Jahr ihn nicht betrifft, und das kann Kappe gut verstehen.

«Wird schon noch klappen mit dem Fliegen», sagt er väterlich und legt Hartmut den Arm um die Schulter. «Ist mir jedenfalls lieber, als würdest du Rennfahrer werden.»

EIN HORST MEHR

KLARA ist am Montag tatsächlich raus nach Dahlem gefahren und hat ganz am Rande an dem feierlichen Staatsakt teilgenommen, wie sie stolz und immer noch ein bisschen aufgeregt zu berichten weiß. Rudolf Caracciola und Manfred von Brauchitsch haben Rosemeyers Sarg getragen, und die SS-Leibstandarte Adolf Hitler hat die Mahnwache gehalten. Direkt neben seinem jungen Freund und Mannschaftskameraden Ernst von Delius ist er nun beigesetzt. Der war im August 1937 auf dem Nürburgring mit dem Engländer Dick Seaman zusammengestoßen und schwer verletzt worden. Gerade erst 25 Jahre alt, war er am nächsten Tag verstorben. Auch das weiß Klara so genau, als wäre sie dabei gewesen. Die Leute in der langen Schlange vor den Gräbern haben es erzählt.

Kappe hat wahrhaftig andere Sorgen, als sich um verunglückte Rennfahrer zu kümmern. Bis zu seinem Geburtstag ist es nur noch eine gute Woche, und er war noch immer nicht bei Galgenberg. Weitere Tage vergehen, bis er sich endlich beim Kriminaldienst des 244. Reviers in der Köpenicker Kaiser-Wilhelm-Straße anmeldet.

Galgenberg empfängt ihn mit sichtlich gemischten Gefühlen. «Hoher Besuch!», brabbelt er vor sich hin. «Ick dachte schon, du als Rucksackberliner weeßt janich, wo Köp'nick überhaupt liecht.»

Kappe sieht ihn durchdringend an. «Gustav», sagt er mahnend, «wir fangen jetzt an, die einzelnen Reviere abzuklappern, die irgendeinen Bezug zu den Überfällen haben.»

Galgenberg lacht unfroh. «Und da meinst du, du wärst bei mir richtich – ick hätte es bloß noch nich jemerkt?»

Ein paar Minuten später sind sie in Galgenbergs neuem Revier unterwegs. Vom Hohenzollernplatz gehen sie am Amtsgericht und am Gefängnis vorbei durch die Kaiserin-Auguste-Viktoria-Straße. «Das is auch eins von den Lokalen», raunt Galgenberg mit einer Kopfbewegung zu einem Restaurant namens Jägerheim hin.

Kappe staunt. «So dicht bei der Staatsgewalt tagen eure Ganoven?», fragt er, doch Galgenberg winkt ab und bedeutet ihm zu schweigen.

«Besser, man riskiert keen ein einzjes Wort», belehrt Galgenberg flüsternd den langjährigen Kollegen.

Jetzt muss Kappe lachen. «Das musst ausgerechnet du mir sagen!»

Galgenberg wehrt mit einer Handbewegung ab. «Du ahnst ja nich, wat hier los ist!», sagt er. «Auf dem Revier hat der Weltkrieg noch keen Ende. Oder sagen wir mal: die Machtergreifung. Eener is des andern Deibel, und jeder sieht bloß zu, dess er mit'm Hintern anne dicke Wand kommt.»

Kappe hebt die Achseln. «Das ist doch jetzt überall so ...»

«Hier isses noch viel schlimmer! Hier haben sich 33 Dinge abgespielt, die selbst einen altgedienten Mordkommissar das Fürchten lehren.»

Erstaunt sieht Kappe seinen Begleiter an. Wenn der hochdeutsch spricht, muss es sich um ernste Dinge handeln. Sie haben die belebte Bahnhofstraße überquert und befinden sich in einem ruhigen Wohnviertel.

«Hier in Köpenick hat die SA so gehaust wie nirgendwo sonst in Berlin», verrät Galgenberg. «Und unsere lieben Kameraden haben brav mitgespielt. Erinnerst du dich an die Leichenfunde in der Dahme und im Schmöckwitzer Forst, damals im Sommer 1933?»

Natürlich erinnert sich Kappe an die böse Zeit, in der er selber zeitweise um Leib und Leben fürchtete. Und auch daran, dass der Reichsjustizminister vier Wochen später einen Gnadenerweis für die Mörder von Köpenick ausgesprochen hat.

«Wie viele sind denn damals umgekommen?», fragt er.

Galgenbergs Gesicht, das ohnehin nur selten einen freundlichen Zug erkennen lässt, ist finster wie die Nacht. «Das weiß kein Mensch. Zwei Dutzend mindestens. Unter der Hand spricht man von siebzig Vermissten ... In den SA-Lokalen verstümmelt, erschlagen, erstochen, erschossen, manche auch ertränkt. Unser Reviervorsteher wohnt gleich um die Ecke von einer dieser Folterkneipen, oben in Uhlenhorst, weiß aber angeblich von nichts. Und die was wissen, waren entweder selber dabei, oder sie trauen sich nicht, das Maul vor den andern aufzumachen.»

Eine Weile stapfen sie schweigend dahin. Feuchte Februarkälte vermischt sich mit Kaffeeduft. «Kathreiners Kaffee-Fabriken», erläutert Galgenberg. «Direkt an der Spree.»

«Wohin willst du überhaupt?» erkundigt sich Kappe.

«Keene Ahnung», entgegnet Galgenberg. «Wat willste denn sehn?»

Sie sind auf der Lindenstraße angelangt, die von der Wuhlheide über die Dammbrücke in die Köpenicker Altstadt führt. Dort steht das Rathaus, das durch den Hauptmann von Köpenick zu Weltruhm gelangt ist.

Sie überqueren die Straße. Zwei Grundstücke neben der Kaffeefabrik kommt gerade ein junges Pärchen aus dem Haus. Der Mann trägt, von der kleinen Frau ängstlich bewacht, in einem Kopfkissen warm verborgen ein Kind auf seinem Arm.

Privatklinik & Entbindungsheim liest Kappe auf dem Türschild.

«Wieder 'n kleener Horst mehr», äußert Galgenberg vernehmlich.

Erstaunt sieht der Mann ihn an. «Er heißt tatsächlich Horst», sagt er nicht ohne väterlichen Stolz.

Galgenberg ist höflich stehengeblieben und nickt. «Dacht ick mir», sagt er. «Justav, wie ick heiße, is keene Mode mehr.»

Der junge Vater scheint ein wenig verwirrt und schickt einen hilfesuchenden Blick zu Kappe.

Auch der nickt ihm wohlwollend zu. «Gratuliere», sagt er.

Der junge Mann möchte die Höflichkeit gerne erwidern, doch

das Kind in den Armen und die aufgeregte Frau, die ihn zu der am Rinnstein haltenden Taxe drängt, hindern ihn daran, den Hut zu lüpfen. «Danke, danke», sagt er deshalb nur, und weil ihm das ein bisschen karg erscheint, stellt er sich vor: «Bosinski mein Name ...»

«Nu steich endlich ein mit dein Spross, Otto! Wir woll'n heut' noch nach Neukölln», fordert ihn der Taxichauffeur auf, anscheinend ein Bekannter, der es außerdem eilig hat. Die glücklichen Eltern klettern in die Droschke, und die fährt mit einer kleinen Stinkfahne an.

Galgenberg und Kappe gucken hinterher. «Man fracht sich, wat aus so 'nem kleenen Wurm in diesen Zeiten werden soll ...», äußert Galgenberg ungewohnt philosophisch.

Kappe ist weniger rührselig. «Mein Gott, das ist doch ganz egal, ob der Junge Kohlenhändler oder vielleicht Professor wird», sagt er. «Hauptsache, Mutter und Kind sind gesund.»

Galgenberg ist noch nicht fertig mit dem neuen Erdenbürger. «Wenn et so weiterjeht, is eens jewiss: Er wird Soldat.»

Dem kann Kappe nicht widersprechen. Er sagt: «Oberbefehlshaber der Wehrmacht kann er jedenfalls vorläufig nicht werden ...»

Den Titel hat sich der Führer gestern selber gesichert.

Auf der Dammbrücke packt sie der eisige Wind. «Am besten, wir jehn erstmal in' Ratskeller», schlägt Galgenberg vor. «Es jeht sowieso uff Mittach zu.»

Im Ratskeller finden sie einen Tisch, an dem sie sich ungestört unterhalten können, und endlich kommt Kappe dazu, die Einladung zur Geburtstagsfeier auszusprechen.

«Wat denn, ausjerechnet mich schwarzet Schaf willste dabei haben?», erkundigt sich Galgenberg, dem Kappe die Freude anmerkt. «Oder haste etwa dein' roten Freund Trampe ooch injeladen?»

«Natürlich. Und wenn einer fragt, dann sage ich: Man soll die Hoffnung nie aufgeben, zwei Menschen auf den rechten Weg zu führen.»

Was es ihn gekostet hat, Galgenberg, vor allem jedoch Theodor Trampe auf die Gästeliste zu setzen, will er lieber nicht referieren. Klara hat weniger weltanschauliche als «vernünftige» Gründe gegen die beiden vorgebracht, doch diesmal ist Kappe unnachgiebig geblieben. «Meine Freunde sind meine Freunde», beharrte er. «Einmal wird man nur Fuffzich!»

Ebenso hat er sich bei der Wahl des Festlokals durchgesetzt. So etwas Albern-Gehobenes wie das Funkturmrestaurant samt Höhenangst zum Vierzigsten soll ihm nicht noch mal widerfahren. Wenn es laut Klara nicht das Haus Vaterland sein darf, dann tut es ein richtiges Berliner Restaurant allemal. Das Lehrervereinshaus, von Klara in die engere Wahl einbezogen, schied schon wegen der Nähe zum Präsidium aus. Außer Galgenberg will er an seinem Ehrentag keinen Kollegen sehen. Seinen Vorschlag, ganz in der Nähe der Großen Frankfurter zu feiern, hat Klara mit Naserümpfen quittiert. Selbst der Saalbau Friedrichshain, bekannt als ehemaliger Festsaal der Berliner Ringvereine, schien ihr nicht angemessen. So war Kappe auf die Prachtsäle am Märchenbrunnen verfallen und hat damit schließlich seine Frau überzeugt. Prachtsäle klingt nach etwas, und gegen den Märchenbrunnen ist nichts Greifbares einzuwenden.

Kappes und Galgenbergs Mittagspause im Ratskeller zieht sich hin. Gleichwohl sind sie nach dem Essen und einigen wärmenden Getränken beim offiziellen Anlass von Kappes Visite angelangt. Auch Galgenberg hat sich Gedanken darüber gemacht, dass die Autoräuber ausgerechnet in seinem Revier zu Hause sein könnten, hält es aber für wenig wahrscheinlich.

«Normalerweise habe ich hier mehr mit Karnickeldieben und kleinen Einbrüchen zu tun. Wir werden nachher mal 'ne Runde durch den Kietz machen und meinetwegen über die Lange Brücke rüber in die Köllnische Vorstadt gehen. Das sind so Gegenden, wo hier die Verdächtigen zu Hause sind. Andererseits ziemlich abgelegen von der S-Bahn, für die unsere beiden eine gewisse Vorliebe haben.»

Kappe hat den mit zahllosen Stecknadeln gezierten Plan von

Berlin und Umgebung im Kopf, der die Wand im Büro schmückt. «Wieso? Der Bahnhof Spindlersfeld liegt direkt vor der Tür, und nach Adlershof rüber ist es nicht weit.»

Der Gedanke gefällt ihm. Angenommen, die beiden halten sich an den alten Ganoven-Grundsatz «Der Fuchs hält seinen Bau sauber», dann lässt sich damit die stecknadelfreie Fläche rund um Köpenick, Spindlersfeld und Adlershof logisch erklären. Mit einer Ausnahme: dem gescheiterten Überfall auf den nächtlichen Linienbus.

Galgenberg stimmt seinen Überlegungen zu. «Ich glaube, ihr solltet euch wirklich auf den Südosten konzentrieren.»

Kappe selber zweifelt schon wieder. Hat nicht gerade dieses blödsinnige Busunternehmen bewiesen, dass den beiden Tätern mit Logik nicht beizukommen ist? Außerdem sind Steglitz, Reinickendorf und Spandau ebenfalls nadelfrei. Die Kerle können ebenso gut in Neukölln, Moabit oder am Wedding wohnen, vielleicht als brave Bürger, denen keiner was Böses zutraut.

«Nee, nee!», widerspricht Galgenberg. «Das sind ausgebuffte Ganoven, und so was merkt man den Leuten auch an. Aber versetz dich mal in deren Lage. Die müssen nach jedem Überfall auch wieder nach Hause gelangen. Von Grunewald quer durch die Stadt zu gondeln ist kein Problem, da sitzen immer reichlich Leute aus Potsdam und Wannsee in der Bahn. Aus Friedrichshagen und Erkner sind es wesentlich weniger.»

Müde winkt Kappe ab. Wie oft hat er das alles mit Busch von allen Ecken und Kanten her betrachtet und beleuchtet. Mit Zirkel und Lineal haben sie an der Karte herumhantiert und sind doch kein bisschen klüger geworden.

Bleibt Heydrichs Drohung, alle in Schutzhaft zu nehmen, die jemals einschlägig aufgefallen oder vorbestraft sind. Kappe graut vor so viel Unsinnigkeit. Wer soll all die Klein- und Kleinstganoven fachgerecht vernehmen, jedes Alibi überprüfen, vielleicht noch in tausend Wohnungen und Absteigen Haussuchungen vornehmen? Haben diese SS-Fritzen denn keine Ahnung davon, dass jeder Vorbestrafte, wenn er einmal sitzt und kaum Aussicht auf Entlassung besteht, entweder gar nichts mehr sagt oder mit allen Mitteln versucht sich herauszureden? Der wahren Täter wird man auf diese Weise niemals habhaft werden.

Darauf kommt es Heydrich und Himmler anscheinend gar nicht an. Die wollen nichts weiter als Friedhofsruhe. Tausend Männer, und wenn es sein muss auch zehntausend, einfach einsperren – die richtigen werden schon dabei sein. Basta!

Und wenn nicht?

Kappe muss wieder an die Trickbetrügerin Martha Lange denken. Vorgestern hat er mit Siebert vom Betrugsdezernat gesprochen. Die Frau ist noch immer flüchtig.

KOPP WECH! WIR BRECHEN AB!

ALS DER ARCHITEKTEN- UND INGENIEURVEREIN zu Berlin die Parole ausgab: «Kopp wech! Wir brechen ab!», entpuppte sich das mit unverfälschtem Spreewasser getaufte Motto als ein launiger Aufruf zu einem Faschingsfest im Hause Viktoriastraße 27, das als bisheriges Heim des Vereins tatsächlich der künftigen Nordsüdachse Berlins Platz machen muss. Hermann Kappe liest mit wachsendem Unmut. *Abbruch hin, Abbruch her: Man unterhielt sich großartig, bis der Morgen graute.*

Kappe graut ebenfalls: vor dem heutigen Tag nämlich. Es ist Freitag, der 11. Februar 1938, über der Deutschen Bucht tobt ein Orkan mit dem Sturmzentrum über Jütland, nach Berlin strömt mit starken Böen Kaltluft von der Nordsee, und im Westen kündigt sich ein neues Tief an. Kappe, sonst nicht wetterfühlig, liest missmutig auch diesen Bericht, der seine Stimmung treffend zu beschreiben scheint: ein neues, lang anhaltendes Tief. Er feiert heute seinen 50. Geburtstag.

Die Kinder sind längst in der Schule, und er ist nicht einmal aufgestanden. Ausnahmsweise hat ihm Klara fürsorglich Frühstück und Zeitung ans Bett gebracht, und dort würde er am liebsten mit geschlossenen Augen liegen bleiben bis mindestens Sonntag. Besser noch: bis zu dem Tag, an dem die Zeitung meldet, dass die Autofallen-Räuber endlich gefasst sind.

Stattdessen wird der Suffkopp Robert Ley am Nachmittag in einer Großkundgebung den Reichsberufswettkampf der Deutschen Arbeitsfront eröffnen, und am Abend herrschen überall in Berlin Tanz und Faschingstreiben. Davon war bei der Absprache in den Prachtsälen am Märchenbrunnen nicht die Rede gewesen.

Als die Familie Kappe dort am späten Nachmittag eintrifft, verlangt glücklicherweise niemand, dass sie eine Pappnase oder einen komischen Hut tragen. Im großen Saal tummeln sich etliche auf diese Weise verkleidete Gäste. Ihr Lärm dringt gedämpft bis in den kleinsten der Prachtsäle, der für Kappes Familienfeier reserviert ist.

In dichter Folge tauchen fast alle auf, die schon vor zehn Jahren im Funkturmrestaurant gesessen haben. War das gestern erst, oder ist es dreißig, vierzig Jahre her, fragt sich der unglückliche Jubilar und macht doch gute Miene zum bösen Spiel. Zwei Drittel seines Lebens sind unwiederbringlich «wech», ja, wenn er Pech hat, sogar fünf Sechstel – wahrlich kein Grund für ein rauschendes Faschingsfest. Eher ein Grund für ein stilles Besäufnis im engsten Freundeskreis mit Liepe Lubosch, der heute einer höheren SS-Feier in seinem Hotel wegen angeblich unabkömmlich ist, wahrscheinlich aber nur schmollt, weil Kappe sich nie in Bad Saarow hat sehen lassen, mit Ludwig Latzke, der ungewohnt still am unteren Tischende neben Galgenberg hockt, und natürlich mit Theodor Trampe. Der ist nach langem Zureden nur unter der Bedingung erschienen, nicht die Festrede halten zu müssen, was ihm Kappe ein bisschen verübelt, andererseits kann er es verstehen. Wer möchte in diesen Zeiten schon öffentlich über die zurückliegenden und die zu erwartenden Fährnisse eines ehrlichen Lebens sprechen?

Dazu hat sich ausgerechnet Oskar, Kappes älterer Bruder, breitschlagen lassen, der Tabakwarenhändler aus der Yorckstraße, dem wahrscheinlich Sohn Otto, Kappes Neffe und Kriminalkollege, zu diesem Ehrenamt verholfen hat.

Otto hat den Kommissar-Lehrgang in Charlottenburg schon fast hinter sich. Mit seiner schmucken Gertrud bildet er das ansehnlichste Paar auf dieser Feier. Aber auch Margarete, die erfreulicherweise nicht die väterliche Knollennase geerbt hat, kann sich mit ihrem Arno durchaus sehen lassen, wie Kappe mit einer Mischung aus Stolz und unterdrücktem Grimm zugeben muss. Natürlich haben Klara und die Tochter ihn mit dessen Einladung glatt überfahren. Am Sonntagabend vor dem Geburtstag war der junge Mann geschniegelt und gebügelt in der Großen Frankfurter aufgetaucht, um seine Honneurs zu machen und formvollendet um Margaretes Hand anzuhalten. Die Verlobung sei für das Osterfest vorgesehen. Auf diese Weise vor vollendete Tatsachen gestellt, hatte Kappe schweren Herzens zugestimmt, zwei Cognac mit dem Schwiegersohn in spe getrunken und dem Paar viel Glück gewünscht, das jetzt bei der Vorstellung des Bräutigams im Familienkreis einige Sensation hervorruft. Besonders die weibliche Verwandtschaft scheint halbwegs angetan von dem hoch aufgeschossenen jungen Mann mit dem offenen Gesicht, dem die allgemeine Aufmerksamkeit augenscheinlich ein wenig peinlich ist.

Klara klatscht in die Hände. «Zu Tisch, zu Tisch!», ruft sie munter und weist, wo es Not tut, auf die dezenten Tischkarten hin. Als vorausschauende Hausfrau hatte sie die schriftliche Sitzordnung der letzten großen Feierlichkeit aufbewahrt, doch ließ die sich nicht ohne Schwierigkeiten umsetzen. Kappes Vater Wilhelm ist verstorben, die Nichte Irmgard inzwischen glücklich verheiratet, eine zweite Nichte Hildegard nicht anwesend, und Kappes Cousine Hertha, geborene Börnicke, zu ungeahntem vaterländisch-literarischem Ruhm aufgestiegen, hat sich ebenfalls mit einem neuen Ehegespons - niemand zählt, dem wievielten - angemeldet. Jedenfalls sitzen die Kappe-Kinder samt Margaretes Arno und gefolgt von Kappes Geschwistern mit ihren Familien rechts von Hermann und Klara, während Kappes Mutter, die Börnickes und Kappes jüngerer Bruder Albert mit Frau und Sohn Platz zu Kappes Linken genommen haben. Da Klara es abgelehnt hat, die ganze Feier über in Galgenbergs bekümmertes und Trampes nicht weniger trübseliges Gesicht zu blicken, hatte es um die beiden Plätze an der unteren Schmalseite der Tafel einiges Gerangel gegeben, das schließlich mit Margaretes salomonischem Vorschlag endete, dort die vaterländische Dichterin Hertha mit ihrem Neuen zu platzieren, flankiert von Trampe und Galgenberg. So hat Kappe nun das Vergnügen, ab und an einen anhimmelnden Blick der betont jugendlich zurechtgemachten großen Dichterin zu empfangen, deren Neuer sich als ihr Verleger Hugo Butenberg präsentiert, ein sauertöpfisch grinsender Mensch ungewissen Alters mit einem Kneifer und dem Parteibonbon am Revers.

Endlich sitzen alle, und ein Glas Sekt steht auch vor jedem. Nur Karl-Heinz guckt maulend in seinen Saft.

Bruder Oskar, von keinem besonderen Redetalent, nutzt die Gelegenheit, an die gemeinsamen Jahre in Wendisch Rietz zu erinnern. Fast zehn Minuten lang schwadroniert er darüber, erläutert die Anziehungskraft der Großstadt auf die Brüder Kappe und spricht endlich über Hermann als geborenen Feind allen Unrechts und dessen Erfolge, auf die es an diesem Tage anzustoßen gilt. Prosit!

Noch in das Klingen der Gläser hinein tönt die polternde Stimme des alten Börnicke, angeheirateter Onkel aus der väterlichen Kappe-Sippe, der die mangelnde Zeitbezogenheit von Oskars Rede beanstandet. «Wo wären wir denn heute ohne den Führer?», fragt er überlaut in die Runde, und da niemand ihm antwortet, hält er das für eine Aufforderung, sich zu erheben und diese und diverse andere nicht gestellte Fragen zu beantworten.

«Wir wären im bolschewistischen Chaos versunken!», donnert Richard Börnicke. Da er der bei weitem Älteste am Tisch und Widerspruch ausgerechnet in einer solchen Frage wenig angebracht ist, schweigen alle während der weiteren Ausführungen des Alten. Der zieht einen weiten Kreis von der «verjudeten Systemzeit» über die «nationale Revolution», die «Rheinland- und Saarbefreiung» und die Wiederherstellung der deutschen Wehrhoheit, spricht seine unerschütterliche Hoffnung auf die baldige Heimkehr aller deutschen Lande, Randgebiete und Kolonien einschließlich Österreich, Elsass-Lothringen und Deutsch-Südwest aus und appelliert schließlich an den Jubilar, seine ganze Kraft und Gesinnung auch fürderhin im Sinne des Führers und der Partei für die «Vernichtung des jüdisch-bolschewistischen Verbrechertums» einzusetzen. «Mit einer gewissen Trauer», so schließt er seine donnernde Standpauke, «erblicke ich hier im Raum nur einen einzigen deutschen Mann, der das Ehrenkleid der Schutzstaffel unseres Führers trägt» – worauf sich alle Blicke unwillkürlich auf den dicklichen, wie eine Wurst in die schwarze Kluft der SS gezwängten Max Achtow richten, der über und über errötet, sei es der Ehre wegen oder einfach nur aus Verlegenheit.

Richard Börnicke schickt einen letzten durchdringenden Blick in die Runde. «Ich sehe jedoch eine ganze Reihe junger Männer, denen die Ehre, dem Führer und unserem Vaterland zu dienen, noch bevorsteht. Lasst uns in tiefer Dankbarkeit das Glas auf den Führer und auf die glorreichen Zeiten erheben, in denen wir dank ihm leben!»

Alle sitzen wie erstarrt. Die Stimmung ist restlos im Eimer, bevor die Feier überhaupt begonnen hat. Eigentlich müssten wir jetzt das Horst-Wessel-Lied singen und anschließend für die Winterhilfe sammeln, denkt Kappe sarkastisch. Sein Blick trifft sich ausgerechnet mit dem von Theodor Trampe am unteren Ende der Tafel. Was in dem vorgeht, ahnt Kappe. Hoffentlich steht der alte Freund und in der Wolle gefärbte Sozialdemokrat jetzt nicht auf und geht!

Nur Klara tut, als hätte Onkel Richard einen Trinkspruch wie jeder andere verzapft, und stößt noch einmal schwungvoll mit ihrem Hermann an. «Auf die nächsten fünfzig Jahre!», verkündet sie schelmisch. Ehe Kappe noch einwenden kann, dass er froh wäre, die nächsten fünf zu überstehen, nahen die Kellner mit der Schildkrötensuppe.

«Mockturtlesuppe hieß die früher», weiß Klara. Das klingt viel vornehmer. Manchmal geht ihr die verordnete Deutschtümelei doch zu weit.

Mit dem Essen und den reichlich verabreichten Getränken taut die Stimmung allmählich wieder auf. Alle sind bemüht, den Blicken des alten Börnicke auszuweichen und auf keinen seiner völkischen Einwürfe zu reagieren. Seine neben ihm sitzende Schwägerin, Kappes Mutter Bertha, würdigt den Alten keines Wortes. Ungeniert unterhält sie sich quer über die Tafel mit ihrer

Enkelin Gretchen und deren Arno. Wie Kappe ganz am Rande erfährt, haben die beiden längst einen Antrittsbesuch bei der Großmutter absolviert, und Arno ist mit der Oma per du.

So ist das eben, wenn man Tag und Nacht hinter irgendwelchen Autoräubern her ist, denkt Kappe erbittert, man weiß nicht mehr, was in der eigenen Familie vorgeht. Von Beruf ist Arno gelernter Elektriker, arbeitet bei der Reichsrundfunk-Gesellschaft in der Masurenallee. Das hört sich ganz vernünftig und zukunftsträchtig an. Radio hört jeder. Neuerdings ist sogar von einem Volksfernseher die Rede.

Kappe würde sich auch gerne unterhalten, doch die Tischordnung hindert ihn daran. Um aufzustehen und sich den Gästen einzeln zu widmen, ist es noch zu früh. Mit seiner redseligen Mutter und den Börnickes will er kein Gespräch anfangen, seine Brüder Albert und Oskar sitzen zu weit entfernt. Albert, wie der Vater Fischer in Wendisch Rietz, ist sowieso ziemlich schweigsam. Seiner Frau Doris merkt man an, dass sie sich nicht wohl fühlt in dieser Familie, in der alle wissen, dass Albert sie, die ehemalige Magd, erst lange nach der Geburt des Sohnes Martin geheiratet hat. Wenigstens sieht Martin ihm ähnlich, ein kräftiger, gesunder Junge von fünfzehn Jahren, den Hermann Kappe insgeheim um seine Jugend in Wendisch Rietz beneidet.

Das wäre was: noch einmal von vorne anfangen ... Würde er wieder nach Berlin und zur Kriminalpolizei gehen? Wahrscheinlich. Und Klara heiraten? Da zögert er doch einen langen Augenblick. Bis sein Blick auf die Kinder fällt, den quirligen Jüngsten, der mit Feuereifer auf seinen Onkel Oskar einredet, den künftigen Flieger Hartmut mit den kühnen Ideen, der jetzt sicherlich lieber im Kino säße, um sich die Neuverfilmung *Der Tiger von Eschnapur* anzugucken, die hübsche Margarete mit ihrem langen Arno. Hoffentlich geht es gut mit den beiden. Vielleicht ist er in ein, zwei Jahren Großvater ...

Kappe fühlt sich plötzlich unendlich alt und verbraucht. Noch fünfzehn Jahre, wenn er die Rente überhaupt erreicht! Fünfzehn Jahre die tägliche Mühle, den täglich stärker werdenden Druck, der wie ein Kloß vor dem Magen sitzt und sich mit keinem Kräuterschnaps wegspülen lässt. Warum lassen die uns nicht einfach unsere Arbeit machen, denkt er und ärgert sich im gleichen Moment, dass er schon wieder an die Autoräuber denkt. Er kommt einfach nicht davon los.

Der alte Börnicke, als könne er Gedanken lesen, haut zusätzlich in diese Kerbe. «Was ist denn nun los mit diesen Autoräubern?», spricht er Kappe in einer Lautstärke an, die nicht zu überhören ist. «Habt ihr die endlich gekriegt? Man liest gar nichts mehr in der Zeitung ...»

«Das muss an der Zeitung liegen», antwortet Kappe gallig. Er geht dem doch nicht auf den Leim und plaudert Dienstgeheimnisse aus! «Ich erfahre auch nicht mehr darüber.»

«Gibt's nur eins», räsoniert Börnicke, dessen milchiger Blick ein wenig die Zentrierung verloren hat, «Kopf kürzer das ganze Gesindel, dann haben wir Ruhe für alle Zeiten!»

«Ja, für die nächsten tausend Jahre», mischt sich Oskar ungefragt ein. «Das hat uns der Führer versprochen.»

Börnicke guckt irritiert. Verscheißern die ihn jetzt, oder ist das echte Bewunderung für den Führer? Er vermag es nicht zu unterscheiden und trinkt vorsichtshalber erst mal einen weiteren Schnaps.

«Ist hier viel gemütlicher als auf dem Funkturm», fährt Oskar, offensichtlich auf der Suche nach einem neutralen Gesprächsgegenstand fort. «Das Restaurant soll ja nach dem Großbrand noch feudaler geworden sein.»

Während der Funkausstellung 1935 war die hölzerne Funkhalle in Brand geraten und hatte auch das Turmlokal in Mitleidenschaft gezogen. Doch nicht einmal ein Großfeuer ist in diesen Zeiten ein harmloses Thema, wie sich zeigt.

«Die Brandstifter werden wohl die Kommunisten gewesen sein, genau wie beim Reichstag!», grollt Börnicke sofort und löst damit eine Diskussion aus, die glücklicherweise Neffe Otto im

Keim zu ersticken versteht, indem er aufsteht und verkündet: «Ich schlage vor, wir bringen dem Jubilar endlich ein schmetterndes Geburtstagsständchen dar!»

Dem kann sich keiner entziehen, und Kappe nutzt anschließend den Anlass, um sich bei Otto durch eine herzliche Umarmung zu bedanken und die günstige Gelegenheit zu nutzen, dessen Gattin Gertrud mit einem herzhaften Kuss zu bedenken. Der Zwang der Sitzordnung ist damit aufgehoben, Kappe kann endlich mit Otto über den Lehrgang an der Führerschule plauschen, während Gertrud sich zu der verwaisten Klara setzt, die ein bisschen neidisch auf das schicke Kleid der Jüngeren guckt.

Unweit von Otto sitzt Theodor Trampe, mit dem Kappe jedoch nur belanglose Floskeln wechseln kann, hockt daneben doch Herthas Gatte, der Verleger mit dem verräterischen Reversschmuck.

Kappe, um ein unverfängliches Gesprächsthema verlegen, fragt: «Wie geht's denn deinem Freund Willy?»

Trampe braucht einen Augenblick, um sich an Kappes Bekanntschaft mit dem Karosserieklempner Eschborn zu erinnern. «Der trauert um seinen Garten. Wird in diesem Jahr die letzte Saison für ihn.»

Gegenüber sitzen die Galgenbergs und der Malermeister Ludwig Latzke, der alte Schulfreund aus Wendisch Rietz, mit dem Kappe vor Urzeiten bei Viktoria 89 Fußball gespielt hat. Ludwig hat mit den Nazis nicht viel am Hut und ist für jeden Spaß zu haben, das weiß Kappe, und deswegen sitzt Latzke ja neben Galgenberg und erläutert ihm gerade fachmännisch die Vorzüge eines gut grundierten Ölanstrichs in feuchten Küchenräumen. Um zu den beiden zu gelangen, muss Kappe ohnehin an Cousine Hertha vorbei, die ihn am Jackettschoß festhält und dicht zu sich heranzieht. Die blondierten Haare hat sie in malerischen Zöpfen auf ihrem Haupt drapiert. Ohne sich um den frisch Angetrauten an ihrer Seite zu scheren, küsst sie Kappe rechts und links auf die Wangen und sagt mit großer Geste: «Ach, Hermann, ist es nicht himmlisch, dass wir alle gemeinsam diese glorreichen Zeiten miterleben dürfen?»

Was soll man darauf antworten? Eine überspannte Zicke ist Hertha immer gewesen. Kein Wunder, dass sie es jetzt mit Adolf und den glorreichen Zeiten hat. Aber um ihm diese nicht sonderlich überraschende Wendung mitzuteilen, hat sie ihn nicht aufgehalten. Sie bleibt dicht mit ihrem Gesicht vor dem seinen und flüstert: «Du wirst mir demnächst mal ein paar Tipps für meine Arbeit geben müssen. Hugo meint auch, dass es viel zu wenig gute Literatur über eure verantwortungsvolle Arbeit gibt.»

Hugo hat auf dieses Stichwort gelauert, um seinen Senf dazuzugeben. «Wissen Sie, ich habe mir das so vorgestellt, bester Herr Kappe – oder darf ich Hermann sagen, weil wir ja nun sozusagen miteinander ...»

Kappe schickt einen flehenden Blick gegen die rauchgelbe Saaldecke und lässt Hugo Butenbergs Suada an sich abperlen. Der hat sich nämlich gedacht, dass Hertha, gewissermaßen unter Kappes fachmännischen Fittichen, gleich eine ganze Serie von Tatsachenromanen zu Papier und mit seiner Hilfe in den danach lechzenden Buchhandel bringen könnte. Das wäre doch mal ...

Kappe schüttelt entschieden den Kopf. Nein, das verstieße ganz und gar gegen alle dienstlichen Normen, die ihn zu absolutem Schweigen gegenüber jedermann verpflichten. Es gäbe da im Präsidium eine Pressestelle ...

Er spürt förmlich, wie Hertha und ihr Hugo in sich zusammensinken, und ist im Nu ein paar Plätze weiter, nickt den Galgenbergs und Latzke nur zu, bevor er sich neben seiner Schwägerin Doris aus Wendisch Rietz niederlässt. Die wirkt ob dieser plötzlichen Ehre noch unsicherer als zuvor, so dass es erst mal zweier Liköre bedarf, um sie ein wenig aufzutauen. «Ich bin nur eine einfache Fischersfrau ...», beginnt jeder ihrer Sätze.

Ein Einwand, den Kappe nicht gelten lässt. «Hier am Tisch sind wir alle gleich!», erklärt er lauter, als es sonst seine Art ist, und hebt sein Glas, von dem er nicht mehr weiß, das wievielte es ist. «Du warst ein niedliches kleines Mädchen», sagt er zu Doris. «Und ich war nur ein einfacher Dorfpolizist ...»

Rührung droht ihn zu übermannen. Bruder Albert holt ihn in die raue Gegenwart zurück. «Bist du jetzt auch Pg?», fragt er halblaut. «Bei uns heißt es, die Beamten müssen alle eintreten, wenn sie nicht schon drin sind.»

Kappe sieht sich um. Niemand scheint ihr Gespräch zu beachten. Er legt dem acht Jahre jüngeren Bruder die Hand auf die Schulter und greift fest zu. «Albert», sagt er ernst und feierlich, «du kennst mich fast so gut wie ich dich. Ich sage dir: Niemals! Haben wir uns verstanden?»

Dann erhebt er sich und setzt seine Runde um den Tisch fort, kommt aber nur vom Regen in die Traufe, denn da sitzen seine Schwester Pauline mit ihrem Mann, dem Koch Hans Achtow, und dem nach Kappes Überzeugung missratenen Sohn Max. Die etwas sympathischere Tochter Hildegard fehlt entschuldigt: Sie weilt auf dem Lehrgang einer NS-Frauenschaftsschule.

Max, dessen Gesicht inzwischen nicht mehr vor Verlegenheit glüht, sondern dank des reichlich genossenen Alkohols, merkt gar nicht, dass Kappe hinter ihm steht. Quer über den Tisch versucht er Arnos Aufmerksamkeit auf sich zu lenken, der sich ihm endlich zuwendet. «Wir sind uns schon mal begegnet!», ruft Max.

Arno schüttelt den Kopf. «Nicht, dass ich wüsste.»

«Doch, doch», beharrt Max. «Da warst du aber in Uniform!»

Daraufhin verändert sich auch Arnos Gesichtsfärbung. Einen Augenblick lang blickt er Kappe an. Dann fragt er schroff zurück: «Wo soll denn das gewesen sein?»

«Beim Gauappell zu Görings Geburtstag. Erinnerst du dich nicht?»

Arno schüttelt den Kopf und wendet sich Hartmut zu, der neben ihm sitzt und ihn ebenfalls etwas fragt.

Kappe hat genug gehört. Auch du also, mein künftiger Schwiegersohn ... Er fühlt sich plötzlich sehr einsam und verlassen, obwohl diese ganze Gesellschaft nur seinetwegen hier sitzt. Und auf seine Kosten isst und trinkt. Aber das ist jetzt nicht das Schlimmste.

Noch einer scheint vom großen Weltschmerz gepackt: der alte

Börnicke, der sich ans Herz greift und weit auf seinem Stuhl zurücklehnt. «Jetzt, wo es endlich richtig aufwärts geht mit unserm Vaterland», ächzt er, «da geht es mit unsereinem bergab.»

«Du darfst eben nicht mehr so viel trinken, Richard», stellt seine Frau Frieda nüchtern fest. «In deinem hohen Alter!»

«Wie alt ist er denn?», fragt Arno in die Runde, als säße Börnicke ihm nicht direkt gegenüber. Der hat die Augen geschlossen und ist kreidebleich.

Frieda, die selber erst auf die sechzig zugeht, sagt besorgt: «Er wird im nächsten Jahr achtzig.»

So alt werde ich nie, denkt Kappe und sinkt müde auf seinen Stuhl.

ZEICHEN UND WUNDER

DER SONNABEND ist kein umsatzstarker Tag in Kadenbergs Destille am Bahnhof Schöneweide, und schon gar nicht, wenn er so kühl und trübe daherkommt wie dieser 5. März 1938. Drei Männer sitzen noch am Stammtisch, doch der eine sucht schon nach dem Portemonnaie. Draußen kreischt die Straßenbahn vorbei. Es geht auf neun Uhr abends zu, Anna Kadenberg würde am liebsten schließen, einen steifen Grog zubereiten und sich ins Bett legen. Sie hat es mit den Beinen, das stundenlange Stehen hinter dem Tresen macht ihr täglich mehr zu schaffen. So ist das nun mal, wenn man eine Kneipe führt und in den jungen Jahren nicht daran gedacht hat, für die Rente zu kleben. Da muss man arbeiten bis zu seinem letzten Atemzug.

Ein paar Mal hat sie schon daran gedacht, das Lokal zu verkaufen, ein akzeptables Angebot kann sie dabei kaum erwarten. Überall in der Stadt sind Firmen, Geschäfte und Restaurants «arisiert» worden. Wer möchte in solchen Zeiten schon eine Kneipe übernehmen, in der hauptsächlich ärmere Leute verkehren, von denen sich manche gelegentlich ihrer roten Vergangenheit entsinnen und Reden führen, die Anna Kadenberg gelernt hat zu überhören.

«Trink dich voll und fress dich dick – halt dein Maul von Polletick», hat ihr Seliger immer gesagt und sich mannhaft allen Versuchen widersetzt, das Lokal als Sitz irgendeines radikalen Vereins oder einer Partei zu vermieten, und damit ist er bestens gefahren in all den schlimmen Jahren. Mit der Polizei hat er sich immer gut gestellt, und auch das hat sich ausgezahlt. Kadenbergs Bierschwemme ist nie ein Ganoventreffpunkt gewesen und wird es auch nie sein, so lange Anna hinter der Theke steht. Gibt es mal Ärger, und das kommt an den Zahltagen vor, verschwindet Anna ganz schnell nach hinten in das kleine Kabuff vor der Küche, wo das Telefon steht, und es dauert meistens nicht lange, bis vorne zwei Beamte auftauchen und schnell wieder Ruhe einkehrt.

Anfangs war sie gegen das Telefon, und ursprünglich hat der Apparat seinen Platz unter dem Gläserschrank gehabt, aber das dauernde Rumwuseln von telefonierenden Gästen hinter der Theke und deren Gespräche störten den Betrieb erheblich. Außerdem ruft man die Polizei besser nicht so offen an.

Das alles fährt ihr binnen Sekunden durch den Sinn, als sich die Tür hinter den drei Stammgästen nicht etwa schließt, sondern zugleich zwei angetrunkene Männer hereinstolpern und sich nach einem undeutlichen Gruß nahe der Theke niederlassen. Der eine, sehr viel besser gekleidete schiebt seine voll gestopfte Aktentasche unter den Tisch.

Sie kennt die beiden nur zu gut, und sie ist einigermaßen fassungslos, Walter Götze so nahe vor sich zu sehen. Hat sie den Kriminalen nicht deutlich genug gesagt, was das für einer ist? Natürlich haben diese Deppen ihm den Überfall in Hirschgarten mal wieder nicht nachweisen können, und jetzt stolziert der stockbesoffen hier herein und markiert den dicken Wilhelm. Zwei Pötte Kaffee will er haben, schwarz wie die Nacht und heiß wie die Liebe, und dazu lacht er dreist und unverschämt. Sitzt piekfein da in einem schweren Ulster wie ein Geschäftsmann aus Berlin W. An dem ist ein Schauspieler verlorengegangen, denkt sie und ärgert sich, dass sie den Kessel für das Kaffeewasser hier vorn hat und nicht hinten, wo das Telefon steht. Wenn sie jetzt verschwindet, fällt dem jungen Götze das todsicher auf. Sie hat Angst vor ihm, seit er ihr über Frieda mal eine Drohung hat zukommen lassen: Einer redseligen ollen Frau könne man leicht mal beibringen, was 'ne Harke ist!

Die Teelöffel klappern auf den Untertassen, als sie den Kaffee zum Tisch trägt. Walter Götze hat die Arme auf den Tisch gelegt und beachtet sie gar nicht. «Päckchen Caid ohne, Muttchen», lallt sein Gefährte, der die Taschen seiner schäbigen Kleidung vergeblich nach Zigaretten abgeklopft hat. Das ist die billigste Marke, zweieinhalb Pfennig das Stück.

Walter Götze blickt auf. «Meine Gäste rauchen nur das Beste!», murmelt er und beginnt unter dem Tisch in seiner Aktentasche zu kramen. Anna Kadenberg kann gar nicht anders, sie sieht genau, was der in der Tasche hat: Zigarettenschachteln en masse und einen ganzen Stapel Schokoladentafeln.

Er fummelt eine grüne Schachtel mit roter Aufschrift zutage und schiebt sie seinem Kumpan hin. «Nimm die ...», lallt er. Atikah Auslese, die Schachtel für eins zwanzig.

Sein Kopf sinkt schon wieder auf die Arme. Der andere reißt gierig die Packung auf und steckt sich eine Zigarette an. Dass Walter eingeschlafen ist, scheint ihn nicht zu stören. Geräuschvoll schlürft er den Kaffee und versucht vergeblich, Annas schwarzen Kater Peter an sich zu locken. Der hat schon öfter mal einen unabsichtlichen Fußtritt abgekriegt und hält sich aus Erfahrung fern. Außerdem riecht der Mann nicht gut.

«Jib's denn keene Musike in Ihr Etablissemang?»

Mit zitternden Händen schaltet Anna Kadenberg den Apparat hinter sich ein. Was soll sie jetzt machen? Wenn der Götze wiederauftaucht, rufen Sie uns unbedingt an, haben die Kriminalen ihr eingeschärft, aber die haben gut reden, sitzen warm und trocken auf dem Revier und haben eine Pistole in der Tasche, wenn sie hier auftauchen. Sie jedoch ist eine schutzlose alte Frau und muss mitangucken, wie Götze hier mit dem gestohlenen Zeug herumwirft. Dass die Schokolade und die Zigaretten geklaut sind, ist so sicher wie das Amen in der Kirche. Und das Ding in Hirschgarten hat der auch gedreht, das nimmt sie auf ihren Eid.

Walter Götze schnarcht, als hätte er drei Nächte nicht geschlafen. Der andere raucht schon die dritte Zigarette und wiegt den Kopf zu dem Musikgedudel, das ihr auf den Wecker geht. Der Kater lässt einen klagenden Laut hören und streckt sich.

«Ich glaube, der muss mal», sagt Anna Kadenberg zu dem Mann, der nur zustimmend nickt.

Flink ist sie durch die Hintertür, und der Kater folgt ihr zum Glück.

Tür zu. Mit zitternden Fingern den Hörer gegriffen und die Nummer gewählt, die sie vorsichtshalber mit Rotstift auf dem Telefonbuch vermerkt hat.

Eine Ewigkeit scheint zu vergehen, bis sich der Diensthabende vom nahen Revier 234 in der Fennstraße meldet. «Der Götze ist bei mir!», flüstert sie eindringlich. «Hier ist Kadenberg. Die Herren wissen schon ...»

Als sie die Tür wieder öffnet, erschrickt sie fast zu Tode. Walter Götze ist aufgewacht und stiert sie mit glasigen Augen an. Mühsam fasst sie sich. «Noch'n schönen heißen Kaffee?», fragt sie stockend.

Der erste Kaffee steht unberührt vor Götze.

Der schüttelt unzufrieden den Kopf. «Zahlen!», sagt er und versetzt seinem Kumpan einen auffordernden Stoß.

Anna Kadenberg spürt seinen misstrauischen Blick im Genick, als sie sich hinter den Tresen zurückzieht. «Ist doch noch früh am Abend ...», sagt sie.

Götze hat seine Aktentasche auf den Tisch gestellt und ist dabei, sie zu schließen. Jetzt langt er in die Manteltasche. Anna Kadenberg ist dicht davor, hinter dem Tresen in Deckung zu gehen, doch Walter fördert nur einen zerknitterten grünen Schein aus der Tasche und wirft ihn auf den Tisch. «Stimmt so», sagt er mürrisch. «Komm, Karl!»

Und raus sind die beiden. Was hilft es, dass der Kriminal-Oberassistent Beetz ein paar Minuten später das Lokal betritt. Von den beiden Männern ist weit und breit nichts mehr zu sehen.

Dafür weiß Beetz gleich, woher die teuren Atikah Auslese und die Schokolade in Götzes Aktentasche stammen. In der vergangenen Nacht ist der Kiosk auf dem Bahnhof Rahnsdorf geknackt worden.

«Na, sehen Sie! Und das in Hirschgarten damals war auch der Götze mit seinem Bruder. Da gebe ich Ihnen Brief und Siegel.»

Beetz ärgert sich, weil er zu spät gekommen ist. Dieser Götze gehört schließlich so gut wie zum eigenen Revier und geht ihnen dennoch immer wieder durch die Lappen.

«Und diesmal? War der andere auch einer von seinen Brüdern?»

Anna Kadenberg schüttelt den Kopf. Sie kennt die Familie Götze. Fünf Brüder, und vier davon haben gesessen. «Nee, das war einer aus der Laubenkolonie am Wilhelmstrand. Den nennen sie Käsekarl.»

«Familiennamen wissen Sie nicht? Oder wo genau am Wilhelmstrand?»

Beides weiß Anna nicht. In der Flussbadeanstalt Wilhelmstrand ist sie vor dreißig Jahren zum letzten Mal gewesen. Und wer soll sich in dem riesigen Laubengelände auskennen, das sich rechts und links der Nalepastraße zwischen Spree und Rummelsburger Chaussee erstreckt?

Beetz bedankt sich dennoch bei ihr. «Sie haben uns einen großen Dienst erwiesen.»

Anna Kadenberg ist skeptisch. «Und wenn der nun wiederkommt? Ich kann mich nicht jedes Mal mit meinem Peterle rausreden, um zu telefonieren. Was glauben Sie, wie misstrauisch der Kerl ist!»

Beetz versucht sie zu beruhigen und verspricht: «Wir werden uns mal die Laubenkolonien vornehmen und diesem Käsekarl auf den Zahn fühlen. Vielleicht nächtigt der Götze ja bei dem.»

Sosehr sich Beetz in den nächsten Tagen auch müht, niemand von den wenigen Laubenpiepern, die er in der Kolonie Wilhelmstrand überhaupt antrifft, will einen Mann kennen, auf den Käsekarls Beschreibung passt. Einen im feinen Ulster? Da kann man hier draußen, wo die dicken Rußflocken aus dem Gaswerk und aus den nahen Kraftwerken in Rummelsburg herumfliegen, doch nur lachen!

Anfangs noch hoffnungsvoll, irrt der Kriminal-Oberassistent

auf den schlammigen Wegen umher und hält Ausschau nach rauchenden Schornsteinen. Auf die eine oder andere Weise hausen die meisten Dauerbewohner illegal in ihren Bruchbuden und wollen gar nicht bemerkt werden. Und keinen interessiert, was der Nachbar treibt oder ob der irgendwen bei sich übernachten lässt.

Beetz gibt auf. Irgendwann wird dieser Kioskeinbrecher Walter Götze unweigerlich wiederauftauchen, zur Fahndung ist er ja lange genug ausgeschrieben.

Außerhalb von Oberschöneweide dreht sich die Welt weiter, und zwar mit einer Geschwindigkeit, die manchem Angst einjagt. Steht der Krieg vor der Tür? In Frankreich ist gerade eine neue Regierung ans Ruder gekommen, und der Führer nutzt die Gelegenheit, den österreichischen Bundeskanzler gehörig unter Druck zu setzen. Schuschnigg muss abtreten, der Nationalsozialist Seyß-Inquart übernimmt das Amt, und die deutsche Wehrmacht marschiert in die «Ostmark» ein. Widerstand wird auf Befehl der österreichischen Bundesregierung nicht geleistet. Hitler fährt in seine Geburtsstadt Braunau und wird am Abend in Linz von einer begeisterten Menge umjubelt. Von der Verhaftungswelle, die über Österreich schwappt, steht nichts in den Zeitungen.

Kappe und Busch meiden das Thema. Sie sitzen über den Akten und fragen sich, ob es im kommenden Frühling wieder losgehen wird mit den Überfällen im Grunewald. Busch vertraut seiner Statistik und meint nein. Mit der neuen Methode, die Fahrer der Lieferantenautos auszurauben, haben die Ganoven mehr Beute gemacht als jemals zuvor. Mit größter Wahrscheinlichkeit werden sie bei diesem erfolgreichen Modus Operandi bleiben. Über die Innungen hat man zwar die Firmen auf die neue Gefahr aufmerksam gemacht, aber davon wissen die Täter vermutlich nichts.

Zwei Monate hat Heydrich dem Kriminaldirektor Nebe im Februar angeblich gegeben, und davon ist einer bereits um. Busch und Kappe ahnen zumindest, was Nebe fürchtet: die eigene Amtsenthebung. Und mit Nebe wird die erfolglose Soko in die Wüste geschickt, das ist sicher. Und ebenso sicher ist, dass dann ein Mann von Himmlers Gnaden Nebes Posten übernimmt. Dass der Reichsführer vor keiner Eigenmächtigkeit zurückschreckt, wissen sie. Gerade ist die von ihm angeordnete Aktion «Arbeitscheu Reich» angelaufen und hat dem KZ Buchenwald 1500 neue Insassen beschert. Die Arbeitsämter haben die Männer im arbeitsfähigen Alter erfasst und der Gestapo gemeldet, die in mindestens zwei Fällen die angebotene Arbeit abgelehnt oder einen angenommenen Arbeitsplatz wiederaufgegeben hatten. Die Gestapo brauchte nur noch die Listen abzuarbeiten.

Doch zum Glück für Busch und Kappe geschehen noch Zeichen und Wunder in diesem bösen Jahr 1938. In der Nacht vom 17. auf den 18. März durchkämmt eine erweiterte Polizeistreife des Reviers 245 die Kolonie des Pflanzervereins Oberschöneweide an der Hallenslebenstraße, denn es sind mehrere Anzeigen eingegangen: Laubeneinbrüche und nächtliche Anwesenheit fremder Personen in der Kolonie, die bis 1933 eine Genossenschaft war und in der man immer noch auf Ordnung achtet.

In einer der Lauben stoßen die Beamten auf einen Mann, der versucht, ihnen durch das Fenster zu entkommen. Obwohl ihn sofort zwei Beamte packen, wehrt der untersetzte Kerl sich mit all seinen Kräften und gibt nicht einmal auf, nachdem man ihm die stählerne Acht angelegt hat. Mit den Füßen stößt er um sich und keucht: «Warum schießt ihr doofen Bullen denn nicht?»

«Warum sollten wir?», fragt der Kriminalassistent zurück, der ihm mit einiger Mühe die Handschellen angelegt hat und den Gefesselten jetzt mit einem kräftigen Schubs gegen die Laubenwand stößt. Auch das scheint dem Mann nichts auszumachen. Erst ein Fausthieb bringt in zur Ruhe.

Auf dem Revier in der Rathausstraße stellt sich heraus, dass es sich um einen alten Bekannten handelt. Hauptwachtmeister Kruschinski erkennt Walter Götze auf Anhieb, obwohl es zehn Jahre her sein mag, dass er ihn mal festgenommen hat. «Da habt ihr ja 'n schönen Fang gemacht!», lobt er die Kollegen. «Der steht schon seit einem halben Jahr im Fahndungsblatt.»

Widerwillig muss der Festgenommene zugeben, Walter Götze zu heißen.

Wohnhaft?

Götze hebt die Schultern. «Mal hier, mal da ...», äußert er vage. Die Marienstraße, wo er mal gewohnt hat, stößt direkt auf die Laubenkolonie des Pflanzervereins.

Der Kriminalsekretär Wolzig hat inzwischen Götzes Aktentasche geöffnet, die sie in der Laube gefunden haben. «Na, Walterchen», sagt er gemütlich, «wo haben wir denn die viele Schokolade und die teuren Zigaretten her?»

Walter Götze schweigt erst mal. Er hat so seine Erfahrungen mit den Kriminalen. Nur nicht zu früh reden und vor allem nichts zugeben, was die nicht hieb- und stichfest beweisen können.

Wolzig kramt in der Tasche. «Sieht ganz nach dem Kioskeinbruch in Rahnsdorf aus. Atikah, und die Schokoladenmarke stimmt auch.»

Wieder zuckt Walter nur mit den breiten Schultern. Wenn die ihm weiter nichts anhängen können ...

«Was haben wir denn hier noch? Ein Parteiabzeichen? Wolltest du dich mit fremden Federn schmücken?»

Walter Götze grient geringschätzig. «Hab ich gefunden. Wollt ich nich einfach wegschmeißen.»

Kriminalsekretär Wolzig verspürt wenig Lust, sich genauer mit diesem widerspenstigen Kleinganoven zu beschäftigen. Das werden die am Alex schon besorgen, das Raubdezernat sucht den ja nicht von ungefähr. «Ab in die Zelle», ordnet er an. «Bleibt gefesselt, damit er nicht verrücktspielt!»

Am nächsten Morgen schiebt ein mürrischer Wachtmeister Walter Götze in den «Lumpensammler», den Gefangenenwagen für die nächtens auf den Revieren Festgenommenen. Die Hände sind noch immer gefesselt, obwohl Walter sich seit der Feststellung seiner Identität lammfromm benommen hat.

Das bleibt er auch am Alex, wo er zur Vernehmung vorgeführt wird. Brav antwortet er auf alle Fragen. Den Kioskeinbruch auf dem Bahnhof Rahnsdorf zu leugnen scheint ihm angesichts der Beweismittel nutzlos, und so ist der vernehmende Kriminal-Oberassistent schnell mit dem Protokoll fertig.

«Genau durchlesen und unterschreiben!»

Walter zeigt sich großzügig und unterschreibt, ohne das Schriftstück zu lesen. Dem Vernehmer ist das egal. Ein Routinefall wie hundert andere. Götze ist ein Berufsverbrecher unterster Kategorie und wird eine entsprechende Behandlung erfahren. Das Protokoll geht zur Staatsanwaltschaft, der Geständige kommt nach Moabit in die U-Haft. Früher hätte es noch einiges Hin und Her gegeben, heute läuft das wie Wasser den Berg runter: Anklageerhebung, kurzer Prozess, ein halbes Jahr Bau oder mehr und anschließend vermutlich KZ. Die Kerle begreifen nicht, dass sich die Zeiten geändert haben.

DIE REINE WAHRHEIT

DER MÄRZ 1938 ist ein Erfolgsmonat für das Berliner Raubdezernat. Am 14. haben die dänischen Behörden in Flensburg die Brüder Erich und Franz Sass an die deutsche Polizei übergeben, und am 19. beginnen in Berlin deren Vernehmungen. Neues hat man ihnen nicht vorzuwerfen, offen ist immer noch der spektakuläre Tresoreinbruch vom Wittenbergplatz. Der liegt inzwischen neun Jahre zurück, und man hat ihnen damals nichts nachweisen können, doch die neuen Herren am Alex und noch weiter oben gedenken, reinen Tisch zu machen. Immerhin verfügt man jetzt über ganz andere Mittel, um ausgebuffte Ganoven dieser Art zum Reden zu bringen. Das kriegen die Brüder schnell zu spüren. Selbst Gennat lässt nichts mehr von der alten Gemütlichkeit spüren. Ein Anwalt wird ihnen verweigert. Vorbeugehaft heißt das Damoklesschwert, das über ihren Häuptern hängt, abzusitzen im KZ. Es hat sich bis Dänemark herumgesprochen, was das bedeutet.

Vorbeugehaft ist das neue Universalmittel, jeden kleinen Zuhälter, jeden Asozialen oder Mehrfachtäter auf unbestimmte Zeit in eines der Lager zu sperren, deren Namen weit über Deutschland hinaus einen schrecklichen Klang haben. Wer einmal drin ist, den rettet nichts.

Busch und Kappe sitzen über den Akten und philosophieren zwischendurch darüber, was die Brüder Sass zu erwarten haben. Wer den Kollegen in der Laubenkolonie an der Wuhlheide inzwischen ins Netz gegangen ist, ahnen sie nicht. Dabei hat Kappe sich gerade die Berichte des Schöneweider und des Köpenicker Reviers vorgenommen und Busch auf ein paar Widersprüche aufmerksam gemacht. «Diesen Walter Götze haben wir immer noch nicht überprüft!», stellt er unzufrieden fest, und Busch nickt. «Der darf uns nicht durch die Lappen gehen!»

Gleich darauf schreibt er einen Vermerk und schickt die Kopie zur Aktenverwaltung:

Der Arbeiter Walter Götze, geboren am 14. 11. 1902 in Oberschöneweide, zurzeit ohne Wohnung, wird in der Raubsache Hirschgarten – Spur 94 – als Täter verdächtigt. Bei Ermittlung bzw. Festnahme des G. wird um Nachricht an E. I. 5 gebeten.

In der Aktenverwaltung herrscht Ordnung. Die Strafakte Walter Götze ist eben dem zuständigen Staatsanwalt zugeschickt worden. Also wird Buschs Vermerk hinterhergesandt.

So vergeht fast eine Woche. Walter Götze hat sich in Moabit eingelebt und verkündet großmäulig, die zu erwartende Strafe auf einer Backe abzusitzen, da fährt man ihn überraschenderweise zurück ins Polizeigefängnis in der Dircksenstraße 14, direkt neben dem Polizeipräsidium. Kaum dort angekommen, muss er erneut in die Minna steigen. Er wird unruhig. Bisher ist alles gut gelaufen – weshalb jetzt diese Rumfahrerei?

Diesmal sind sie nach ein paar Minuten am Ziel. Götze versucht vergeblich sich zu orientieren. Er hat schon manchen Knast von innen gesehen, doch der schäbig-graue Bau des alten Stadtgefängnisses ist ihm fremd. Was haben die hier mit ihm vor?

Dass da gleich ein halbes Dutzend Kriminaler auf ihn wartet, macht die Sache noch undurchsichtiger. Viel zu viel Aufwand für einen simplen Kioskeinbruch, das weiß Walter Götze. Die Alarmglocken läuten. Bloß nicht von denen aufs Kreuz legen lassen, heißt die Devise. Ganz locker nimmt er auf dem angebotenen Stuhl Platz und blickt sich munter um.

Man nimmt ihm die Handschellen ab. Die Herren markieren erst mal die Jovialen. Der Chef, der sich als Kommissar Busch vorgestellt hat, bietet ihm sogar eine Zigarette an und fragt: «Sie wissen, warum Sie hier sind?»

Walter nimmt einen tiefen Lungenzug und schüttelt den Kopf. «Keene Ahnung», sagt er. Dass der Blick des älteren Beamten, der neben Busch sitzt, die ganze Zeit auf seine Hand mit der Zigarette gerichtet ist, stört ihn nicht.

Auch die Fragen können ihn anfangs nicht erschüttern. Ja, den Kioskeinbruch in Rahnsdorf muss er einräumen, er war eben ein bisschen klamm geworden mit dem Geld, und da ... Er hebt die Hände zu einer entschuldigenden Geste.

«Da haben Sie sich erinnert, dass Sie ja in Rahnsdorf schon mal erfolgreich die Bahnhofskasse geplündert haben», hakt Busch nach.

Walter Götze blickt ihn treuherzig an. «Wann soll denn dit jewesen sein?»

«Im August '36.»

Walter lacht. «Wär ja beinah verjährt, wie? Aber da ham Sie Pech. Aujust '36 war die Zeit der Olympiade. Da hatte ick 'ne feste Arbeit und war ordentlich jemeldet.»

Busch sieht ihn scharf an. Walter Götze zuckt nicht mit der Wimper. «Sie sind doch kein heuriger Hase, Götze», sagt der Kommissar. «Wie ein Alibi klingt das nicht.»

«Aber Herr Kommissar! Wissen Sie noch jenau, wat sie damals jeden Tach jemacht haben?»

Buschs Blick verweilt lange auf Walters unschuldiger Miene. «Ziemlich genau», sagt er dann. «Ich habe mich nämlich um die Räubereien in Rahnsdorf und in Grunewald gekümmert. Und ein Jahr später dann in Hirschgarten. Das liegt doch auch an Ihrer Strecke, Götze!»

«Ick hör immer Grunewald. Wat soll ick denn da? Da bin ick in mein Leben nie jewesen.»

«Und in Hirschgarten? Am 5. September vorigen Jahres? Schwerer Raubüberfall mit Waffengebrauch?»

Walter Götze schwankt, ob er den Empörten oder den Überraschten spielen soll. «Sie müssen mir glatt mit jemand verwechseln!», stößt er hervor. «Ick hab in mein Leben nischt mit Waffen zu tun jehabt. Jahrjang Nullzwo, wenn Ihn' dit wat sagt. Ick war nich mehr in Verdöng!»

Der Alte, der ihm die ganze Zeit auf die Zigarette und die Pfoten gestarrt hat, mischt sich ein: «Woher stammt die Verstümmelung an Ihrer rechten Hand, Götze?»

Walter Götze hebt die Rechte und beguckt seinen verkrüppelten kleinen Finger, als sähe er ihn zum ersten Mal. «Is'n Andenken an die bittere Nachkriegsnot. Ick hab damals 'ne elektrische Leitung woll'n abschneiden. Müsste eijentlich in meine Akten stehen ...»

Der Alte und Busch wechseln einen Blick miteinander. «Machen Sie mal weiter, Deutloff», fordert Busch einen jüngeren Beamten auf. Dem Alten gibt er einen Wink, und sie verlassen den Raum.

Vergeblich überlegt Götze, ob das ein gutes oder ein schlechtes Zeichen ist.

«Die Fingerkuppe!», sagt Kappe im Nebenraum zu Busch. «Ein ausgesprochen auffälliges Kennzeichen. Wird aber nicht mal im Fahndungsblatt erwähnt, und von keinem unserer zahlreichen Zeugen ...»

«Also ist es auch mit der Spur 94 mal wieder Essig, meinst du. Dabei würde Götze vom Typ her als Täter durchaus passen.»

«Genau das!», bekräftigt Kappe. «Der bauernschlaue Ganove, der lügt, ohne rot zu werden. Spielt uns den naiven kleinen Einbrecher vor und hat es faustdick hinter den Ohren. Hast du mal auf seine Augen geachtet? Der ist innerlich stahlhart!»

Busch nickt nachdenklich. «Der verkrüppelte Finger ... Mir ist so, als wäre da mal was gewesen. Irgendein Zeuge. Ich vermute, aus dem Grunewald ...»

Sie sehen sich an und wissen beide, was das bedeutet: eine neue Suche in dem gewaltigen Aktenberg. Wenn es den Grunewald betrifft, so kann ihnen vielleicht der Obersekretär Lohr helfen, dessen Spezialstrecke das ist. Im Augenblick sitzt er nebenan bei Walter Götzes Vernehmung und versucht vergeblich, den mit seinen Detailkenntnissen zu verunsichern.

Als drei Stunden später das von Götze unterzeichnete Protokoll vorliegt, steht darin:

Auf den Vorhalt, ob ich während der Zeit einmal nach dem Grunewald gekommen bin, um strafbare Handlungen zu begehen, muss ich erwidern, dass mir dieser unbekannt ist. Mit den mir vorgehaltenen Raubüberfällen habe ich nichts zu tun. Eine Schusswaffe habe ich noch nie besessen. Ich muss offen und ehrlich erklären, dass mir zu solchen Handlungen der Mut dazu fehlen würde.

«So siehst du aus!», knurrt Busch wütend und reicht Kappe das Protokoll, dessen letzter Satz lautet: *Ich habe die reine Wahrheit gesagt und kann weitere Angaben in dieser Angelegenheit nicht machen.*

Kappe schüttelt resignierend den Kopf. «Gegen so viel Unverschämtheit ist kein Kraut gewachsen.»

Lohr steht dabei und hebt entschuldigend die Achseln. «Wir haben wirklich alles versucht. Der Kerl ist aalglatt und streitet einfach alles ab. Wenn wir nur den geringsten Beweis in den Händen ...»

Kappe unterbricht ihn. «Hände ist genau richtig, Lohr. Hat nicht mal irgendein Zeuge einen verkrüppelten Finger erwähnt?»

Lohr ist nicht sicher. «Könnte sein ...», sagt er zögernd. In der zusammenfassenden Auswertung der Fälle steht nichts davon, und er weiß, was jede neue Detailsuche bedeutet. Vielleicht sollte man einzelne Zeugen, beispielsweise die Beamten vom Bahnhof Hirschgarten, noch einmal gezielt danach befragen?

Götze hat für alles eine Erklärung geliefert und den Verdacht, den Raubüberfall auf die Stationskasse in Hirschgarten verübt zu haben, entschieden zurückgewiesen: Er kenne den Bahnhof nur, weil er viel mit der Stadtbahn herumgefahren sei, da er nicht gewusst habe, wo er sich aufhalten sollte. Denn im September 1937 habe er seine Arbeit und sein möbliertes Zimmer bei Frau Glander aufgegeben, um sich auf diesem Wege seiner Unterhaltspflicht zu entziehen. Seitdem führe er ein regelrechtes Vagabundenleben.

Kappe stößt das Vagabundenleben auf. «So wie der gekleidet ist? Landstreicher im noblen Anzug sind immerhin selten. Ich würde mir den gerne noch mal vornehmen, um herauszufinden, wo er sich wirklich aufgehalten hat. Er hat Brüder und eine Schwester ...»

«Und mit einer gewissen Edeltraut Stapf einen elfjährigen Sohn. Deswegen ja diese Geschichte mit dem Unterhalt», ergänzt Lohr und weist auf den entsprechenden Passus im Protokoll hin:

Da die Stapf mir aber auf jeder Arbeitsstelle eine Szene machte, habe ich mich geweigert, weiterhin zu zahlen. Überall, wo ich beschäftigt war, erhielten meine Arbeitgeber Pfändungsbeschlüsse, und es kam öfter vor, dass ich in der Woche mit nur 12 bis 14 Reichsmark nach Hause gehen musste.

«Kann einem ja leidtun, der Ärmste», kommentiert Kappe. «Da ist eben ein Zubrot aus dem Grunewald oder von einer Bahnhofskasse nötig, um sich so honett zu kleiden.»

Busch ist ebenso unzufrieden. «Wenn er wenigstens die Waffe bei sich gehabt hätte oder sonst einen verdächtigen Gegenstand ...»

Kappe, der die Liste mit Götzes Tascheninhalt vor sich zu liegen hat, lacht bissig. «Ein Parteiabzeichen!», sagt er. Und wird im gleichen Augenblick nachdenklich. «Ist nicht mal einem Zeugen eins abgerissen worden?»

«Auf der Kleinen Avus!», sagt Lohr. «Ich erinnere mich. Das war irgendein höheres Tier ...» Alarmiert blickt er die beiden anderen an. Die nicken nur.

«Na los, meine Herren!», sagt Busch und schlägt mit dem Handrücken auffordernd auf den Aktenberg. «Worauf warten wir?»

ZEUGE OLDENBURG

LOHRS ERINNERUNGEN haben ihn nicht getrogen: Das Parteiabzeichen ist dem Stabsangehörigen Karl E. zu nächtlicher Stunde auf der Kleinen Avus abhandengekommen, wo er seine Sekretärin in die Geheimnisse des Autofahrens einzuweihen versuchte. Lohr findet seine Notizen zu dem Fall, und Busch erinnert sich jetzt ebenfalls. Am Tatort war ein Hut gefunden worden.

Fieberhaft wühlen sie in den Aktenstapeln. Ausgerechnet die Akte E. fehlt. Die ist nämlich des vermissten Parteiabzeichens wegen an die Geheime Staatspolizei gegangen, weil E. in seinen Aussagen bemüht war, aus dem Überfall einen politischen Racheakt der kommunistischen Untermenschen zu drechseln.

Bis die Gestapo die Akte rausrückt, kann es dauern. Bis dahin müssen sie weiter nach der Aussage über den verstümmelten Finger suchen und sich ansonsten an Götze halten. Aber der ist ein harter Brocken. Zunächst geht es um die Frage, wo er sich seit September '37 aufgehalten hat - Gelegenheit für Götze, den Fortgang der Untersuchung durch immer neue Varianten zu verzögern. Bei den Herbstmanövern will er gewesen sein, weil ihn das Militärische heftig interessiere. Dem Vorhalt eventueller Spionage begegnet er mit dem Widerruf seiner Aussage und hat nun plötzlich bei der Kartoffelernte geholfen.

Kappe, der ihn an diesem Tag vernimmt, lässt sich keinen Bären aufbinden. «Die Kartoffelernte geht bis Ende Oktober. Jetzt haben wir März, Götze!»

«Ick bin da 'ne janze Weile jeblieben. War'n eben nette Leute ...»

«Wo war das?»

Götze setzt seine dummdreiste Miene auf. «Ick kenn die Jejend nich so jenau ...»

«Wie hieß denn der nächste größere Ort?»

Götze tut, als müsse er überlegen. «Luckenwalde?», sagt er dann zweifelnd, und als Kappe daraufhin eine Landkarte entfaltet, berichtigt er sich: «Kann aber ooch Perleberch jewesen sein ...»

«Ich werde Ihnen mal was sagen, Götze: Sie haben in Ihrem Leben noch keine einzige Kartoffel aufgelesen. Sie waren die ganze Zeit über in Berlin. Wovon haben Sie gelebt?»

«Jott, man kricht hier wat und da wat. Vahungert is noch keena. Und ick hab ja ooch jearbeitet, immer mal so tageweise ...»

Es ist hoffnungslos, Götze lässt sich nicht festnageln. Als Lohr ihn am nächsten Tag vernimmt, will er von Bettelei gelebt haben, bis ihm bei einem Taschendiebstahl eine Brieftasche mit tausend Mark in die Hände gefallen sei.

Lohr hackt lange auf dieser Brieftasche herum, möchte unbedingt eine Verbindung zu den Räubereien im Grunewald herstellen – vergebens. «Ick versteh immer nur Bahnhof», behauptet Walter Götze.

Lohr hakt sofort ein. «Richtig: Bahnhof Hirschgarten. Wie hoch war denn da die Beute?»

Götze guckt ihm starr in die Augen. «Sie langweilen mir, Herr Kriminalsekretär!», sagt er pomadig und lehnt sich auf dem Stuhl zurück. Die zum zwanzigsten Mal gestellte Frage nach seinem Mittäter ignoriert er.

Busch und Kappe haben sich entschlossen, nacheinander die anderen Mitglieder der Familie Götze zu vernehmen. Vier Brüder sind es, die alle in Schöneweide und Umgebung leben und von denen drei vorbestraft sind, dazu eine unbescholtene Schwester und ihr Ehemann, der sich heftig gegen alle Verdächtigungen wehrt, hat er doch seiner Frau schon vor Jahr und Tag jeden Umgang mit den kriminellen Brüdern verboten. Nur zu Hugo, dem Zweitgeborenen und einzigen neben ihr, der noch nicht mit dem Gesetz in Konflikt geraten ist, besteht ein loser Kontakt. Und Hugo, der im Kabelwerk Wilhelminenhof in Schöneweide als Transportarbeiter tätig ist, weiß natürlich von nichts, hat Walter seit Jahren nicht gesehen und lässt wenig Sympathie für den Bruder erkennen.

Von den anderen drei ist einer maulfauler als der andere. Arbeit haben sie alle, die letzten Straftaten liegen Jahre zurück – was wollen die Bullen also? Um Walter hat sich keiner gekümmert, der ist schon als Junge eigene Wege gegangen. Wo er sich ein halbes Jahr lang aufgehalten hat? Der mit seinen Weibergeschichten wird irgendwo einen warmen Unterschlupf gefunden haben ...

Am verbissensten wehrt sich Max gegen die Unterstellung, mit Walter gemeinsam irgendwelche krummen Dinger gedreht zu haben. «Fragen Sie meine Frau, die weiß, dass ich ein anständiges Leben führe!», betont er, und seine Marie bescheinigt ihm das.

Auch die Vernehmungen der Ehefrauen der anderen Brüder ergeben keinerlei verwertbare Hinweise. Die ganze Familie macht den Eindruck einer verschworenen Truppe, in der jeder gelernt hat, die drei berühmten Affen zu imitieren: Nichts sehen, nichts hören, nichts sagen. Schon gar nicht bei der Kriminalpolizei.

Walter Götze hingegen bleibt durchaus redselig und erfindet immer neue Varianten über seinen Aufenthalt in den letzten Monaten.

Einmal erzählt er dem Kommissar Busch, er habe die ganze Zeit bei einer reichen Frau in deren Villa gelebt. Daher auch die schnieke Kleidung.

«Wie heißt die Dame?»

Walter Götze grient kess. «Sie kenn doch den Spruch, Herr Kommissar: Der Kavalier jenießt und schweicht!»

«Es wäre besser für Sie, wenn Sie den Namen nennen. Dann ließen sich einzelne Daten überprüfen – eventuell zu Ihren Gunsten ...»

«Wozu det? Ick hab mir die janze Zeit nischt zuschulden kommen lassen, bis ick unverschuldet in Not jeraten bin und mir an den dusslichen Kiosk verjriffen habe.»

Busch schickt ihn zurück in die Zelle. Dort hat Götze inzwischen einen Mitbewohner bekommen. Einen von Busch ausgewählten alten Ganoven, der nach einem Ausbruch aus dem Zuchthaus Brandenburg das Schlimmste zu befürchten hat – wenn Busch ihm nicht hilft. Und er dafür Busch. Er soll «Lampen machen», Walter Götze aushorchen und Busch informieren. Ob das bei einem hartgesottenen Ganoven wie Götze klappt, steht in den Sternen.

Endlich liegt die Akte zu dem Überfall auf das verdiente NSDAP-Mitglied E. vom Februar 1937 vor. Der gibt an, im Augenblick des Überfalls die Werkzeugtasche nach dem Täter geworfen und ihn am Kopf getroffen zu haben. Daraufhin habe der Mann geschossen, ihn glücklicherweise aber nicht lebensgefährlich verletzt, anschließend ausgeraubt und im typischen Kommune-Jargon als verdammten Nazi beschimpft.

Die Beschreibung des Täters ist vage: mittelgroß, dunkel gekleidet, mit einer Strumpfmaske über dem Gesicht. Mehr hat auch E.s junge Begleiterin nicht zu Protokoll gegeben. Einen zweiten Täter haben beide nicht bemerkt.

Damit ist wenig anzufangen. Busch und Kappe halten es für zwecklos, Walter Götze dem Parteifunktionär gegenüberzustellen.

Mehr Hoffnung setzen sie auf den Fall des Bankiers Oldenburg aus dem Jagen 14 am verlängerten Hüttenweg. Lohr hat die Akte ausgebuddelt. Das Protokoll enthält relativ genaue Angaben über Statur, Bewaffnung und Sprache des Haupttäters. Oldenburg scheint ein guter Beobachter zu sein, außerdem liegt der Überfall erst vier Monate zurück.

Über dessen Verlauf ist Oldenburgs Aussage eindeutig:

Der Täter verlangte von mir Geld. Dabei strahlte er mich mit seiner Taschenlampe an, was mir sehr unangenehm war. Ich hielt deshalb die Brieftasche so hin, dass der Schein seiner Lampe vornehmlich auf die Brieftasche fiel und ich nicht geblendet wurde. Im Lichtschein sah ich, dass der Räuber einen verkrüppelten kleinen Finger hatte.

«Jetzt haben wir ihn!», stellt Busch nicht ohne Befriedigung fest. Kappe ist weniger optimistisch. «Falls dieser Oldenburg ihn identifizieren kann ...»

Zwei Tage später wird der Herr Bankdirektor von Busch und Kappe auf eine Gegenüberstellung vorbereitet. Im Polizeigefängnis haben sie mehrere Gefangene ausgesucht, die Walter Götze in Statur, Größe und Haarfarbe ähneln, dazu vier Kriminalbeamte, auf die das Gleiche zutrifft. Und Walter Götze selber natürlich.

«Lassen Sie es sich auf keinen Fall anmerken, wenn Sie glauben, den Täter zu erkennen», sagt Busch. «Gucken Sie nur ganz genau hin, und achten Sie auf alle Kleinigkeiten.»

Sie betreten ein großes, vollständig ausgeräumtes Zimmer, unter dessen Fenstern alle paar Minuten die Stadtbahn vorbeiheult. Die neun Männer stehen in einer Reihe und müssen sich umdrehen, dann gehen sie im Kreis herum, sollen ein paar Worte sprechen und werden schließlich noch einmal einzeln beguckt. Jeder muss seine Hände vorweisen.

Nach einer Viertelstunde verlassen Kappe und Oldenburg, dem man die Erregung anmerkt, den Raum.

Kaum hat Kappe die Tür geschlossen, sagt Oldenburg: «Der Zweite von links in der Anfangsreihe!»

«Sind Sie sicher?»

«So ziemlich.»

«Warten Sie bitte hier im Büro.»

Kappe eilt zurück in den Raum, nicht nur von Busch mit Spannung erwartet. Die Männer stehen noch immer in der Reihe.

«Der Zweite von links, Arm heben!»

Es ist Walter Götze. Lässig hebt er den Arm, und sein anzügliches Lächeln besagt: Ihr könnt mich alle mal ...

Zwanzig Minuten später unterschreibt Alois Oldenburg das Protokoll:

Von den Männern, die mir soeben gegenübergestellt worden sind, glaube ich, den zweiten von links mit ziemlicher Sicherheit als den Täter wiederzu-

erkennen. Seine Größe und Köperkonstitution ist die gleiche wie bei dem Täter. Als besonderes Merkmal erkannte ich seinen verkrüppelten kleinen Finger wieder. Auch seine Stimme klingt wie die des Täters. Um ganz sicher zu sein, dass der Betreffende der Täter ist, bitte ich, eine Rekonstruktion an Ort und Stelle des Überfalls vorzunehmen.

Busch und Kappe haben es eilig. Die Rekonstruktion findet noch am gleichen Abend im Grunewald statt. Am mondlosen Himmel jagen Wolken dahin. Oldenburg wartet schon an der Stelle, wo er vor einem Jahr ausgeraubt worden ist, und seine damalige Begleiterin ist auch dabei.

Busch, Kappe, Lohr und Deutloff steigen mit Walter Götze aus dem Polizeifahrzeug. Der ist mit Handschellen an Lohr gefesselt. Busch schließt sie auf. Genüsslich massiert Götze seine Gelenke.

«Keine Sperenzchen!», droht Busch, während er ihm eine ungeladene Pistole in die rechte Hand drückt, eine Stablampe in die Linke. Walter Götze beguckt beides, als hätte er so etwas noch nie angefasst. «Wat soll denn det Theater?», fragt er spöttisch.

Kappe tritt an Oldenburgs Auto. «Alles klar?», vergewissert er sich.

«Alles klar!», antwortet Oldenburg stramm. «Sogar das Wetter stimmt.»

«Dann mal los», kommandiert Busch auf Kappes Zeichen hin. Für Götze wiederholt er noch einmal: «Von vorn auf den Wagen zugehen, Lampe an und ‹Geld her!› rufen. Nach der Brieftasche greifen und mit der Lampe draufleuchten. Verstanden?»

«Bin ja nicht doof», knurrt Walter Götze und macht sich auf den Weg. Die Beamten bleiben dicht hinter ihm, die Waffen schussbereit in den Taschen. Als Götze die Stablampe einschaltet und seinen Spruch ablässt, öffnet Oldenburg die Wagentür und reicht ihm die Brieftasche. Kappe steht daneben und erkennt im Schein der Taschenlampe deutlich Götzes verkrüppelten Finger.

Auch die anderen sind Götze gefolgt. «So bleiben!», verlangt

Busch. Götze schweigt. Sein verächtliches Lächeln hat sich nicht verändert. Mit kalten Augen mustert er Oldenburgs junge Begleiterin. Lohr legt ihm die Acht wieder an.

«Jetzt bin ich ganz sicher», erklärt Oldenburg, nachdem Götze wieder im Einsatzwagen sitzt. Die junge Frau stimmt ihm zu. «Geradezu unheimlich», sagt sie und schüttelt sich. «Die Hand und den Finger würde ich unter Tausenden herausfinden!»

Kappe und Busch blicken sich an. Bedeutet das wirklich das Ende all ihrer Mühen? So richtig wollen sie noch nicht daran glauben.

WAS FÜR EINE UNIFORM

KOMMISSAR BUSCH hat seinen V-Mann aus der Zelle holen lassen, um zu hören, was Walter Götze so von sich gegeben hat. Jetzt sitzt ihm der alte Einbrecher gegenüber und raucht. Vor ihm stehen eine Tasse Kaffee und ein leerer Teller. Zwei Bockwürste hat er vertilgt. «'N Bier wär mir ja lieber ...», sagt er, doch Busch meint: «Ist nicht, mein Lieber. Götze würde sofort deine Fahne riechen.»

«Ham Se ooch wieder recht, Herr Kommissar. Der is'n verflucht misstrauischer Hund. Und knallhart.»

Damit verrät er Busch nichts Neues.

«Der hatt'n verdammten Rochus auf Ihnen!»

Auch das kann Busch sich gut vorstellen.

«Der weiß sojar, wo Sie Ihre Kanone liejen haben. In's rechte Schreibtischfach, stimmt's? Und die große Papierschere da», der Alte weist auf das lange, spitze Werkzeug, das seitlich an Buschs Schreibtisch hängt, «die is ihm ooch schon aufjefallen.»

Der Alte trinkt genießerisch den letzten Schluck aus der Tasse. «So oder so, hat er jesacht, er will den Zinnober nich mehr mitmachen.»

Sein Blick wandert zum Fenster. «Passen Se uff, det der nich einfach aus' Fensta springt. Dem is det zuzutrauen ...»

Busch hat genug gehört und bedankt sich. «Ich werde mir alle Mühe geben, was für dich zu tun», verspricht er dem Alten. Es wird nicht leicht sein, hat der doch seit seinem Ausbruch an die hundert neue Einbrüche verübt. Aber versprochen ist versprochen.

Dann ruft er Kappe und Lohr und erzählt, was er erfahren

hat. «Es wird ernst, meine Herren! Eines Kioskeinbruchs wegen wälzt keiner solche Pläne in seinem Kopf.»

Bei Obersekretär Lohr rennt er offene Türen ein. «Ich bin sowieso überzeugt, dass wir den Richtigen erwischt haben. Oldenburg erscheint mir als ein sehr glaubwürdiger Zeuge.»

Auch Kappe hat kaum Zweifel an Götzes Täterschaft. Die Frage bleibt nur, wie man den zu einem Geständnis und zur Angabe seines Mittäters bringen kann. Er sagt: «Ich werde das Gefühl nicht los, dass da die halbe Familie mit drinhängt.»

Busch nickt bedächtig. «Ich kann euch sagen, was unser Herr Kriminaldirektor in diesem Fall empfehlen wird: Hoppnehmen die ganze Bande, bis endlich einer gesteht.»

Schweigen breitet sich aus. Noch vor ein, zwei Jahren hätten sie über einen solchen Vorschlag gelächelt. Jetzt muss er ernsthaft in Erwägung gezogen werden, auch wenn Staatsanwalt und Richter die Nase rümpfen werden. Von den alten Kriminalen, wie sie selber sind, ganz abgesehen. Solche Methoden überlassen die meisten von ihnen lieber der Gestapo. Doch in diesem Fall ...

Busch denkt an die unzähligen Stunden, die ihn die Autofallenräuber gekostet haben, und an das, was der ganzen Soko bevorsteht, wenn sie Götze nicht überführen. «Ich lasse die Formblätter für die Vorbeugehaft ausstellen», sagt er entschlossen.

Lohr nickt zustimmend.

Kappe ist dagegen. «Stell dir mal vor, du hast einen kriminellen Neffen in der Familie», sagt er heiser vor Erregung, «und sie stecken dich ins Lager, weil du nicht sagst, wo der sich aufhält.»

Ärgerlich winkt Busch ab. «Von Lager ist vorläufig nicht die Rede. Wir nutzen die Festnahme ausschließlich als Druckmittel gegen Götze, mehr nicht.»

«Und wenn es nicht klappt? Wie willst du dann die Freilassung der Familie begründen?»

Busch weiß, dass er sich in eine Zwickmühle begibt. Vorbeugehaft ist üblicherweise eine Maßnahme der Gestapo, die Kripo leistet Amtshilfe. «Ich werde mit Nebe sprechen», sagt er gepresst.

An diesem Abend, es ist der 6. April, kehrt Hermann Kappe in der Destille von Oskar Düsterhöft in der Großen Frankfurter ein. «Lange nich jesehn, Herr Kommissar», begrüßt ihn der beleibte Budiker. «Molle und Korn?»

Kappe nickt und sucht sich einen Platz entfernt vom Tresen. Er hat keine Lust, sich mit dem neugierigen Wirt auf ein Gespräch einzulassen. Bis vor fünf Jahren ist das hier eine Kneipe gewesen, in der die Schalmeienbläser vom Rotfrontkämpferbund nach ihren Übungsabenden einkehrten, dazu ein paar Sozialdemokraten und nicht wenige Deutschnationale. Es gab heftige Debatten, aber selten Keilereien. Die verhinderte Düsterhöfts imposante Erscheinung. Kappe hatte mal zugesehen, wie er zwei Streithähne durch bloßes Rempeln mit seinem Bauch auseinanderbrachte.

Jetzt ist das alles anders. Etliche Gäste tragen Braunhemd und Hakenkreuzbinde, andere das Abzeichen am Revers. Und Düsterhöft schwingt nationale Reden. Debattiert wird noch immer, vor allem über die Volksabstimmung in Österreich und den als Nächstes zu erwartenden Anschluss des Sudetenlandes. Uneins ist man sich nur über die notwendige Härte, mit der der Führer dabei vorgehen soll. «Ein bisschen schärfer jedenfalls als bisher gegen die Juden!», verlangt einer und findet Zustimmung.

Kappe lässt das Gerede an sich vorbeirauschen. In den vergangenen Wochen ist er kaum dazu gekommen, die Zeitung zu lesen, doch er empfindet das nicht als Verlust. Es liest sich alles gleichermaßen aufgeregt, in Wahrheit jedoch eintönig und öde. So hat er von der triumphalen Rundreise des Führers durch Österreich verspätet Kenntnis genommen und hört erst hier von den neuen Forderungen der Sudetendeutschen. Was gehen ihn Konrad Henlein an und das Sudetenland? Klara liegt ihm schon seit Monaten in den Ohren mit dem Vorschlag, eine KdF-Reise dorthin zu unternehmen, wo es angeblich noch gute Butter und echte Schlagsahne für wenig Geld geben soll. Wie lange noch, wenn er den Gesprächen hier glaubt?

Düsterhöft bringt die zweite Runde. Die beiden anderen Gäste an Kappes Stehtisch haben kein Wort gesprochen, seit er sich zu ihnen gesellt hat, und verständigen sich nur ab und an durch Blicke. Kappe wird den Eindruck nicht los, dass sie ihm seinen Beruf ansehen und ihn völlig falsch einschätzen. Damit muss er leben, doch das Bier will nicht so recht schmecken.

Oben in der Wohnung trifft er wie erwartet auf seine missgestimmte Gattin, die mit dem Essen gewartet hat und nun seine Alkoholfahne beanstandet. «Das kostet doch auch alles Geld, Hermann», mahnt sie. «Hast du mal an die Verlobung gedacht?»

Auch das noch! Die hat er wirklich beinahe vergessen über all dem Trubel um Walter Götze. «Willst du etwa wieder so eine Festveranstaltung wie zu meinem Fünfzigsten?» fragt er.

«Das können wir uns gar nicht leisten, Hermann. Etwas bescheidener muss es zugehen. Gretchen und Arno meinen auch: Nur die engste Familie. Also wir fünf, und von Arnos Seite ...»

Daran hat er überhaupt noch nicht gedacht, dass da eine Sippe dranhängt, von der man bis jetzt absolut nichts weiß. Die geplante Aussprache mit dem jungen Mann hat er erfolgreich vor sich her geschoben – das rächt sich nun. Natürlich könnte er Margarete ausfragen, aber erstens ist die mal wieder nicht zu Hause, und zweitens informiert er sich lieber direkt.

Klara weiß natürlich längst, um wen es sich bei Arno Wilhelms Familie handelt: die Mutter, die ihren Mann im Krieg verloren hat, und eine Schwester, gelernte Pelznäherin, mit ihrem Mann, einem Ingenieur. Ganze drei Personen nur.

Kappe fühlt sich ein wenig erleichtert. «Und was war das neulich mit der Uniform, was Max Achtow da losgelassen hat?»

Wenn Klara will, begreift sie nur langsam. Oder sie tut so. «Was für eine Uniform?», fragt sie unschuldig zurück.

«Max hat gesagt, er hätte den Arno beim Appell in SS-Uniform getroffen.»

«Hat er das gesagt? Ich habe nichts gehört.»

Kappe wird ärgerlich. «Es kommt nicht darauf an, ob du es gehört hast, sondern ob es wahr ist!»

«Na, und wenn schon. Er macht so eine Art Wachschutz beim Rundfunk. Da wird er wohl eine Uniform tragen.»

Kappe weiß genug. Max Achtow hat nicht gelogen. Alle wichtigen Gebäude werden von der SS bewacht, auch der Rundfunk. Das hat er sich in seinen schlimmsten Träumen nicht ausgemalt: einen von den Schwarzen in der eigenen Familie! Müde erhebt er sich und sagt: «Ich glaube, ich gehe heute mal früh ins Bett ...»

Klara räumt das Geschirr ab. «Willst du keine Nachrichten hören?», fragt sie.

«Nee, danke. Mein Bedarf an Neuigkeiten ist für heute gedeckt.»

Damit will er aus der Küche verschwinden, doch Klara hält ihn zurück und drängt sich ungewohnt dicht an ihn. «Was ist bloß los mit dir, Hermann?», klagt sie. «Arno ist so ein netter junger Mann. Einen Besseren kann Margarete gar nicht finden. Wäre dir denn ein Ehemaliger von der Kommune lieber, wie dein Freund Trampe?»

Kappe, einerseits angenehm von Klaras unerwarteter Annäherung überrascht, andererseits über ihre Sprüche verärgert, muss ihr widersprechen. «Mein Freund Trampe war nie bei der Kommune, das weißt du. So etwas sagt man heutzutage besser überhaupt niemandem nach!»

Wider Erwarten nickt Klara und legt ihren Kopf an seine breite Brust. «Den Pauling aus dem Nebenhaus haben sie auch abgeholt», flüstert sie. «Der soll für die Rote Hilfe gesammelt haben. Und jetzt steht die Frau alleine mit zwei kleinen Kindern da ...»

Kappe atmet schwer. Den Pauling hat er unten bei Düsterhöft kennengelernt, einen fröhlichen kleinen Kerl, der gerne von seinen beiden Jungs erzählte und nie ein Wort über Politik verlor. «Wir halten uns da raus, Klara!», sagt er beschwörend. «Du als Frau eines Beamten sowieso.»

Wieder nickt Klara, lässt ihn aber noch immer nicht los. Sie dreht sich nur nach der Küchentür um, ob die auch fest geschlossen ist, und sagt: «Ich muss dich mal was fragen, Hermann.»

Kappe kommt aus dem Staunen nicht heraus. So vertrauensvoll hat sich seine Frau seit Jahren nicht an ihn gewandt. «Bitte», sagt er mit belegter Stimme.

«Stimmt es wirklich, dass sie die Gefangenen in diesen Lagern schlagen? Und dass sie da auch alle einsperren, die ... na, du weißt schon ... die andersrum sind?»

Was soll Kappe da antworten? «Klara», sagt er, «über so etwas spricht man besser gar nicht ...»

«Aber der Doktor Herwig ...»

Doktor Herwig ist ihr hochgeschätzter Zahnarzt und lebt mit seinem Assistenten zusammen, wie alle Welt weiß. «Der sollte heiraten», rät Kappe. Etwas Besseres fällt ihm nicht ein.

SIPPENHAFT

ZWEI NÄCHTE hat Kappe kaum geschlafen. Wie gerädert fühlt er sich an diesem Morgen, an dem sich alles entscheiden soll. In den Frühstunden sind die Angehörigen Walter Götzes festgenommen und zum Alex transportiert worden. Dort sitzen sie nun aufgereiht in dem kahlen Raum, in dem Oldenburg zwei Tage zuvor den Autoräuber identifiziert hat, und Kappe ist das Amt zugefallen, sie an jedem Gespräch und jeder Kontaktaufnahme miteinander zu hindern. Mit ihren verkniffenen Mienen und den bleichen Gesichtern machen sie ohnehin keinen redseligen Eindruck, wie sie da neben- und hintereinander auf den harten Holzstühlen hocken, die ihnen Busch und Kappe bewilligt haben. Lohr war dafür gewesen, sie stehen zu lassen: Vielleicht fällt ihnen dann leichter etwas ein.

Denen fällt nichts ein, das weiß Kappe. Buschs Aufruf, sich in letzter Minute noch einmal zu überlegen, ob jemand etwas bezüglich Walter Götze, dessen Aufenthalt in den letzten Monaten oder eventuelle – auch gemeinsame – Straftaten auszusagen habe, haben sie stumpfsinnig schweigend hingenommen. Niemand hat sich gerührt. Nur eine der Frauen hat – keineswegs unterwürfig – verlangt, auf die Toilette gehen zu dürfen.

Kappe mustert sie aus seinen geröteten Augen. Lohnt es sich, solcher Leute wegen schlaflose Nächte zu verbringen? Die Mutter, grauhäutig, mit violettem Adergeflecht auf Wangen und Nase, wird ohne Alkohol die nächsten vier Wochen nicht überstehen. Den entmündigten Vater hat man gar nicht erst mitgebracht.

Die vier Brüder sehen sich nicht besonders ähnlich. Finster

erwidert Erwin Götze den Blick. Der Vierzigjährige ist sechsmal wegen Diebstahl und Betrug vorbestraft, jetzt allerdings in einer Tischlerei tätig. Seine Frau, klapperdürr und unansehnlich, verbirgt ihr zerzaustes Haar unter einem unordentlich gebundenen Turban. Sie müsse dringend zur AEG, wo sie in den Morgenstunden die Büros reinigt, doch es gibt keine Ausnahme. Auch nicht für Max, den Ältesten der vier, zurzeit als Maurer beim Bau der Wehrtechnischen Fakultät weit draußen in Charlottenburg tätig. Steif wie ein Stock sitzt er da, nur ab und zu blickt er nach rechts zu seiner Frau Marie. Die ist trotz der frühen Stunde der Festnahme ordentlich frisiert und in ihrem weinroten Mantel mit Pelzkragen auch am besten gekleidet. Starr blickt sie geradeaus, als nähme sie Kappe gar nicht wahr. Keine Spur von Angst ist in ihrem Blick.

Hugo hingegen, der einzige unter den Brüdern ohne Vorstrafen, scheint sich zu fürchten und versucht immer wieder, Blickkontakt mit seiner mausgrauen Frau aufzunehmen, die neben dem vierten, geschiedenen Bruder Hans sitzt, der die Augen geschlossen hat. Ob der in Gedanken sein Strafregister durchgeht? Viermal hat er gesessen, darunter einmal wegen Körperverletzung. Könnte er Walters Mittäter sein?

Von der schmalen Statur her kommt er dafür nicht in Betracht. Walter, nur 1,65 Meter groß, kann eigentlich nur der Kleinere der Täter sein, und Hans ist kaum größer als er. Max, fast zehn Zentimeter größer als Walter, kommt am ehesten in Frage. Lange ruht Kappes Blick auf ihm. Ungerührt hält Max dem Blick stand. Wenn der es ist, denkt Kappe, dann haben wir eine harte Nuss zu knacken.

Busch will vor der Gegenüberstellung noch einmal alleine mit Walter Götze zu reden. Er präpariert das ihm überlassene Büro, entlädt die Waffe im Schreibtischfach, legt die Schere gut sichtbar auf einen Aktenstapel und öffnet das Fenster zum Hof. Er überprüft die Pistole in der Jacketttasche. Er ist ein guter Schütze, ein wenig mulmig ist ihm dennoch.

Als Götze hereingeführt wird, reagiert Busch gar nicht. Er sitzt am Schreibtisch und studiert eine Akte, steckt sich geistesabwesend eine Zigarette an und raucht. Walter Götze sitzt ihm gegenüber, das spöttische Lächeln umspielt seinen schmallippigen Mund. Er zeigt kein Zeichen von Ungeduld. Sein Blick wandert im Raum herum und bleibt wieder an Busch hängen. Der geruht endlich, ihn wahrzunehmen.

«Na, da sind wir ja ...» Er hebt den Blick und schaut Götze in die kalten graublauen Augen. «Sieht sehr gut aus, Götze – für uns ...»

Keine Reaktion.

«Wie Sie wissen, haben der Zeuge und seine Begleiterin Sie vor zwei Tagen eindeutig als Täter identifiziert.»

Walter Götze schweigt. Nur wirkt sein Lächeln noch eine Spur ironischer.

«Raubüberfall mit Waffengewalt! Das ist was anderes als ein harmloser Kioskeinbruch.» Busch zieht das Schubfach mit der Waffe auf, kramt darin nach einem Stift und lässt es halboffen.

«Das bringt Sie auf Jahre ins Zuchthaus, Götze», doziert er weiter. Er steht auf, bleibt vor Götze stehen und sieht ihn beinahe mitleidig an. «Und was danach kommt, brauche ich Ihnen wohl nicht zu erzählen», fügt er leiser hinzu, während er zum Fenster geht, den Rücken Götze zugewandt.

Der sitzt wie aus Stein gehauen. Auf so billige Weise ist dem nicht beizukommen. Busch muss seinen letzten Trumpf ausspielen. Wieder bleibt er vor Götze stehen und sagt in verändertem Ton: «Menschenskind, Walter! Merkst du denn nicht, dass ich mir Sorgen um dich mache?»

Götze sieht zu ihm auf, als zweifle er an Buschs Verstand. Der fährt unbeirrt fort: «Dass du deine ganze Familie so mir nichts, dir nichts mit ins Unglück stürzt ...» Verständnislos schüttelt Busch den Kopf. Götzes Gesichtsausdruck drückt jetzt Misstrauen aus.

«Konzentrationslager, Walter. Das ist kein Zuckerlecken ... Deine alte Mutter, deine Schwester ... Deine Brüder werden es noch am besten überstehen – aber die Frauen ... Und alles nur, weil du zu feige bist, endlich mit der Wahrheit rauszurücken.»

«Ich weiß nicht, was Sie von mir wollen ...», brummt Walter Götze. Es klingt zum ersten Mal unsicher.

«Die Wahrheit, Walter, nichts als die Wahrheit. Du gehst doch zum Pferderennen und weißt, wann du da verloren hast. Und hier hast du verloren, Walter.»

«Was hat das mit meiner Familie zu tun?»

«Leider eine ganze Menge, Walter. Wir haben seit einiger Zeit die Möglichkeit der Vorbeugehaft für kriminell Gefährdete. Das ist bei euch nun mal die ganze Sippe. Es ist mir nicht leichtgefallen, das zu unterschreiben – aber deine Angehörigen sind heute Morgen alle festgenommen worden.»

Götzes Miene ist versteinert. Busch tippt ihm leicht auf die Schulter. «Komm mal mit. Du sollst nicht glauben, dass ich dir was vormache.»

Durch das nächste Büro hindurch, wo Lohr wartet, betreten sie den Raum, in dem die Familie schweigend beisammensitzt, alle Augen auf das schwarze Schaf Walter gerichtet. Dessen Blick wandert von einem zum andern. Über die Frauen guckt er hinweg, nur an der Mutter, inzwischen totenbleich auf ihrem Stuhl, bleibt er für einen Moment hängen. Die Brüder sehen ihn an, offen, verbissen, wütend – oder ist da bei einem mehr zu entdecken?

Die drei Kriminalbeamten passen auf wie die Schießhunde.

Zurück in Buschs Büro, sinkt Walter Götze schwer auf den Stuhl. Busch lässt ihm Zeit und bietet ihm eine Zigarette an.

«Tja, Walter, so ist die Lage ... Und du alleine trägst dafür die Verantwortung.»

«Würden Sie die denn freilassen, wenn ich ... auspacke?»

Nachdenklich mustert ihn Busch. «Wenn ich sicher bin, du sagst die Wahrheit – und zwar die ganze Wahrheit, Walter –, dann ließe sich vielleicht etwas machen.»

«Wenn Sie mir das versprechen, Herr Kommissar ...»

Busch hat gelernt, seine Gefühle zu verstecken, und verbirgt auch jetzt seinen Triumph. «Du hast keine Bedingungen zu stellen, Walter», sagt er väterlich. «Aber wenn ich möglicherweise was von alleine verspreche, dann halte ich das auch.» Er sieht Götze forschend an. «Und du, Walter?»

Der lacht bitter. «Von eenem wie mir wer'n Sie kaum 'n Ehrenwort annehmen, Chef.»

Busch nickt bedächtig. «Ich werde es mir überlegen», sagt er. Dann ruft er einen Beamten, der Götze bewachen soll.

Im Nebenraum wartet die halbe Soko auf ihn. Busch hebt die Schultern. «Ich weiß noch nicht genau ...», sagt er. Es klingt hoffnungsvoll.

Dass er sich auf eine gefährliche Gratwanderung einlässt, weiß er. Auf Oldenburgs Aussage hin ist Nebe informiert worden, und der hat den Erfolg todsicher an Heydrich weitergemeldet. Nach oben hin ist der Fall also bereits gelöst. Da darf nichts mehr schiefgehen.

Mit ein paar Sätzen informiert er Kappe und Lohr. Der Obersekretär ist gegen das Risiko. «Entlassen können wir die ganze Bande immer noch. Meinetwegen erst mal nur die Frauen.»

Kappe ist anderer Meinung. «Keiner von denen nützt uns das Geringste», sagt er. «Von Max vielleicht mal abgesehen. Zwischen dem und Walter ist irgendwas anders als bei den Übrigen.»

Auch Lohr ist der Blick aufgefallen, den die Brüder miteinander gewechselt haben.

«Max hat Arbeit, eine Frau, eine Wohnung», wendet Busch ein. «Wenn wir den brauchen, kriegen wir ihn jederzeit wieder.»

Lohr ist nicht ganz überzeugt, doch Busch sagt kurz entschlossen: «Wir probieren es. Hermann, du kommst mit.»

Im Büro blickt ihnen Walter Götze erwartungsvoll entgegen.

«Ich habe mich entschieden, dein Ehrenwort anzunehmen, Walter», sagt Busch.

Tatsächlich erhebt sich Götze vom Stuhl, als sähe er einem feierlichen Akt entgegen. «Und dazu ham Sie gleich 'n Zeugen mitgebracht ...», sagt er. Es klingt nicht ablehnend.

«Bevor ich deine Familie freilasse, musst du mir aber ein paar Fragen beantworten – schon auf das Ehrenwort hin, ja?»

Walter Götze hält seine gefesselte Hand ausgestreckt, als könne er es gar nicht erwarten, Busch zu überzeugen. Der drückt die kräftige Hand und guckt Götze dabei in die Augen. Darin ist nichts zu lesen.

«Na dann ... Erste Frage: Welches Ding hast du zuletzt gedreht?»

Jetzt windet sich Walter Götze doch. «Ja, also ... Das ist gar nicht so einfach ...»

Busch wartet und wechselt einen Blick mit Kappe. «Da war was mit 'nem Auto ...», hilft er seinem Delinquenten auf die Sprünge.

Götze nickt langsam. Leicht scheint ihm das Geständnis nicht zu fallen. «Sie meinen in Kleinmachnow», sagt er endlich und ahnt gar nicht, wie befreiend seine Worte auf Busch und Kappe wirken. «Der Lieferwagen von der Fleischfabrik ...»

Busch fühlt eine ungeheure Erleichterung, und Kappe geht es nicht anders. Sie haben den Anfang des Knäuels in der Hand. Die in Kleinmachnow verschossenen Bleigeschosse und Patronen stammen aus der gleichen Waffe wie die bei vielen anderen Überfällen: aus der Mordwaffe, der Oberwachtmeister Herrmann und der Maurer Lietz zum Opfer gefallen sind. Am liebsten würde Busch dem Ganoven vor Freude ausgelassen auf die Schulter hauen, doch er bezähmt sich und sagt stattdessen ganz sachlich: «Kommissar Kappe, rufen Sie mal bitte den Obersekretär Lohr. Er soll mir bitte die Einlieferungsanzeigen für die Familienmitglieder Götze vorlegen. Die werden entlassen, sollen sich aber für Rückfragen zur Verfügung halten.»

Kappe geht, und Busch wendet sich wieder Walter Götze zu. «Und nun erzähle mal: Wievielmal hast du denn da geschossen?»

Götze hat genau verfolgt, was da gesagt wurde. «Zweimal nur», sagt er beinahe entschuldigend.

«Und die Beute? Wie viel war das?»

«1164 Mark und 49 Pfennige. Und zwei Schecks. Die habe ich zerrissen und weggeschmissen.»

Innerlich triumphiert Busch. Er hat es geschafft! Jetzt muss er Walter Götze nur in geständnisfreudiger Stimmung halten. Deshalb erwähnt er die Morde vorerst nicht. «Und vorher?», fragt er. «Ich meine, vor Kleinmachnow?»

«Da habe ich dasselbe Ding schon mal in Wannsee durchgezogen. Dreilindenstraße, bei so einem Feinkosthändler.»

Lohr und Kappe kommen herein mit den Papieren. Lohr will gar nicht glauben, was Busch angeordnet hat. Doch der sagt: «Bringen Sie mal gleich Fräulein Kunz mit rein. Herr Götze möchte eine Erklärung abgeben.»

Vorgeführt erscheint der beschuldigte Walter Götze und erklärt, schreibt die Sekretärin. *Ich habe mich nun entschlossen, die reine Wahrheit zu sagen. Ich gebe damit in Bausch und Bogen zu, ungefähr hundert Raubüberfälle auf parkende Wagen, auf Landstraßen durch Fällen von Bäumen und auf Lieferwagenfahrer gemacht zu haben, wobei ich auch teilweise rücksichtslos von meiner Schusswaffe Gebrauch gemacht habe ...*

Nur eine Seite lang ist das erste Protokoll, das Walter Götze unterschreibt, ohne zu zögern. «Die Einzelheiten klären wir später», sagt Busch. «Jetzt darfst du dich erst mal von deinen Angehörigen verabschieden.»

Mit gespielter Gelassenheit betritt Walter Götze den Raum, in dem seine Familie auf die versprochene Entlassung wartet. «Ihr könnt beruhigt nach Hause gehen», sagt Walter und guckt dabei seine Mutter an, die sichtlich am Ende ihrer Kräfte ist. «Ich habe alles auf mich genommen. Die behandeln mich hier sehr gut ...»

Er guckt zu Busch, der nickt ihm zu.

Kappe und Lohr beobachten die Szene. Beide haben nur Augen für Max, den ältesten der Brüder. Kaum spürt der Oberwasser, wird er auch schon frech. «Ich habe eine Beschwerde», wendet er sich an Busch.

«Ja, bitte?», fragt Busch überrascht.

«Als ich festgenommen worden bin, haben mich die Beamten mehrfach geduzt!»

Unwillkürlich läuft Buschs Gesicht rot an. «Das ist ja ungeheuerlich!», presst er im besten preußischen Beamtenton hervor. «Kommissar Kappe wird sich darum kümmern!»

Walter Götze jedoch geht die Frechheit des Bruders zu weit. «Halt lieber die Schnauze und hau ab!», bellt er den Älteren an.

Sekundenlang stehen sich die beiden gegenüber, dann senkt Max den Kopf und sagt leise: «Is ja schon jut ...»

«Lassen Sie den nicht weg!», raunt Lohr Kappe zu und ist schon aus dem Raum.

Als Kappe eine Viertelstunde später die ganze Korona zum Ausgang geleitet, lauert Lohr beim Pförtner. «An Sie haben wir noch ein paar Fragen», sagt er höflich zu Max Götze. «Würden Sie mich freundlicherweise noch einmal hinauf begleiten?»

«Worum jeht's denn nu wieder?», brummt Max.

Seine Marie schaut ängstlich zu ihm auf.

Lohr lügt ungeniert. «Unter anderem um Ihre Beschwerde», sagt er. Dass er in den letzten Minuten einen Vorbeuge-Haftbefehl beschafft hat, erwähnt er erst, als er Max einem anderen Beamten übergibt und dem genaue Instruktionen erteilt, den Häftling gut von allen anderen zu isolieren.

Kappe erhebt erst nachträglich Einspruch. «Das können Sie nicht machen, Lohr! Der Chef hat sein Ehrenwort gegeben, dass alle Angehörigen entlassen werden.»

«Davon weiß ich glücklicherweise nichts!», entgegnet Lohr sehr entschieden. «Ich nehme es auf meine Kappe, Herr Kappe.»

Insgeheim gibt Kappe Lohr recht. Wenn einer aus der Familie Walter Götzes Mittäter ist, dann Max. Dennoch könnte er jetzt Lohr gegenüber den Ranghöheren herauskehren, aber Kompetenzspielchen liegen ihm nicht. Er sagt nur: «Ich hoffe, Sie wissen, worauf Sie sich da einlassen, Lohr ...».

Ungewohnt standhaft antwortet der: «Und ich hoffe, der Chef und Walter Götze erfahren erst mal nichts davon.»

Das hält auch Kappe für besser. Immerhin ist der Rest der Götze-Sippe aus der Schusslinie, das beruhigt sein Gewissen erheblich. An die neuen Repressalien wird er sich nur schwer gewöhnen, selbst wenn sie in diesem Fall zu einem überraschend schnellen Erfolg geführt haben.

Den kostet Busch derweil bei Walter Götzes Vernehmung gehörig aus. Der hat die Geschichte mit dem abgerissenen Parteiabzeichen unumwunden eingestanden, ohne dass ihm Busch verraten hat, dass ausgerechnet diese Anstecknadel ein Glied in der Indizienkette gegen ihn gewesen ist. «Du hattest also plötzlich dieses Abzeichen in den Fingern», resümiert Busch noch einmal. «Hast du selber eigentlich nie etwas verloren bei den Überfällen?»

Walter Götze, beruhigt über die komplikationslose Entlassung der Familie, glänzt mit gönnerhafter Geständnisfreudigkeit und sagt lächelnd: «Meinen Hut. Der muss irgendwo im Wald liegengeblieben sein.»

Der Hut hatte bei der Gestapo gelegen und ist inzwischen mit der Akte zurückgelangt zum Alex. Busch fasst in das unterste Schreibtischfach. «Ist es der hier?»

Er ist es. Er passt Götze wie angegossen.

«Na denn», sagt Götze und behält den Hut gleich auf dem Kopf. «Könn' wir ja los, die Kanone holen ...»

Götzes Bereitwilligkeit ist Busch beinahe unheimlich. Glaubt der, bei einem Ausflug in die Wuhlheide türmen zu können?

Doch Walter Götze verhält sich auch weiterhin friedlich, grient nur ein bisschen über den personellen Aufwand, den die Fahrt nach Osten zu erfordern scheint. Keiner von der Soko möchte sich diesen Ausflug entgehen lassen, und ein Photograph muss natürlich auch mit, um die ganze Sache zu dokumentieren. Dass dennoch alles vorerst streng geheim bleiben muss, setzt Busch voraus.

Auf Walter Götzes Kommando biegt der ganze Konvoi von der breiten Ausfallstraße an der Wuhlheide in einen der Gestellwege ein, nicht weit von Götzes Laubenversteck.

Quer durchs Gebüsch stapft Götze mit ihnen und gibt an einer krumm gewachsenen Kiefer ein Zeichen: Hier!

Der Kriminalsekretär, an den er gefesselt ist, muss sich mit ihm hinunterbeugen und in die Knie gehen. Walter Götze scharrt

Unterholz zur Seite und klappt die schüttere Grasnarbe hoch. Grober Drillich wird sichtbar.

«Das machen wir schon», sagt Busch freundlich und schiebt Götze zur Seite. Der graugrüne Beutel, den sie aus dem Erdloch ziehen, enthält eine karierte Sportmütze, eine Geldbörse mit diversen Schlüsseln und die sorgfältig in einen öligen Lappen gehüllte Walther-PPK.

Busch sieht Götze an. «Und die zweite Waffe?», fragt er.

«Hab ick nich ...», lautet Götzes beinahe verlegene Antwort.

«Darüber reden wir noch!», verspricht ihm Busch.

DER FALSCHE WILLI

BUSCH hält Wort. Kaum wieder im Präsidium angekommen, beginnt er, Walter Götze über seinen Komplizen zu vernehmen. Ganz unerwartet entpuppt sich der bis dahin so Redselige als ausgesprochen wortkarg. Obwohl ihn Busch mehrfach an das gegebene Ehrenwort erinnert, will er nicht mit der Sprache heraus. Busch redet ihm freundschaftlich zu, er verstünde ja, dass es gegen Walters Ganovenehre verstoße, einen anderen zu verpfeifen, aber ohne Angaben über seinen Mittäter sei sein Geständnis nur die Hälfte wert. Ob er denn wahrhaftig alle Schuld alleine auf sich laden will - da wären schließlich ein paar Vorfälle, über die sie noch gar nicht gesprochen hätten ...

Nicht einmal der versteckte Hinweis auf die beiden Toten von Grünau und vom Hundekehlensee kann Walter Götze umstimmen. Busch ist nahe daran, die Geduld zu verlieren. Draußen ist es längst dunkel geworden, und er sitzt immer noch hier und kommt nicht weiter. Er startet einen letzten Versuch: «Also, Walter, wenn du dich nicht an unsere Abmachungen halten willst ...»

«Will ick ja!», widerspricht Walter. «Aber es is nu mal so, dass ick nich viel mehr über den Mann weiß, als dass er Willi heißt.»

«Willi. Und weiter? Beruf, Adresse - lass dir doch nicht alles aus der Nase ziehen!»

«Beruf: Schlosser. Hat er jedenfalls immer behauptet. Unjefähr vierzig, so'n Stück jrößer als wie ick ...» Walter deutet eine Handbreit an. «Wo er wohnt, hatter mir nie saren wolln. Wir ham uns immer nur in Lokale jetroffen.»

Busch hat Zweifel bezüglich dieses ominösen Willi und lässt

ihn sich eingehend beschreiben: schlanke Figur, mittelblondes Haar, links gescheitelt, hageres, glattrasiertes Gesicht, blaue Augen. Trägt einen dunklen Mantel und einen grauen Hut mit Kniff, nach oben gebogener Krempe und hellgrauem Hutband.

Nachdem Walter das von sich gegeben hat, wird er etwas gesprächiger und erzählt, dass er Willi Mitte Oktober 1934 in der Alexanderquelle in der Münzstraße kennengelernt habe.

Ich stand in dieser Zeit in Arbeit, hatte an dem fraglichen Abend einen Zug gemacht und großzügig in dem genannten Lokal verschiedene Stubenlagen spendiert, heißt es in dem Protokoll, dass der erschöpfte Busch gegen Mitternacht zu diktieren beginnt. Und weiter:

Bei dieser Gelegenheit gruppierten sich natürlich um mich mehrere Personen, wovon nachher Willi übrig blieb und mit mir noch weiterging. Dabei fragte er mich, woher ich das Geld habe. Meine Erklärung, dass ich arbeite, wollte er nicht glauben und machte Anspielungen, dass ich es auf unreelle Art erworben haben müsse, sonst wäre ich doch nicht so großzügig. Dabei sagte er, dass ich doch auch schon Knast geschoben hätte, was ich auch bejahte. Im Verlauf des Gesprächs machte er den Vorschlag, dass wir uns doch zusammenschließen könnten, wenn ich etwas «auf dem Kasten hätte», denn er hätte vor kurzem acht Jahre Zuchthaus verbüßt und wäre von Brandenburg entlassen und im Besitz einer Schusswaffe. Dabei zeigte er mir gleich einen geladenen Trommelrevolver. Munition hatte er in der Tasche.

Irgendwelche Einzelheiten, was er mit mir vorhatte, wurden an dem ersten Abend nicht besprochen. Doch verabredeten wir uns zur Mittagsstunde des darauffolgenden Sonntags in der Alexanderquelle.

Längst hat Busch zum dritten Mal frischen Kaffee aufbrühen lassen. Er ist todmüde, und ihm fallen die Augen zu. Walter aber scheint jetzt im richtigen Fahrwasser zu sein, und so bittet Busch Lohr, die Vernehmung fortzusetzen. Er selber geht ins Nebenzimmer und ruft Kappe an.

Es vergeht ein Weilchen, bis dessen verschlafene Stimme aus

dem Hörer dringt. «Du musst sofort kommen!», fordert Busch. «Wir können die Vernehmung jetzt nicht abbrechen.»

«Hast du mal auf die Uhr geguckt?», sagt Kappe. «Um die Zeit fährt nicht mal mehr 'ne U-Bahn.»

«Ich schicke einen Wagen. In zehn Minuten bei dir.»

Eine halbe Stunde später sitzt Kappe im Büro und studiert mit verquollenen Augen Götzes bisherige Aussage. Lohr hat ihn besonders bezüglich der Grunewald-Überfälle in die Mangel genommen. Mit Erfolg. Willi und er seien an jenem ersten gemeinsamen Sonntag bis Bahnhof Grunewald gefahren und hätten den Wald in den späten Abendstunden am Kleinen Stern und am Jagdschloss vorbei in Richtung Onkel Toms Hütte durchquert, wobei ihnen die vielen parkenden Autos mit Liebespaaren auffielen. Dabei wäre ihnen der Gedanke gekommen, dort Raubüberfälle auszuführen. Da sie an dem Abend aber unbewaffnet waren, hätten sie sich darauf verständigt, es drei Tage später zu versuchen.

Kappe geht in das Vernehmungszimmer und setzt sich in den Hintergrund.

«Auf dem vom Kleinen Stern in Richtung Onkel Toms Hütte abgehenden Reitweg fanden wir einen parkenden Wagen», sagt Walter Götze. «Hier wollte Willi ein Ding abstoßen, ich sollte mich zu dem Wagen begeben. Ich war aber damit nicht einverstanden, da ich keine Waffe hatte. Meinen Vorschlag, selbst zu gehen oder mir die Waffe zu geben, nahm er nicht an.»

«Und weiter?», fragt Kappe. Er sieht, wie Lohr mit dem Schlaf kämpft, ist er doch seit dem frühen Morgen im Dienst.

Götze hingegen macht einen munteren Eindruck. Erleichtert es ihn derart, sich endlich alles von der Seele reden zu können?

«Wir sind also unverrichteter Dinge zurück in die Stadt gefahren. Ich sollte mir erst mal 'ne Waffe kaufen, hatte aber nicht genug Geld. Willi hat dann zwanzig Mark rausgerückt, und dafür habe ich mir am nächsten Tag eine Schreckschusspistole gekauft.»

«Wo?»

«In so'nem Waffenladen in der Friedrichstraße ...»

Auch Kappe kommt gut voran. Walter Götze verweigert keine Antwort. Kappe denkt nicht mehr an die eigene Müdigkeit, der Jagdinstinkt hat ihn gepackt, und er stößt immer wieder nach, wenn Götze wirklich einmal ins Stocken gerät.

Ja, mit Willis Trommelrevolver und der Schreckschusswaffe hätten sie rund um den Kleinen Stern etliche Überfälle ausgeführt, jedoch nie besonders große Beute gemacht. Als sie im Sommer einen Badeausflug nach Schmetterlingshorst am Fuße der Müggelberge unternommen hätten und abends mit der Fähre nach Grünau übersetzten, sei ihnen aufgefallen, dass dort die gleichen günstigen Gelegenheiten für Raubüberfälle bestanden. Nur fiel die Beute meistens noch geringer aus als im Grunewald, und sie hätten überlegt, wo mehr zu holen wäre. Da sei Willi auf den Gedanken gekommen, auf abgelegenen Landstraßen Autos anzuhalten und zu berauben. Der Wechsel der Tatorte hätte sich dabei von selbst ergeben, um nicht in einer bestimmten Gegend zu sehr aufzufallen. Nach dem letzten Überfall hinter Friedrichshagen, wo ein Polizeiwagen dazukam, hätten sie auf weitere Überfälle dieser Art verzichtet, zumal von da an überall sehr viele Polizeistreifen unterwegs gewesen seien.

Auf die Idee, Lieferwagenfahrer zu überfallen, seien sie rein zufällig gekommen, als sie in der Nähe des Bahnhofs Wannsee den Fahrer eines Lieferwagens mit einer umgehängten Geldtasche in ein Geschäft gehen sahen.

Allmählich erwachen graue Schatten in den düsteren Höfen des Polizeipräsidiums, Kappe tritt zum Wasserhahn und erfrischt Gesicht und Hände. Walter Götze sagt: «Zeit für'n gutes Frühstück. Denn kann's meinswejen weiterjehn.»

Um sieben löst Kommissar Busch Kappe ab. Zufrieden und aufmunternd zwinkern sie sich zu. Götze hat gefrühstückt und Kaffee getrunken und scheint bester Stimmung. Die gilt es auszunutzen. Bald sind ein Dutzend Fälle auf der langen, langen Liste bis ins Detail geklärt, bei zwei, drei weiteren erklärt Götze kopfschüttelnd: «Ick will mir nich rausreden. Aber det sind wir nich jewesen, Chef.»

Bei einigen Überfällen kann er sich nicht an die Einzelheiten oder die Wageninsassen erinnern. «War'n insjesamt wohl zu viel jewesen ...» Dafür spendiert er aus seiner Erinnerung ein paar Überfälle, für die merkwürdigerweise die Anzeigen fehlen. Götze grient. «Wir haben immer nur jesacht: Es wird Ihre jnädje Frau Jemahlin jewiss brennend intressiern, mit wem Sie nachts im Wald rumpussiern. Det hat wohl jenücht.»

Am Vormittag gegen zehn unterbrechen Busch und seine Männer die Vernehmung – Walter Götze scheint beinahe enttäuscht darüber.

Er hat sich nicht geschont, und er hat nicht versucht, sich auf Willis Kosten in ein günstiges Licht zu rücken. Was diesen Komplizen betrifft, bleibt noch viel aufzuklären. Unter den in den letzten fünf, sechs Jahren entlassenen Brandenburgern mit mehrjährigen Zuchthausstrafen ist keiner, auf den Walters Beschreibung zutrifft. In der Alexanderquelle, einem kaum zwei-, dreihundert Meter vom Präsidium entfernten Ganoventreff, kann oder will man sich nicht an Walter Götze und schon gar nicht an einen Begleiter namens Willi erinnern. Selbst die ausgebufften V-Leute schütteln den Kopf. Nie gehört oder gesehen.

Einen ganzen Tag blättert Lohr Walter Götze die dicken Alben mit den Photos der einschlägig vorbestraften Kollegen vor. Walter kann – oder will? – keinen von ihnen als Willi identifizieren. Über die Photos seiner eigenen Brüder gleitet sein Blick gleichgültig und mit einem kleinen Lächeln hinweg, sosehr Lohr ihn auch belauert. Dass Max Götze um die Ecke in der Dircksenstraße in strenger Einzelhaft sitzt, ahnen weder Walter Götze noch Kommissar Busch.

Lohr glaubt nämlich nicht an die Existenz dieses geheimnisvollen Willi, zumal Walter allen konkreten Fragen ausweicht.

«Kappe, da musst du noch mal ran», verlangt Busch, der gemerkt hat, dass Walter gut auf Kappes unaufgeregte Befragungstaktik anspricht. Also lässt Kappe Walter Götze vorführen und kommt nach ein paar einleitenden Floskeln schnell zur Sache.

«Machen wir uns gegenseitig nichts vor, Götze», sagt Kappe. «Diese Geschichte mit dem Willi ist doch oberfaul! Keiner kennt ihn, keiner außer Ihnen hat ihn je gesehen. Was schlussfolgert jeder einigermaßen intelligente Mensch daraus?»

Walter Götze spielt den Enttäuschten. «So dürfen Se mir nich komm', Herr Kommissar. Die Zeugen ham ihn doch alle gesehen. Und jeteilt hab ick ooch mit ihm ...»

«Und dann hat ihn der Erdboden verschlungen, wie?»

«Ick weeß wirklich nich, wo der jewohnt hat. Er kam immer mit der S-Bahn aus Richtung Stadt. Und fuhr da ooch wieder hin.»

«Und wenn er mal einen Treff verpasst hätte ...»

«Hatter aber nie. Und denn jalt immer noch Treffpunkt Alexanderquelle ...»

Kappe schaut ihn sehr skeptisch an. «Und nicht das Café Bogen oder Kadenbergs Kneipe in Schöneweide?»

Dort hat sich Kappe längst erkundigt. Mit einem Mann, auf den Willis Beschreibung passt, hat man Götze nie gesehen. Und der bestätigt, Willi nicht in Schöneweide getroffen zu haben: «Da kannten mir doch viel zu viele.»

«Mit Käsekarl sind Sie dort eingekehrt», hält Kappe ihm vor, und Götze windet sich ein bisschen. «Da wa' ick sternharelvoll», sagt er entschuldigend. «Aber ick wusste gleich, dess die Olle det meldet!»

Darauf geht Kappe nicht ein. Er tut, als fiele ihm keine weitere Frage ein, klappt den Aktendeckel zu und schaut Walter Götze an. «Schade», sagt er gedehnt. «Aber so ist das eben, wenn man sich auf das Ehrenwort eines Ganoven einlässt ...»

«Was woll'n Sie denn damit sagen?», erkundigt sich Götze, fast auf Hochdeutsch.

Unverwandt ruht Kappes abschätzender Blick auf seinem Gegenüber. «Aber Götze», sagt er väterlich, «können Sie sich wirklich nicht vorstellen, was Sie uns – namentlich dem Kommissar Busch, der sich sehr für Sie eingesetzt hat – für Ärger bereiten? Der hat sich auf Ihr Ehrenwort verlassen. Und wie steht er nun da? Ein halbes Geständnis, Götze, ist fast so schlecht wie gar keins!»

Wie schuldbewusst hat Götze den Kopf gesenkt. Kappe hält ihn für einen überzeugenden Schauspieler. Doch in dem kantigen Schädel scheint es wirklich zu arbeiten. Von unten herauf blicken Götzes kalte Augen auf Kappe.

«Sie werden det nich verstehn, Herr Kommissar ...», murmelt Götze. «Aber ick hab' ja wohl wirklich nich mehr viel zu verliern, oder?»

Das bestätigt ihm Kappe nickend. Über die Schüsse auf Herrmann und Lietz hat noch niemand mit Walter Götze gesprochen, doch das Waffengutachten ist eindeutig. Ein Berufsganove wie Götze kann sich das Urteil selbst ausrechnen.

«Also – wer ist nun dieser geheimnisvolle Willi?»

«Er ist tot, Herr Kommissar», sagt Götze mit brüchiger Stimme.

Kappe möchte am liebsten laut auflachen. Was ist das nun wieder für ein Laienschauspiel? Doch er spielt den Überraschten. «Ach!», sagt er ganz ohne Ironie. «Wie ist denn das passiert?»

Götzes Blick weicht dem seinen aus. «Es nützt ja nischt. Irgendwann muss die Wahrheit ans Licht.» Pause. «Ick hab ihn nämlich umjelecht.»

Jetzt ist Kappe wirklich perplex. Mit einem solchen Geständnis haben weder er noch Busch gerechnet.

«Na, dann erzähl mal!», fordert er Götze auf und duzt ihn dabei zum ersten Mal.

«Et war Ende Januar jewesen. Da ham wir uns jetroffen, um det Jeld von Kleinmachnow zu teilen. Und da sind wa denn in Streit jeraten mittenander. Und da isset denn passiert ...» Götze schweigt und stiert vor sich hin.

«Nun mal ein bisschen genauer», fordert Kappe behutsam.

«Na ja, er hatte mir schon öfter misstraut, dachte immer, ick will ihm beschubsen mit sein' Anteil. Dabei hab' ick immer ehrlich jeteilt! Und da jeht der Kerl mit die Kanone uff mir los! Da is mir janz schwarz vor de Oogen jeworn. Und det war't denn ...»

Eine höchst merkwürdige Geschichte. In seinen 28 Dienstjahren hat Kappe etliche Mordgeständnisse erlebt. So eines noch nicht.

«Ich weiß nicht, Walter», sagt er, «du bist doch kein Mörder ...»

Sofort begehrt Walter Götze auf: «Totschläjer, Herr Kommissar, nur Totschläjer in diesem Fall! Es war sozusaren im Affekt.»

So ernst das Thema auch ist, Kappe unterdrückt ein bitteres Grienen. Leute wie Götze wissen Bescheid. Immerhin hat der jetzt ein Tötungsverbrechen zugegeben. Ist es nicht an der Zeit, ihn an die anderen beiden Opfer zu erinnern?

«Meinetwegen Totschlag», gesteht Kappe ihm zu. «Aber bei dem Mann am Hundekehlensee kannst du dich damit nicht rausreden.»

Walter Götze schluckt nur einen Moment. «Ick will mich jar nich rausreden. Den habe ick erschossen. Jenau wie den Willi.»

«Und der Polizist in Grünau?»

Götze lässt ein leichtes Stöhnen hören. «Blieb mir ja jar nischt andret übrich bei dem. Der hatte die Hand ja selber schon an'ne Kanone!»

Kappe weiß, dass Busch zum Rapport bei Nebe ist, also lässt er nur Lohr rufen, um mit ihm gemeinsam Götzes dreifaches Mordgeständnis zu protokollieren.

Als Tatort für die Schüsse auf Willi gibt Götze das Ufer des Müggelsees südlich des Spreetunnels in Friedrichshagen an. «War noch Eis auf'm See», erinnert er sich. «Da hab ick denn 'n Loch rinjehackt und die Leiche drin versenkt, als et dunkel wurde.»

Dreimal lassen sich Kappe und Lohr den Vorgang schildern, Steine habe er dem Willi in die Manteltaschen gesteckt und ihn mit einem schweren Drahtseil umwickelt, das er am Ufer gefunden hatte.

«Die Stelle auf dem Müggelsee findest du wieder?» fragt Kappe.

«Janz sicher», bestätigt Götze.

Kappe guckt Lohr an, der seine skeptische Miene nicht verbirgt. «Herr Lohr, dann bestellen Sie bitte bei der Wasserschutzpolizei zwei Boote für morgen.»

Busch fällt aus allen Wolken, als er mittags erfährt, was sich in seiner Abwesenheit ergeben hat. «Da bin ich ja wirklich gespannt, was wir morgen finden», sagt er zum Schluss.

«Nichts», entgegnet der gewissenhafte Lohr. Er hat inzwischen mit dem Wetterdienst und mit Rahnsdorfer Fischern telefoniert. «Auf dem Müggelsee gab es den ganzen Januar über keine tragfähige Eisdecke!»

Drei Tage dauert die Leichensuche im Müggelsee. Immer wieder lassen die Männer von der Wasserschutzpolizei die Netze über den Seegrund schleifen und fördern allerhand Unrat an die Oberfläche, aber keine Leiche. Unbewegter Miene beharrt Walter Götze darauf, sie seien ungefähr an der richtigen Stelle, doch auch die Ausdehnung des Suchgebietes brachte kein Ergebnis. An den ersten beiden Tagen fuhren Busch und Lohr mit hinaus, am dritten Tag Kappe, der als Einziger auf dem Wasser so richtig auflebt. Wie lange ist es her, seit er zum letzten Mal einen ganzen Tag mit seinem Vater und dem Bruder auf dem Boot verbracht hat! Seinetwegen können sie die Aktion ruhig noch verlängern, ihn stören weder Aprilregen noch der kalte Wind, der von Nordost her über den See weht.

Walter Götzes Verhalten lässt ihn zunehmend an der Mordversion zweifeln. Glaubt Götze sich unbeobachtet, so verrät der spöttische Zug um seinen Mund, dass er keine Leiche im Netz erwartet.

Hat Lohr recht mit seinem Verdacht gegen Max Götze? Walter ist ein gerissener Hund, ein weiterer zugegebener Mord kann seine Lage kaum verschlechtern, wohl aber den Bruder retten. «Walter, du schiebst uns hier auf die Nudel!», sagt er zu Götze, und sein Ton klingt alles andere als jovial.

Am Nachmittag bläst Kappe schließlich das Unternehmen ab und fährt zurück ins Präsidium. Entschlossen diktiert er einen Aktenvermerk:

Die ergebnislose, eingehende Nachforschung lässt den Schluss zu, dass Götze bei den Angaben über seinen Mittäter mit der Wahrheit zurückhält. Stärker als je muss danach angenommen werden, dass es sich bei dem Mittäter um eine Person handelt, die er unter allen Umständen zu decken bestrebt ist.

Lohr kneift ein Auge zu, als er das liest. Busch hält das Schreiben lange in der Hand und denkt nach.

KARFREITAG

DER 15. APRIL 1938 ist Karfreitag. Für die Beamten der Soko ist Dienst angeordnet, und keiner opponiert. Kappe schon gar nicht, denn in zwei Tagen findet Margaretes Verlobung statt, dafür hat er sich einen freien Tag ausbedungen. Bis dahin lässt er sich besser nur zum Schlafen zu Hause sehen, wo die Vorbereitungen auf das Ereignis hohe Wellen schlagen. In Kappes Zweizimmerwohnung gedenkt man zu feiern, nachdem sich herausgestellt hat, dass der Bräutigam bei seiner verwitweten Mutter auf dem Hinterhof in Stube und Küche mit Außentoilette in der Kreuzberger Graefestraße haust und seine ältere Schwester Gerdi mit ihrem Mann im selben Haus über ähnlichen Wohnkomfort verfügen. Dagegen ist die Große Frankfurter, Vorderhaus mit Badestube, Mädchenkammer und Balkon, eine beinahe luxuriöse Adresse. So ist man – auch aus Kostengründen, die nicht erwähnt werden – übereingekommen, die Verlobung hier zu feiern.

Da das Rumoren zu Hause früh eingesetzt hat, sitzt Kappe bereits drei Minuten vor Dienstbeginn an dem ihm zugewiesenen Schreibtisch. Nach Walter Götzes Geständnis lastet auf ihm die Hauptarbeit. Gennat hat ihn schließlich vom Dezernat M abkommandiert, um die Morde an Herrmann und Lietz aufzuklären.

Kappe ist so in die umfangreiche Akte Götze vertieft, dass er Lohr kaum wahrnimmt, der grüßend hereinschaut und nach Busch fragt.

Kappe hat seinen Partner – denn als solchen betrachtet er Busch, obwohl er ihm in der Soko untergeordnet ist – an diesem Morgen noch nicht zu Gesicht gekriegt, und vorläufig vermisst er ihn auch nicht. Satz für Satz geht er Walter Götzes Aussagen durch, immer auf der Suche nach neuen Fragen, vor allem aber nach einem Haken, mit dem man den Ganoven endlich aus seiner Deckung holen könnte.

Als Lohr ein zweites Mal hereinplatzt, um festzustellen, dass Busch ganz gegen seine preußischen Gewohnheiten noch immer nicht erschienen ist, blickt Kappe den altgedienten Kriminalobersekretär sinnend an und sagt: «Ob wir mal versuchen, die beiden einander gegenüberzustellen?»

Welche beiden gemeint sind, versteht sich von selbst. Lohr zieht den Kopf zwischen die Schultern und hebt die Hand, als hielte er eine heiße Kartoffel darin. «Busch kann ziemlich eklig werden, wenn man irgendwelche Aktionen hinter seinem Rücken startet.»

Kappe grient. «Das hätten wir uns vorher überlegen müssen ...»

Lohr ist ihm sichtlich dankbar, dass er «wir» gesagt hat.

Doch Kappe ist nicht der Mensch, der sich vor der Verantwortung drückt. Er sagt: «Ich schlage vor, wir bringen es Busch gemeinsam bei. Auf anderem Wege kommen wir nie dazu, uns diesem Max mal ein bisschen gründlicher zu widmen.»

Lohr, froh darüber, einen couragierten Verbündeten gefunden zu haben, stimmt zu.

Kappe guckt auf die Uhr. «Wo bleibt Busch überhaupt? Hat er gesagt, ob er was Wichtiges vorhat?»

Lohr schüttelt den Kopf. «Soll ich mal bei ihm zu Hause anrufen?»

Kappe schiebt ihm den Telefonapparat hin. Die Nummer weiß Lohr auswendig.

Frau Busch erfährt überrascht, dass ihr Mann noch nicht im Präsidium ist. «Ich nehme an, er wollte zu seinem Lieblingshäftling, zu diesem Götze. Ich musste jedenfalls ein großes Stullenpaket fertig machen und eins mit Kuchen. Gestern Abend hat er extra ein Brathühnchen besorgt ...»

Das sind Neuigkeiten! Ahnungsvoll sagt Lohr: «Wenn Busch jetzt erfährt, dass der Max schon seit einer Woche einsitzt ...»

Der hat es schon erfahren. Auch in der Haftanstalt in der Dircksenstraße herrscht heute Feiertagsbetrieb. Dem diensthabenden Beamten ist die vorgeschriebene Separierung des Max Götze unbekannt. Den ihm fremden Kommissar mit den Fresspaketen und der Thermoskanne fragt er deshalb nach einem Blick in die dicke Kladde: «Götze haben wir zwei. Max oder Walter?»

Busch glaubt, seinen Ohren nicht zu trauen, und guckt vorsichtshalber selber in das speckige Journal. Tatsächlich: Max Götze, wohnhaft Adlershof, seit dem 8. April in Vorbeugehaft!

Dahinter kann nur Lohr stecken! Busch knirscht mit den Zähnen. «Dass die beiden sich nicht etwa begegnen!», droht er dem erschreckten Beamten. «Und jetzt schließen Sie mir die Zelle von Walter Götze auf.»

Feiertagsbesuch hat Walter Götze nicht erwartet. Schon gar keinen, der ihn mit belegten Broten, Hühnchen, Kaffee und Kuchen bewirtet. «Wenn ick et nich wäre, der'n schlechtet Jewissen haben muss, würde ick glatt denken, Sie haben wat jutzumachen, Herr Kommissar», sagt Walter und schlürft genießerisch den heißen Kaffee.

Busch hat ihm Zeit gelassen. Da ihm Walter nun einmal ein passendes Stichwort liefert, nutzt er die Gelegenheit und sagt: «Und wenn es so wäre, Walter?»

Sofort guckt Götze sehr misstrauisch. «Wat jibt's denn?», erkundigt er sich argwöhnisch.

«Deinen älteren Bruder, den Max, den haben sie in Vorbeugehaft genommen.»

Hart setzt Walter den Bakkelitdeckel der Thermoskanne auf das kleine Wandtischchen, dass der Kaffee überschwappt. «Ach nee», sagt er tonlos, «so ville is also das Ehrenwort eines Bullen wert!»

Busch gehört normalerweise nicht zu den Menschen, die sich in jeder Situation versuchen herauszureden. Jetzt muss er Walter erklären, dass diese Festnahme ohne sein Zutun, ja gegen seinen Willen erfolgt ist. «Du bist doch nicht von gestern, Walter», sagt er, um dessen Verständnis ringend. «Bei so viel Vorstrafen gerät jeder von euch früher oder später in den Bau ...»

«Ehrenwort bleibt Ehrenwort», beharrt Walter. Er hält den Kopf gesenkt, die Mitteilung ist ihm sichtbar nahegegangen.

Busch ist ein alter Fuchs, der seine Kunden zu nehmen weiß. «Ich habe wirklich nichts damit zu tun!», versichert er. «Obwohl ich ja weiß, dass es Max war, mit dem du die Dinger gedreht hast.»

Stocksteif sitzt Walter Götze plötzlich auf seinem Schemel. «Ach, dessertwejen also Kaffee und Kuchen! Woher woll'n Se'n det wissen?» Aufsässig starrt er Busch an.

Der bleibt ganz ruhig. «Walter», sagte er mahnend, «hältst du uns wirklich für so dämlich? Allein der Blick bei eurer Gegenüberstellung - der sprach doch Bände. Dazu die durchsichtige Geschichte mit dem Willi ... Willst du nicht endlich die Wahrheit sagen?»

Walter Götzes Kinnbacken mahlen. Es ist ein schwerer Kampf, den er mit sich ausficht, bis er endlich leise sagt: «Na jut, denn eben Max. Aber eens müssen Se mir denn doch noch vasprechen: Keene Jejenüberstellung bitte!»

Die Mittagszeit ist fast vorbei, als Kommissar Alfons Busch in das Büro des Raubdezernats stürmt. «Gesamte Soko sofort zu mir!», ordnet er an.

Lohr und Kappe erreicht die Nachricht in dessen Dienstraum. «Ich bring's ihm bei», beruhigt Kappe den Obersekretär. «Wird schon nicht so schlimm werden.»

Busch hat sich an der Stirnseite des großen Sitzungstischs niedergelassen. Niemand macht ihm den Platz des Dezernatsleiters am heutigen Feiertag streitig. Jovial begrüßt er alle, Zufriedenheit ist ihm anzumerken. Kappe und Lohr zwinkern sich zu. Die Voraussetzungen für ihr Geständnis sind gut.

«Meine Herren, eine angenehme Osterüberraschung können wir alle sicherlich gut gebrauchen, deshalb will ich damit auch nicht lange hinter dem Berg halten: Walter Götze hat gestanden, dass sein Bruder Max der gesuchte Mittäter ist.»

Allgemeines freudiges Aufatmen. Kappe hebt leicht die Hand und grüßt quer über den Tisch zu Lohr hinüber.

Den hat Busch nicht vergessen. «Sie, Herr Lohr, haben mal wieder recht gehabt. Und Kommissar Kappe ja wohl auch ...»

«Ich glaube, wir waren inzwischen alle gleicher Meinung», bemerkt Lohr bescheiden.

«Na los. Dann krönen Sie Ihren Erfolg, und nehmen Sie Max Götze umgehend fest. Worauf warten Sie noch?»

Kappe blickt zu Lohr und sagt gemessen: «Ich glaube, das können wir bequemer haben.»

Lohr hat sich erhoben und tritt ans Telefon. «Gestatten Sie?», fragt er Busch, der immer noch den Uninformierten spielt.

«Bringen Sie uns doch bitte mal den Max Götze rauf ins Raubdezernat», sagt Lohr am Telefon. Sein forschender Blick ruht dabei auf Busch. Der lacht breit und hebt den Zeigefinger. «Mein lieber Lohr! So was kann auch mal schiefgehen. Aber diesmal gratuliere ich.»

HABT IHR ETWA ...

Max, nachdem man ihn eine Woche lang in strikter Isolierung gehalten hat, erweist sich als ein zweiter harter Brocken. Mit unbewegter Miene lässt er die Verlesung der über hundert Straftaten, an denen er beteiligt gewesen sein soll, über sich ergehen.

«Fertich?», erkundigt er sich angriffslustig, als Lohr am Ende der langen Liste in Kleinmachnow angekommen ist.

«Fertig», bestätigt Busch. «Haben wir was vergessen?»

«Ick hab mit Ihre dämlichen Überfälle nischt zu tun!»

«Da ist Ihr Bruder anderer Meinung. Für die Richtigkeit der Aussage haben wir sein Ehrenwort.»

In Max' Augen blitzt Hass auf. Mit seinen gefesselten Händen will er sich auf Busch stürzen, Lohr und Kappe halten ihn mit Mühe zurück.

«Ihr habt ihm fertich jemacht, ihr Aasbande!», brüllt Max. «Niemals hat er det freiwillich jesacht!»

So eindringlich die Kriminalen auch auf ihn einreden, Max ist nicht zu beruhigen. Nach einer halben Stunde lässt Busch ihn abführen. «Passt gut auf den auf!» ordnet er an.

Max verbringt die Nacht in einer Zelle für Selbstmordkandidaten.

Als er am Vormittag des Ostersonnabends wieder vorgeführt wird, sitzt ein gebrochener Mann vor den drei Beamten. Das Protokoll, das er am Nachmittag unterschreibt, klingt nüchtern und ein bisschen gestelzt. Es lässt wenig von den Kämpfen erkennen, die Max mit sich und mit den drei Vernehmern ausgefochten hat.

Auf den eindringlichen Vorhalt, dass ich überführt bin, gemeinsam mit meinem Bruder in den Jahren 1934–1938 fortgesetzt Raubüberfälle begangen zu haben, gebe ich nunmehr der Wahrheit die Ehre. Wenn mir weiter vorgehalten wird, dass mein Bruder in seiner Vernehmung am 8. April in Bausch und Bogen zugegeben hat, ungefähr 100 Raubüberfälle auf parkende Wagen, auf fahrende Autos durch Baumfallen und auf Lieferwagenfahrer gemacht zu haben, wobei wir auch teilweise rücksichtslos von unseren Schußwaffen Gebrauch gemacht haben, so erkläre ich freiwillig, dass ich auch zu diesen Taten stehe.
Bezüglich der von uns gebrauchten Waffen stimmen ebenfalls die Angaben meines Bruders. Ich habe in der Hauptsache mit einem Trommelrevolver gearbeitet, der zur Hälfte mit Schreckschuss- und zur anderen Hälfte mit scharfer Munition geladen war. Die Waffe habe ich immer zur Begehung der einzelnen Taten von meinem Bruder bekommen, der sie an einem mir nicht bekannten Ort versteckt hielt. Über die Herkunft der Munition kann ich aus eigenem Wissen keine Angaben machen. Es ist mir jedoch aufgefallen, dass es sich um umgearbeitete Munition gehandelt hat.

Diese «Umarbeitung» haben sich die staunenden Experten von der Waffentechnik inzwischen von Walter Götze vorführen lassen.

Ganz besonderen Wert aber hat Max Götze auf einen Passus in dem Protokoll gelegt, der seine Frau Marie betrifft. Nie habe er ihr etwas von dem erbeuteten Geld abgegeben, denn:

Meine Frau hat von meinem Treiben keine Ahnung gehabt. Ich bin der Meinung, dass, wenn meine Frau irgendwelche Kenntnis davon gehabt hätte, sie sich sofort von mir abgewendet haben würde. Von der Beute habe ich auch keine Anschaffungen für unseren Haushalt gemacht.

Als Max in die Zelle zurückgeführt wird, setzt im Raubdezernat das große Aufatmen ein. «Ich fahre jetzt zu Nebe und erstatte ausführlichen Bericht», verkündet Kommissar Busch euphorisch. Endlich hat der Druck von oben ein Ende!

Kappe sagt nur erleichtert: «Ostern ist gerettet», und Lohr

denkt an das erste wirkliche Fest mit seiner jungen Frau seit langer Zeit. Er wird mit ihr ins Grüne fahren, wahrscheinlich viel weiter als nur in den Grunewald.

Kappe wäre nicht abgeneigt, in diesem Jahr einen Osterausflug beispielsweise nach Wendisch Rietz zu unternehmen. Der Müggelsee hat ihn daran erinnert, wie selten er im letzten Jahr an die frische Luft oder gar ans Wasser gekommen ist. Hätte Margarete sich nicht einen anderen Termin für ihre Verlobung aussuchen können?

Hat sie aber nicht, und Kappes schüchterner Vorschlag, des freundlichen Wetters wegen das Ganze kurzfristig in ein Ausflugslokal zu verlegen, stößt auf erbitterten Protest. Seit Tagen haben die Frauen in der Wohnung geräumt und geputzt, Gardinen gewaschen und spannen lassen, Fußböden gescheuert und gebohnert, während Hartmut maulend im Hof Läufer und Teppiche klopfen und der Kleine für allerhand Hilfs- und Botendienste herhalten musste. Wäre es nicht der Ostersonnabend, an dessen spätem Nachmittag Kappe übermüdet aus dem Präsidium heimkehrt, so fänden sich auch für ihn noch hunderterlei Aufgaben. Gerade hat Klara beim Kuchenbacken festgestellt, dass die Bratröhre in der Kochmaschine nicht mehr den richtigen Zug hat und der Ruß deshalb an der entsprechenden Klappe dringend entfernt werden müsse.

Kappes Blick spricht Bände, so dass sich Klara vorsichtshalber entschließt, diese ausgesprochene Dreckarbeit besser auf einen nachfestlichen Termin zu verschieben – fürchtet sie doch um die Sauberkeit ihrer Küche mehr als um das Gelingen des Schweinebratens, der die gusseiserne Form beinahe gänzlich ausfüllt.

Den Sonntagvormittag verbringt Kappe mit seinen Söhnen im Friedrichshain. Die Frauen haben aus Zeitmangel einstimmig auf das traditionelle Ostereiersuchen verzichtet, worüber weder Kappe noch Hartmut unglücklich sind. Nur Karl-Heinz nörgelt ein bisschen, lässt sich jedoch vom Anblick des gefüllten Stoffbeutels in Vaters Händen trösten. Kappe macht im Park, wo Dutzende Familien gleich ihnen die österliche Zeremonie vollziehen, nicht viel Federlesens mit dem Verstecken der bemalten Eier und Süßigkeiten – man muss ohnehin aufpassen, in den grünenden Büschen nicht an fremde Geschenke zu geraten und dabei die eigenen aus den Augen zu verlieren. Nach zehn Minuten hat jeder sein Häufchen zusammen, wobei Kappe selber am längsten Zeit benötigt, um die von Klara sorgfältig verpackte und von Karl-Heinz versteckte Gabe zu entdecken.

«Ich denke, es ist dein Beruf, alles ganz schnell zu finden, was die Ganoven verkuten», höhnt Karl-Heinz um eine Spur zu laut und fängt sich prompt einen Katzenkopf seines älteren Bruders ein. Der hat längst begriffen, dass man mit der Profession des Vaters besser nicht hausieren geht. Dabei hat er allen Grund, gerade heute stolz auf seinen Erzeuger zu sein, denn «Wes Herze voll ist, des Maul fließt über», wie der Volksmund weiß, und so hat Kappe seinem Ältesten die Ermittlungserfolge der Vortage nicht gänzlich verheimlicht, sondern ihn unter dem Siegel der absoluten Verschwiegenheit in knappester Form daran teilhaben lassen.

Karl-Heinz, der nur einen Brocken des leicht verschlüsselten Dialogs aufschnappt, ist sofort im Bilde. «Ihr habt sie alle beide?», kreischt er freudig. «Kriegen die nun die Todesstrafe?»

Was nützt es, dass Kappe drohend die Hand erhebt. Spätestens morgen wird es sowieso in den Zeitungen stehen, dass die Autofallenräuber gefasst und geständig sind. Dennoch greift er sich seinen Jüngsten und schüttelt ihn unsanft. «Ein Wort von dir, und du schiebst bis Pfingsten Stubenarrest!», sagt er. Das ist eine in der Familie Kappe ganz unübliche Art der Bestrafung, allein die Aussicht darauf schüchtert den zappligen Karl-Heinz sofort ein.

«Ich weiß doch, dass ich über deine dienstlichen Belange nicht sprechen darf!», äußert er altklug.

Da sie zu Hause unerwünscht sind, dehnen sie den Osterspaziergang ein wenig aus. Im Bötzow-Viertel, das nicht von ungefähr den Namen einer Brauerei trägt, stehen die ersten Tische vor den Lokalen. Kappe ist nach so vielen Tagen und Stunden zwischen muffigen Akten durchaus nach einem Frühschoppen zumute. Hartmut darf ein kleines Helles probieren und Karl-Heinz ein süßes Malzbier. Als Kappe dazu eine Lage Bockwurst spendiert, ist dieser Teil des Osterfestes erst mal gerettet. Das Mittagessen ist heute gestrichen.

«Pfui Deibel, du riechst ja nach Bier!», lautet Klaras pikierte Bemerkung, als die drei um einiges später als erwartet wieder in der Großen Frankfurter auftauchen. Hartmut verdrückt sich lieber gleich, während Karl-Heinz brühwarm vom Bockwurstgenuss schwärmt, was Klaras Stimmung keineswegs hebt.

«Und ich knapse mir hier die Zeit ab, um wenigstens eine Suppe auf den Tisch zu bringen!», murrt sie.

Kappe brummelt: «Davon war nicht die Rede ...»

«Wenn ihr Männer nicht vorher was esst, fallt ihr nachher wie die Vandalen über den Kuchen her! Was soll denn Arnos Familie von uns denken?»

Darüber hat Kappe sich keine Gedanken gemacht, und er hat auch nicht vor, das zu einem Problem zu erheben. Im Stillen wünscht er sich nur, dass Margarete keine 150-prozentige braune Bagage ins Haus schleppt. Das ist ein Gedanke, der ihn seit einiger Zeit jedes Mal beschäftigt, wenn er fremde Leute kennenlernt: Hoffentlich keine Nazis! Ein bisschen braun angehaucht sind inzwischen alle, wenn man von Leuten wie Trampe absieht.

Der Hauch auf Arnos Familie erweist sich zu Kappes Beruhigung als mäßig. Die Mutter, eine resolute Kriegswitwe, die sich nicht den Mund verbieten lässt, scheut nach den abtastenden Präliminarien nicht mal davor zurück, die SS-Zugehörigkeit des eigenen Sohns zu kritisieren. «Was blieb dem Jungen denn '33 anderes übrig ...», sagt sie, gewissermaßen um Entschuldigung bittend.

Arno, der gelernte Elektromonteur, hat eine Überraschung zu bieten. «Ab Juni brauche ich keinen Wachdienst mehr zu machen. Ich gehe zur Propagandaabteilung», verkündet er. Als er die betretenen Gesichter am Tisch wahrnimmt, setzt er schnell hinzu: «Als Techniker», was mit sichtlichen Aufatmen quittiert wird.

Nur Arnos Schwester Gerdi, eine hübsche Brünette mit Lachfältchen um die geschminkten Augen, nimmt die Dinge nicht so ernst und plaudert munter von Alltäglichem. Auch Rolf, ihr gewichtiger Ehemann, Maschinenbauingenieur bei Borsig, ist kein Kind von Traurigkeit. Für Politik hat er nur eine Handbewegung übrig, die alles sagt und Kappe beruhigt. Gerdi hingegen, so um die dreißig, schlank und adrett, beunruhigt ihn weit eher, wenn sie ihn wie fasziniert anblickt und sich eingehend nach den Erfolgen der Kriminalpolizei erkundigt.

Klara spürt die Gefahr und sagt: «Darüber darf er gar nicht sprechen, nicht wahr, Hermann?»

Kappe und Hartmut, den die bestrickende neue Verwandte ebenfalls beeindruckt, wechseln einen Blick. Auf Karl-Heinz' Gesicht zeichnet sich ein wissendes Lächeln ab. «Vielleicht steht ja schon morgen was in der Zeitung», meint er sibyllinisch, und das bringt Klara erst recht zum Aufhorchen.

«Habt ihr etwa ...»

Und die schöne Gerdi ergänzt den Satz heiter: «... die Kerle gefangen, die im Grunewald immer die Liebespaare ausgeraubt haben?» Sie lacht und sieht Kappe bittend an. «Verzeihung. Aber eine Kundin hat das gestern erzählt ...»

Kappe ist verwirrt. Getrunken hat er auch schon einiges. So hält er es für das Beste, nicht näher auf das Thema einzugehen, lieber nach der Flasche zu greifen und einzuschenken.

«Vielleicht sollten wir du zueinander sagen, wo wir doch jetzt alle miteinander versippt und verschwägert sind», schlägt er vor.

Klara steht vor Erstaunen der Mund offen. «Hermann», sagt sie voller Verwunderung, «so kenne ich dich ja überhaupt nicht ...»

DER PROZESS

DIE ZEIT bleibt nicht stehen. Die Sudetenkrise verschärft sich zusehends, Göring ordnet die Anmeldepflicht aller jüdischen Vermögen im In- und Ausland an, und Hitler reist zu einem Staatsbesuch nach Rom, wo ihn Mussolini und König Victor Emanuel III. empfangen. Heimgekehrt, legt der Führer den Grundstein für das größte Automobilwerk der Welt, in dem künftig der KdF-Volkswagen gebaut werden soll, und in Berlin beginnen die Bauarbeiten für die komplette Umgestaltung der Reichs- zur Welthauptstadt Germania.

Anfang Juni ist Kappe zum Dezernat M zurückgekehrt. Die Mordfälle Herrmann und Lietz sind durch Walter Götzes Geständnis aufgeklärt. Der hat die Schuld allein auf sich genommen hat, Max sei nicht beteiligt gewesen: *Wäre in der Angelegenheit mein Bruder Max dabei gewesen, dann wäre es nicht so weit gekommen, da mir Max sicher aktive Hilfe zur Überwältigung des Lietz geleistet hätte.*

Eine Woche nach Pfingsten, am 13. Juni 1938, beginnt im Großen Schwurgerichtssaal in Berlin-Moabit der Prozess gegen die Brüder Götze. Landgerichtsdirektor Welz führt den Vorsitz des Sondergerichts II, die Anklage vertritt Buschs Freund, der Staatsanwalt Henkel, der bestens mit dem Fall vertraut ist. Dank Walter Götzes Geständnisfreudigkeit sind keine besonderen Schwierigkeiten zu erwarten, das internationale Interesse am Prozess ist dennoch gewaltig. Dass Walter Götze nichts anderes als die Todesstrafe zu erwarten hat, bezweifelt niemand. Und Max?

Hier gehen die Meinungen unter den Juristen wie unter den Kriminalisten und den zahlreichen Journalisten auseinander. Auch in der Familie Kappe wird heftig darüber debattiert. Hat Max nicht ebenso planmäßig und böswillig von der Schusswaffe Gebrauch gemacht wie sein Bruder? Ist es nicht eher dem Zufall zu verdanken, dass er keines der Opfer getötet hat?

Klara ist unbedingt für die Todesstrafe, schon aus Angst vor solchen Verbrechern und weil, wie man jetzt öfter in der Zeitung lesen kann, Menschen wegen weitaus harmloserer Vergehen hingerichtet werden. «Ich weiß, das ist politisch», sagt sie, «aber dann soll man gleich die Ganoven mit beseitigen.»

Margarete widerspricht ihr nicht, und Arno, der in seiner neuen Funktion viel unterwegs ist, äußert sich sowieso nie zu heiklen Fragen. Hartmut ist mit anderen Dingen beschäftigt, und Karl-Heinz interessiert eher die technische Seite der Hinrichtung. Mit einem Fallbeil? Warum hat die Maschine so einen seltsamen Namen? Warum hängt man die Leute nicht einfach auf, egal ob sie Max oder Walter heißen?

Selbst Kappe gerät mitunter in Zweifel, wenn er darüber nachdenkt. Ein besserer Mensch als Walter ist Max keinesfalls, doch vor Gericht verurteilt wird man nun einmal seiner Taten, nicht der unausgeführten Absichten wegen. Busch hat über seinen Freund Henkel etwas von einem Gesetz läuten hören, das das Errichten von Autofallen generell mit dem Tode bestraft. Kappe kann sich das gut vorstellen – die Köpfe sitzen locker im neuen Deutschland: Um die Todesstrafe auf eine Straftat mehr auszudehnen, braucht es nur einen Federstrich. Nur kann dieser Federstrich Max nicht töten. Ein Gesetz gilt frühestens vom Tag seiner Verkündung an, und Max' Verbrechen liegen sämtlich mehr als ein halbes Jahr zurück.

In Moabit sind die ersten drei Verhandlungstage mit dem Verlesen der Anklageschrift und der Vernehmung der Götze-Brüder vergangen. Walter hält sich nicht zurück, nimmt alles auf sich, demonstriert bereitwillig die Errichtung einer Autofalle und die Maskierung. Max zeigt sich weitaus zurückhaltender. Es kommen eine ganze Reihe von Zeugen zu Wort, die von den Götzes bedroht, ausgeplündert und verletzt worden sind. Einen hatten sie windelweich geprügelt, einem anderen mit einem Fußtritt das Kniegelenk gebrochen. Ein weiterer Mann, seltsamerweise in Strümpfen im nächtlichen Grunewald angetroffen, hatte Walter Götze sogar umgestoßen, worauf der sich mit einem Ruck herumwarf und mit den Worten «Verrecke, du Aas!» einen Schuss abfeuerte und ihn in den Oberschenkel traf. Einen anderen hatte er mit drei Bauchschüssen verletzt.

Ausführlich wird der Überfall auf den BVG-Bus von Müggelheim referiert, zu dem der Schießsachverständige Professor Brüning, Leiter der Preußischen Landesanstalt für gerichtliche Chemie, sein Gutachten abgibt. Walter Götze bestreitet nicht, im Bus geschossen zu haben. Ansonsten gibt er sich kess und schnoddrig und scheut nicht davor zurück, die Zeugen lächerlich zu machen.

Kappe verbringt zweimal ein paar Stunden im Gerichtssaal. Als Zeuge oder Gutachter ist er nicht benannt, Nebe und Gennat haben sich zu Kappes Erleichterung auf Busch als den leitenden Kopf der Soko geeinigt. Das erspart Kappe den leidigen Auftritt vor großem Publikum samt Presse.

«Schade», bedauert Klara, die gerne etwas Heroisches über ihren Hermann in der Zeitung lesen würde.

Der vierte Verhandlungstag, Freitag, der 17. Juni, beginnt mit einer langen Verspätung und beschert dem Publikum und der Presse endlich eine echte Sensation. Als Erster wird Max hereingeführt. Er wirkt bleich und übernächtigt, sein unsteter Blick huscht über Busch hinweg, dessen großer Auftritt heute erwartet wird.

Dann geleitet ein ganzes Rudel von Justizwachtmeistern Walter herein. Er trägt Handschellen, und seine Arme sind mit einem breiten Ledergürtel eng an den Oberkörper gefesselt. Schwer und mit rotem Gesicht, lässt er sich auf dem äußersten Ende der Anklagebank fallen, den Bruder demonstrativ missachtend.

Unruhe breitet sich im Saal aus, bis der Landgerichtsdirektor

Ruhe einfordert und die Sitzung eröffnet. Max Götze, so sagt er, habe an diesem Morgen dem Justizbeamten, der ihn zur Verhandlung führen sollte, einen Kassiber übergeben, den Walter ihm habe zukommen lassen.

Er reicht das Papier einem Beisitzer, und der verliest es vor den wohlig erschauernden Zuhörern:

Lieber Max!
Es ist ja bitter, aber Du musst schon entschuldigen. Es ist grob, was ich Dir sage, aber das beste. Hoffentlich ist Deine Frau tot. Dann wäre sie nehmlich jeder Schikane also wollen wir sagen jedem Aerger enthoben. Meinst Du der Rechtsanwalt sagt Dir die Wahrheit? Ich habe schon lange damit gerechnet das sie nicht mehr lebt.
Ich habe leider bei meiner Verhaftung nicht die Gelegenheit dazu gehabt. Alle Tage hat ich die Kanone bei mir und den Tag nicht. Das beste hab ich für Euch gewollt. Das kannst Du mir getrost glauben. Ich selber hab erst angegeben das ich bei Euch 14 Tage war als die Bullen es mir selbst sagten. Höchstwahrscheinlich von Hausbewohner. Hast ja gesehen wem sie alles geholt haben. Mit lächelnder Miene hab ich sämtliche Zeugen und Beweismaterial abgelehnt. Zeugen mit lächelnder Miene gegenübergetreten, was denkst Du die Wut von die Bullen.
Dann sagte ich, ich mache den Mund überhaupt nicht auf, wenn ihr nicht alle und hauptsächlich Deine Frau nicht sofort entlassen werdet. Knopelte mir sofort das Ding mit Komplizen erschossen und im Müggelsee versengt mit Seil beschwert aus. Pistole zeigte ich ihnen um sie zu kappen und um mir selbst eine zu sengen. Wurde aber an Ort und Stelle an Händen und Füßen gefesselt und 5 Mann bei. Widrigenfalls ihr nicht entlassen werdet.
Alle entlassen außer Dir. Was denkst Du meine Wut. Nächsten Tag an Ort und Stelle am Müggelsee vormachen wie ich den Komplizen erschossen und versengt habe. Haben sie mir dann geglaubt. Während dem Eis im Müggelsee versengt. 2 Boote von Wasserpolizei 4 Tage gesucht. 1 Tag war ich bei. Wurde mit einem Bullen zusammengeschlossen, kam aber nicht aufs Verdeck. Also ich konnte mir mit ihm nicht reinstürzen.
Nach dem Vormachen der Erschießung des Komplizen wurdest Du entlas-

sen. Hast wohl aber nicht gewusst was ich mit meinen Worten Sei ruhig u. hau ab, gemeint habe? Oder wolltest Du nicht türmen. Waffen hättest Du Dir doch besorgen können. Na ist vorbei. Was heißt nun «Hättste». Unser Fehler war das Jubeln u. v. allen Hirschgarten. Gewiß die Hauptschuld liegt an mir. Na ist vorbei. Ich brauch wohl nicht annehmen das Du Angst hast. Da kenn ich Dir doch zu genau. Dein Kummer ist doch bloß Marie! nicht wahr? Und dann die Wut hier machtlos.

Aber nun kommt es: Ich habe die Absicht, mit fliegenden Fahren unterzugehen. Ich habe hier seit einiger Zeit 2 Messer geschnapt. Habe sie während dem Termin bei mir. Zwischen Futter v. Schuh. Sonst unterm eisernen Ring vom Klosett. Ich dachte die uns durch die Gerichtsgänge führen haben Pistolen bei sich das wäre für uns gut. 1 bis 2 Stiche ob die z. Deubel gehen o. nicht ...

Atemlose Stille herrscht im Publikum. Monoton verliest der Beisitzer den langen Brief Absatz für Absatz. Bei dem Satz *Wir waren draußen viel zu human* geht ein leises Raunen durch den Saal. Der Vorsitzende blickt auf, der Beisitzer liest ungerührt weiter.

Plötzensee wäre auch ruck zuck und alles vorbei. Aber die Freude sollen die Herren nicht haben. Denkste die Bande hat bei meinem Widerstand bei der Verhaftung geschossen? Entsichert weiter nichts. Die Blase hat nicht abgedrückt. Das Hakenkreuz hat' ich auch bei mir. Wußte es selbst nicht. Hätte unterwegs Gelegenheit gehabt zum Wegwerfen.

Also Max wie denkst Du schreib mir Bescheid. Aber beim Schreiben nicht schnappen lassen. Geträumt hab ich schon wir sind draußen. Als ich vom Termin zurück kam war eine Spinne bei mir in der Zelle. Ein gutes Omen? Liege B I 185. Also Max Kopf hoch! Nicht verzagen. Oder willst Du 51 markieren? Ich finde es besser: Ein Ende mit Schrecken, als Schrecken ohne Ende. Nochmals Kopf hoch. Nimm das hinterste Blatt von der Anklage zum Schreiben. Gruß Walter.

A c h t u n g! Zuerst Futter vom Schuh auftrennen. Brief nicht schnappen lassen. Wir sind voriges Mal karikiert worden für B. Z. u. Nachtausgabe. Gut getroffen. Masche rin.

Ein hörbares Atmen geht durch den Saal. «Den Brief haben Sie geschrieben?», fragt der Vorsitzende Walter Götze.

«Jawoll.»

Landsgerichtsdirektor Welz hebt zwei spitze Messer hoch. «In Ihrer Zelle sind diese beiden Messer gefunden worden. Dazu eine Nagelfeile und eine Rasierklinge. Ist das richtig?»

«Jawoll.»

«Sie sind heute gefesselt worden. Wir haben dem Kassiber entnommen, dass Sie die Absicht haben, etwas zu unternehmen. Ich habe nun entsprechende Anordnung gegeben, dass nichts passiert. Die Fesseln werden Ihnen während der Verhandlung abgenommen.»

Wieder geht ein hörbares Raunen durch den überfüllten Saal. Staatsanwalt Henkel protestiert, doch Welz bleibt bei der Anordnung. Brav wie ein Lamm hockt Walter Götze auf seinem Platz, für den Bruder hat er keinen Blick mehr. Von seinen bisherigen Aussagen aber rückt er nicht ab: «Nur ich habe geschossen. Wenn Max geschossen hat, dann waren es nur Schreckschüsse.»

«Das gilt auch für den Kassenüberfall auf dem Bahnhof Hirschgarten?»

«Jawoll.»

Walter schildert, wie sie an jenem Septemberabend mit der Straßenbahn nach Köpenick fuhren, durch den Wald an der Bahn entlanggingen und kurz vor dem Bahnhof die dort versteckte Kleidung überzogen.

Welz fragt: «Wozu nahmen Sie die alten Sachen mit?»

«Wir mussten durch Schlamm waten und durch hohe Farnkräuter, dafür taten uns die guten Sachen zu leid, und wir wären auch leichter zu finden gewesen, wenn wir so schmutzig davongelaufen wären.»

«Hatten Sie diesmal wieder Pistolen mit?»

«Jawoll. Mein Bruder sollte auf dem Bahnsteig wild losknallen, damit die Beamten gar nicht auf die Idee kamen, uns an dem Raub zu hindern.»

Im Berliner Lokal-Anzeiger ist am nächsten Tag ein ausführlicher Bericht über die Verhandlung abgedruckt:

Max Götze schildert die Vorfälle ähnlich wie sein Bruder, er erklärte auf Befragen, er habe hinter dem fliehenden Beamten mehrere Schüsse abgegeben, dabei aber nicht auf ihn gezielt. Der Angeklagte ist übrigens in diesem Fall nicht wegen Mordversuchs angeklagt.

«Und wenn er nun doch getroffen hätte», will Karl-Heinz Kappe von seinem Vater wissen, «wäre es dann ein Mord?»

«Wahrscheinlich», brummelt Hermann Kappe, der nicht die geringste Lust verspürt, seinem Jüngsten die juristischen Spitzfindigkeiten gerade dieses Prozesses zu erläutern. Alle Welt löchert ihn mit ähnlichen Fragen, als stünde nicht hundertprozentig fest, dass keiner der beiden Götzes jemals wieder ungesiebte Luft atmen wird. Walter hat sein Leben verwirkt: Die Tötung des Polizisten ist nach dem Gesetz zur Gewährleistung des Rechtsfriedens vom Oktober 1933 nur dadurch zu sühnen. Für Max sucht man händeringend nach einer Konstruktion, um ihn ebenfalls zum Tode zu verurteilen. Wie er von Busch gehört hat, soll sich Doktor Roland Freisler, Staatssekretär im Reichsjustizministerium, lebhaft für den Fall interessieren. Dem Vernehmen nach versucht der, den Staatsanwalt Henkel unter Druck zu setzen, um auch für Max das Todesurteil durchzusetzen.

LEX GÖTZE

AM ENDE DER WOCHE geht wieder einmal eine Verhaftungswelle zu Ende, die Hunderte von arbeitsfähigen «Asozialen», zumeist Bettler und Vorbestrafte, in die Lager spült. Heydrich hat die Quoten für jeden Polizeibezirk vorgegeben, und die Beamten haben sich beeilt, sie zu überbieten. Göring braucht Arbeitskräfte für seinen Vierjahresplan. An der Grenze zu Frankreich hat der Bau des «Westwalls» begonnen.

Die Abendausgabe des *Berliner Lokal-Anzeigers* vom Montag, dem 20. Juni 1938, erscheint mit der zweizeiligen Balken-Überschrift: *Kriminalkommissar schildert Entlarvung der Landstraßenbanditen Götze*. Daneben hat gerade noch eine kurze Meldung Platz gefunden: *Vier Verräter hingerichtet,* darunter die 28jährige Lieselotte Herrmann aus Stuttgart – wegen Landesverrats in Tateinheit mit Vorbereitung zum Hochverrat. Es ist die erste Frau, die in Deutschland aus politischen Gründen enthauptet wird. Doch wer liest das schon, wenn über anderthalb Zeitungsseiten die schauerlichsten Dinge von den gefürchteten Landstraßenräubern berichtet werden?

Busch, vom Vorsitzenden Welz entsprechend geschickt befragt, hat seinen großen Auftritt gehabt: «Als die Vernehmungen beendet waren, also in allerletzter Stunde, sagte Max Götze zu mir: ‹Herr Kriminalkommissar, ich habe gehört, dass Sie nachts auch mit Ihrer Frau auf Streife im Auto gewesen sind. Schade, dass ich Sie da nicht getroffen habe.› Ich nickte ihm zu: ‹Max Götze, in diesem Falle wären Sie eine Leiche gewesen.› Der konnte es sich darauf nicht verkneifen, mir lächelnd zu antworten: ›Oder Sie, Herr Kommissar.›»

Für den Dienstagabend ist die Sonnenwendfeier des Gaues Berlin der NSDAP auf dem Reichsportfeld angekündigt, Reichsbahn und BVG sind für den Ansturm von Hunderttausenden gerüstet. Doch nicht deshalb hat Landgerichtsdirektor Welz die nächste Sitzung in Moabit erst für Mittwoch, den 22. Juni, angesetzt. Staatssekretär Freisler hat nach einem Tobsuchtsanfall kurzerhand zu einem rabiaten Mittel gegriffen. Im Entwurf des neuen Strafgesetzbuches findet er einen Paragraphen, der das Errichten von Autofallen unter Todesstrafe stellt. Den greift Freisler heraus und peitscht ihn in einer Eilsitzung mit dem Reichsjustizminister durch.

«Wo ein Volk Werte schafft», so Freisler, und er meint damit Hitlers Autobahnen, «schauen asoziale Parasiten danach, ob sie diese Werte ihren gemeinschaftsfeindlichen Zwecken dienstbar machen können.»

Mit Hitlers Unterschrift versehen – der weilt in seiner Sommerresidenz auf dem Obersalzberg – wird am 22. Juni das Gesetz gegen Straßenraub mittels Autofallen, die «Lex Götze», verkündet. Demnach wird mit dem Tode bestraft, wer in räuberischer Absicht eine Autofalle stellt. Dieses Gesetz tritt mit Wirkung vom 1. Januar 1936 in Kraft.

Ein rückwirkendes Strafgesetz. Nicht nur die preußische Justiz ist entsetzt. Staatsanwalt Henkel sucht einen Ausweg, um sich und die deutsche Justiz nicht vor der internationalen Öffentlichkeit vollends unglaubwürdig zu machen. In den Akten über den Hirschgarten-Überfall glaubt er einen Ansatz zu finden und spricht darüber mit Alfons Busch. «Wenn wir dem Max Götze nachweisen, dass er dort gezielt auf den Beamten geschossen hat, kann ich auch ohne Freislers Rechtsbruch die Todesstrafe beantragen.»

Busch wendet sich an Kappe, der damals die Untersuchungen auf dem Bahnhof geleitet hat. Kappe ist inzwischen mit einem doppelten Tötungsverbrechen in einem Schöneberger Hotel beschäftigt, doch das scheint aufgeklärt.

«Meinetwegen. Fahren wir noch mal raus nach Hirschgarten», stimmt Kappe achselzuckend zu. «Wenn du es für nötig hältst, nehmen wir wegen der Spuren den Dr. Kniehase mit.»

Kniehase, nicht mehr der Jüngste im Amt, ist der begnadete Kriminaltechniker des Dezernats M. Als er hört, worum es geht, packt er sofort seine Ausrüstung ein. Kappe betrachtet ihn seit seiner Rückkehr zu M mit einiger Sorge. Der gute Doktor ist alt und kurzatmig geworden, sein Gesicht zeigt eine ungesunde bläuliche Färbung. In Hirschgarten angekommen, wohin sie diesmal mit dem Mordauto gefahren sind, wirkt Kniehase allerdings putzmunter. Unterwegs hat er mit kritischem Blick das Spurenprotokoll vom September 1937 studiert, jetzt betrachtet er akribisch Zentimeter für Zentimeter der damals gesicherten Spur, bevor er sich dem Schalterraum zuwendet.

«Und was ist das hier?», fragt Dr. Kniehase nach kurzer Zeit und weist mit dem nikotingelben Finger auf einen hellen Streifen in der Türfüllung, 1,52 Meter über dem Boden, wie die Messung ergibt. «Eindeutig eine Geschossspur, meine Herren!»

Staatsanwalt Henkel hat sie begleitet. «Könnten wir noch einmal einen Lokaltermin mit Max Götze abhalten?»

Kappe und Busch sehen sich an. «Du als Staatsanwalt musst die Strafprozessordnung besser kennen als wir», sagt Busch. «Von unserer Seite spricht nichts dagegen.»

Anderthalb Stunden später wird Max Götze die Bahnhofstreppe heraufgeführt.

«Nun zeigen Sie uns mal, wo die Beamten und wo Sie gestanden haben, als Sie die Schüsse abgaben.»

Dreimal fragen sie ihn, und dreimal zeigt er den gleichen Platz und die gleiche Schussrichtung. Kniehase, längst nicht mehr so agil wie einst, kommt mit dem Photographieren kaum nach.

Jeder von ihnen weiß, dass Max Götze lügt.

Als die Brüder Götze am Mittwochvormittag gefesselt in den Moabiter Sitzungssaal geführt werden, setzt sich der Staatsanwalt mit seinem Antrag durch, die Fesselung für die Dauer des Verfahrens beizubehalten, da die Angeklagten zu erkennen gegeben hätten, dass ihr verbrecherischer Wille ungebrochen ist und sie nicht vor der Vernichtung von Menschenleben zurückschrecken würden.

Kappe, Busch und Lohr haben in einer Loge Platz genommen. In der Beweisaufnahme geht es heute um die schweren Fälle, zuerst um einen der typischen Überfälle mittels Baumfalle, der allerdings ohne hohe Beute endete.

Der Zeuge hatte nämlich die einkassierten Gelder von mehr als tausend Mark rechtzeitig versteckt und sich von seinem Kollegen einen Hammer reichen lassen, was Walter Götze bemerkte. Als der Mann die Tür öffnete, knallte sofort ein Schuss, und Götze brüllte: «Von wegen Hammer!» Schwer verletzt taumelte der Getroffene gegen den Wagen und schlug sich drei Zähne aus. Die Kugel hatte seinen rechten Lungenflügel durchschlagen und steckte im Brustwirbelknochen.

Einem Berliner Diplom-Ingenieur hatte Walter Götze die Waffe auf die Brust gesetzt und drückte mehrfach ab. Erst der vierte Schuss ging los und traf den Zeugen in den Unterarm.

Kappe beobachtet die ganze Zeit Walter Götze. Der hört sich das alles ungerührt an und zeigt nicht einmal eine Gemütsregung, als es um die Morde an dem Polizisten Herrmann und dem Maurer Lietz geht, zu der Lietz' Begleiterin schluchzend aussagt.

Überrascht scheint Walter erst, als am Nachmittag der Überfall auf der Chaussee nach Potsdam behandelt wird, bei dem ihm der Zeuge W. mit den Füßen ins Gesicht getreten hat. Der Zeuge korrigiert nämlich seine Aussage bezüglich des Schusses, der ihm durch die Brust gedrungen war. Danach kann nur Max der Schütze gewesen sein. Die damalige Braut und heutige Ehefrau des Zeugen bestätigt die Angaben, worauf der Staatsanwalt die Anklage gegen Max Götze auf versuchten Mord ausdehnt und die Beweisaufnahme sich dem Überfall in Hirschgarten zuwendet.

Staatsanwalt Henkel geht mit gut überlegter Taktik vor. Er richtet eine Reihe von Fragen an den Angeklagten Götze, um festzustellen, ob seine Intelligenz so weit reicht, dass er die Befugnisse eines Bahnpolizeibeamten von denen eines anderen Beamten unterscheiden kann. Max Götze gibt zu, gewusst zu haben, dass ein diensthabender Stationsbeamter bahnpolizeiliche Befugnisse und damit eine gewisse Befehlsgewalt innerhalb seines Dienstkreises besitzt.

Merkt Max Götze nicht, dass er damit sein Todesurteil ausspricht? Bei der Vernehmung des 59-jährigen Schalterbeamten, der wegen völliger Dienstunfähigkeit zwangspensioniert worden ist, leugnet er noch einmal, gezielt geschossen zu haben. Doch ihm widersprechen die Aussagen der Bahnbeamten.

Doktor Henkel hat seinen großen Auftritt. Theatralisch breitet er Kniehases Skizzen und Photos auf dem Tisch des Vorsitzenden aus und erläutert sie. Welz und die beiden Beisitzer sind leicht zu überzeugen. An Max Götze gewandt, stellt der Vorsitzende fest: «Die Einschussspuren beweisen, dass Sie auf beide Zeugen und nicht in die Luft geschossen haben. Sie waren bereit, die beiden Beamten zu töten.»

Das bestreitet Max entschieden: «Ick habe nur in die Luft jeballert!»

Der Staatsanwalt Dr. Henkel sagt: «Ich bitte, dem Angeklagten Max Götze vorzuhalten, dass in dem Fall Hirschgarten seine Verurteilung wegen versuchten Mordes nach Paragraph 1 des Gesetzes zur Wahrung des Rechtsfriedens in Frage kommt.»

Walter Götze senkt den Kopf. Er weiß nun, dass alle seine Versuche, dem Bruder das Leben zu retten, vergeblich waren, da bedarf es nicht der Verlesung des Paragraphen, in dem es heißt:

Mit dem Tode oder, soweit nicht bisher eine schwerere Strafe angedroht ist, mit lebenslangem Zuchthaus oder mit Zuchthaus bis zu fünfzehn Jahren wird bestraft, wer es unternimmt, einen Richter oder einen Staatsanwalt oder einen mit Aufgaben der (...) Bahnpolizei betrauten Beamten (...) wegen ihrer amtlichen oder dienstlichen Tätigkeit zu töten, oder wer zu einer solchen Tötung auffordert, sich erbietet, ein solches Erbieten annimmt oder eine solche Tötung mit einem anderen verabredet.

Henkel ist zufrieden. Nun kann er die Todesstrafe für Max nach geltendem Recht beantragen – ohne dafür Freislers übereiltes Gesetz zu bemühen.

Noch sind acht Zeugen zu vernehmen, doch das ist eine Formalität.

Am Freitag wird er seine große Anklagerede halten und für beide Götzes die Strafe beantragen, die jeder hier im Saal für gerecht hält.

Noch ist nicht aller Tage Abend an diesem Mittwoch, wie sich herausstellt. Ein zweites nationales Unglück nach Rosemeyers Tod erschüttert das Deutsche Reich: Im New Yorker Yankee Stadium erlebt Max Schmeling in dieser Nacht die dramatischste Niederlage seiner Laufbahn. Bereits in der ersten Runde geht er im Kampf gegen den «braunen Bomber» Joe Louis dreimal zu Boden, rappelt sich immer wieder auf und muss sich schließlich nach einem Treffer in die Nierengegend durch technischen K.o. geschlagen geben.

Schmelings Niederlage verdrängt die Berichterstattung über den Götze-Prozess für einen Tag in die Beilage des *Lokal-Anzeigers*. Am Sonnabend, dem 25. Juni 1938, findet sich das in der Nacht ausgesprochene Todesurteil gegen die Landstraßenräuber auf Seite 1: *Seelische Missgeburten und Ungeheuer, Produkte eines erbkranken Blutes*, seien die Götzes. *Sie sind auszulöschen. Fort mit ihnen. Wir wollen sie nicht.*

Hermann Kappe, der eigentlich den freien Sonnabend genießen wollte, macht sich seine eigenen Gedanken über die Kampagnen in der Presse und über den Prozess. Elfmal ist Walter Götze zum Tode verurteilt worden und außerdem zu fünfzehn Jahren Zuchthaus, Max Götze neunmal zum Tode und ebenfalls zu fünfzehn Jahren Zuchthaus. Das Urteil ist sofort rechtskräftig, da es gegen Urteilssprüche des Sondergerichts keine Rechtsmittel gibt.

Unendlich müde fühlt sich Kappe, wie schon so oft. Und keineswegs so befriedigt, wie es nach einem solchen Erfolg sein müsste. Es braut sich etwas Dunkles zusammen, das spürt er, etwas, das auch ihn jederzeit treffen kann.

Am Donnerstag, dem 30. Juni 1938, werden Walter und Max Götze in Plötzensee enthauptet. Am nächsten Vormittag trifft Hermann Kappe seinen Neffen Otto in dem weitläufigen roten Bau am Alex. «Gratuliere!», ruft der ihm von weitem zu.

«Ganz meinerseits, Herr Kommissar», entgegnet Kappe und schüttelt Otto kräftig die Hand.

Sie stehen am Fenster und blicken hinab in den Hof, wo gerade Gefangene, darunter eine Frau, unsanft in einen Transportwagen geschubst werden. «Martha Lange haben sie immer noch nicht gefasst», sagt Otto leise und nicht ohne Spott.

Hermann Kappe stößt ein bitteres Lachen aus. «Vielleicht schaffst du es in der halben Stunde, die wir ab heute mehr arbeiten müssen», sagt er. «Die in der Provinz haben sie zu 51 Wochenstunden verdonnert. Die schaffe ich seit Jahren spielend ...»

Zum Tag der Polizei im Januar 1939 erlebt der Terra-Film *Im Namen des Volkes* mit Rudolf Fernau in der Hauptrolle des verruchten Autobanditen Alfred Hübner seine Uraufführung im Berliner Tauentzien-Palast. Drehbuchautoren sind der Regisseur Erich Engels und Arthur Nebes Adjutant, der Kriminalkommissar Walter Maisch.

In der Filmwoche liest Hermann Kappe eine Reportage über die Szene, in der die Polizei das Nest der Verbrecher aufgestöbert hat und sich den Eintritt in die Mansardenwohnung erkämpft: *Die Männer ringen schwer keuchend miteinander. In diesem Augenblick schlagen die Kugeln der heraufstürmenden Polizeibeamten durch die Tür ...* Kopfschüttelnd legt Kappe das Blatt aus der Hand.

Klaras Augen leuchten. «Den Film gucken wir uns aber an!»

Kappe bleibt bei seinem Kopfschütteln. «Nein», sagt er entschieden, «nicht noch mal das ganze Theater ... und noch dazu in einer so verlogenen Fassung.»

NACHBEMERKUNG

DIESER ROMAN behandelt eine Serie von Gewaltverbrechen, die zwischen November 1934 und Januar 1938 Berlin und Umgebung erschütterten und Kriminalpolizei und Justiz bis in die höchste Führungsebene beschäftigten.

Die Un-Taten der Brüder Walter und Max Götze, der Prozess gegen sie und seine Hintergründe bis hin zur «Lex Götze» sind – abgesehen von zeitgenössischen NS-Quellen – mehrfach und nicht ohne Widersprüche dargestellt worden. Insiderwissen verraten Bernd Wehners *Spiegel*-Serie von 1949/50 *Das Spiel ist aus – Arthur Nebe. Glanz und Elend der deutschen Kriminalpolizei* und Alexander Harders *Kriminalzentrale Werderscher Markt*, Bayreuth 1963, aus denen im vorliegenden Roman Dokumente und zum Teil auch Dialoge zitiert sind. Die Akten befinden sich im Landesarchiv Berlin. Eine zusammenfassende Darstellung zur «Spur 94» gibt Regina Stürickow in *Kriminalfälle im Dritten Reich*, Leipzig 2005. Der Film *Im Namen des Volkes* gelangte 1950 noch einmal in einer verkürzten Fassung unter dem Titel *Autobanditen* in die westdeutschen Kinos.

Kommissar Hermann Kappe, der Wirklichkeitsnähe des Stoffes wegen erstmals im Präsens agierend, war in der Realität nicht an den Ermittlungen gegen die Brüder Götze beteiligt. Der Ruhm, die 157 Verbrechen aufgeklärt und die Täter überführt zu haben, gebührt dem Berliner Kommissar Kurt Moritz vom Einbruchsdezernat und seiner Sonderkommission.

MALÖRT

Es geschah in Berlin ...

Horst Bosetzky: **Kappe und die verkohlte Leiche (1910)**

Sybil Volks: **Café Größenwahn (1912)**

Jan Eik: **Der Ehrenmord (1914)**

Horst Bosetzky/Jan Eik: **Nach Verdun (1916)**

Iris Leister: **Novembertod (1918)**

Horst Bosetzky: **Der Lustmörder (1920)**

Peter Brock: **Das schöne Fräulein Li (1922)**

Wolfgang Brenner: **Stinnes ist tot (1924)**

Petra A. Bauer: **Unschuldsengel (1926)**

Horst Bosetzky: **Bücherwahn (1928)**

Petra A. Bauer: **Kunstmord (1930)**

Jan Eik: **Goldmacher (1932)**

Klaus Vater: **Am Abgrund (1934)**

Horst Bosetzky: **Mit Feuereifer (1936)**

Jan Eik: **In der Falle (1938)**